猎杀一人

每四小时

复仇孤岛

123度谋杀案

◎ 姜木水 著

中国广播影视出版社

目录

CONTENT

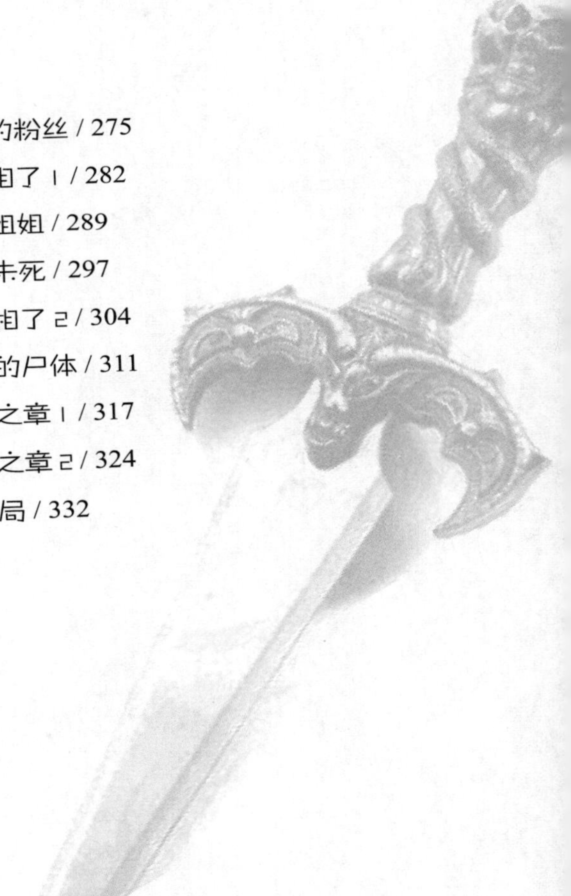

序幕

2010年12月24日。

这是一个对区启之来说最重要的日子，这一天从某种意义上来说，改变了他的命运。

这个世界上是存在天赋的，据说史蒂芬·夏威尔乘坐直升机在纽约空中转了一圈，然后二十分钟就手绘出纽约的地图！这就是天赋的力量，一个普通人再努力，能做到看一眼就画出街道错综复杂、建筑形同繁星的大都市的地图吗？我们总是说勤能补拙，但这只是一个美好的童话故事，有时候，天才就是天才，我们努力一辈子都不可能赶上。

区启之也有着某种天赋，他有着一种与推理相反的天赋。而这种天赋，似乎没什么用。嗯……不是说没什么用，而是说他不能用，因为一旦他忍不住使用了他的天赋，他就万劫不复了。

该怎么称呼他的天赋呢？犯罪天赋？他总是不由自主地利用身边能利用的一切资源和条件去策划犯罪计划。气候温度、当天天气、地理环境、交通状况、周边建筑、偶发事件、人的习惯、养的宠物、工作性质、作息时间、性格特点……这些都会被他考虑在计划之内。他会把计划精确到每一秒应该去实施计划的哪一步，他会考虑所有意外状况并准备十三套备用的B级别计划，以及应对备用计划出现意外的C级别计划。

场景一：

冬季的清晨有些寒冷，尤其是这天，天上还下着大雪。昨天下的雪还没化呢，今天就又下雪了。

一个青年穿着一件羽绒服，把帽子扣在脑袋上一路小跑，突然停住脚步，借助惯性在雪地上滑行一段，然后不断地重复以上步骤，小跑、滑行、小跑、滑行，开心地温习着孩童时的功课。

我们的镜头跟着他的背影，看着他走过贫民区撞上几个小混混，然后挑衅地瞪小混混一眼，对方低着头胆怯地离开；看着他走过路边的早点摊扔给卖早点的大妈几张零钱，然后自顾自地拿起一个手抓饼和一杯豆浆，边走边吃，偶尔耸一下肩膀把肩膀上快掉下来的吉他包恢复原位；看着他最后吃了几口手抓饼，随手扔进垃圾桶，一口气喝光豆浆把纸杯扔在地上踢飞，踢飞的纸杯打到路边的一只流浪狗；看着他掏出烟盒，熟练地弹出一支烟，叼在嘴上，点燃深深吸了一口，然后他大踏一步迈进公交站候车亭，把帽子摘下来，把肺里的烟缓缓吐出，抬头用懒散的目光瞟了一眼像素很低的天空，露出一个灿烂的笑容。

这就是我们的主人公，区启之，给他的脸一个特写，他长得……算了吧，读者们认为他长成怎样才算帅，区启之就长什么样。就算把全世界的作家都聚在一起，他们也不可能靠文字把一个人的长相像照片一样完美地展现出来。

路边等公交时，区启之听到两个路人在进行简单的交谈。

“喂，听说了吗？三道街这里今天晚上十二点会停电，等到明天早上五点才恢复供电，说是晚上整修电路。”

“我早就听说了，我就住三道街这里还不知道吗？有什么关系，那时候我早睡着了，停就停去呗。”

区启之只是无意间听到了这个交谈，也没有在意。当他发现三道街路边有一间小超市时，他的脸色瞬间就变了。给他的脸一个特写，从他看到那超市到脸色变换，这期间只经过了五秒。这五秒里，他的大脑就像不受自己控制一样，快速运算起来，他在这期间，做出了一个犯罪计划的草案。

区启之内心世界的独白："超市的名字叫作雪梅超市，可见超市的主人是一个女性，当然，您要非抬杠说超市主人是个男的，一个男的就叫雪梅这个名字，我也没办法。门口放着两辆电瓶车，一辆是男士的，一辆是女士的。等一下，刚刚有个男人拎着东西骑走了那辆男士电瓶车，那么剩下的那个几乎可以确定就是超市主人的了。附近没有什么KTV、网吧之类的夜间营业的商业场所，所以这间超市不会营业到很晚。风城的末班车是九点，如果她九点之前关门没有必要骑电瓶车，应该是坐末班车，所以应该是九点之后关门。哦，对了，旁边有个火锅店，那个店是十点关门，超市主人等着那个火锅店员工十点下班来买东西，然后就关门了。具体时间应该是十点到十点半之间。"

"这个超市装着摄像头，但是我知道这类摄像头很特别，只要停电就会停止运行。十二点，超市主人回去，摄像头停止运行，我就可以进去了。怎么进去？这个超市没有卷帘门，是用自行车车锁锁门的。我事先买一个和她一模一样的车锁，做旧，然后白天进去假装买东西的时候换掉，看看吧，店主人就随手把门锁扔在一边，简直就是在'请我'去换。店主人锁门的时候她不会想到用的锁实际上是我偷换过的锁，会直接锁上离开。然后，我拿着钥匙打开锁，进入超市，想拿什么就拿什么。这个时候摄像头无法工作，自然拍摄不到我。"

"最后，我用我换回来的店主人的锁锁好门，拿着我的锁以及战利品大摇大摆地离开。由于停电，周围的人早就睡了。就算我倒霉到极点，有人连没电都不睡还大半夜出来压马路都没关系。没电连路灯都不亮，谁能认出我？第二天早上她来开门发现被偷了，会立刻报警。警察会先检查门窗，没有被撬开的痕迹，之后检查门锁，没有开锁工具试开的痕迹。那么，外人作案的可能性就不高了，反而，他们会优先怀疑有超市钥匙的人或者有机会复制钥匙的人。”

“冷静，不能这么做！不能！”

（不久之后，新闻里出现了小偷利用交换门锁盗窃的实际案例，只不过那个小偷虽然想到了交换门锁的手法，却忘记了摄像头的存在。区启之的克制，成功地避免了他去实施一个可以成功、但不完美且没有犯罪艺术性的犯罪计划。）

场景二，公交车上：

公交车缓慢行驶，路过了一家手机店……区启之的大脑再一次不受他的控制。

“等一下，我以前来过这家手机店，我至今还记得摄像头的位置，如果小心自己的走位，可以完美地避过这些摄像头。这家手机店三楼放的都是高价位的手机，如果把三楼的手机全部卷走，是不菲的金额。二楼和三楼之间没有摄像头，有一个通风口，依我的身材可以躲在里面不被发现。我在他们快下班的时候绕过摄像头进去，躲进通风口，在他们下班之后，我从通风口出来，绕过摄像头，卷走那些高价位的手机……但是我不能在本城销赃，要销赃也得等一段时间……”

“适可而止吧！”

“谁来救救我！”

区启之一只手用力地拉着自己的头发，他艰难地压制着自己的犯罪冲动……

（不久之后，新闻出现了类似的犯罪案件，摄像头没有拍到盗窃者，也没人发现他，偷盗很成功。只不过，罪犯最后因为偷到手机到处卖被发现了。不管怎么说，区启之还是靠着自己的意志力，把腿从为他敞开的监狱大门迈了出来。）

场景三，学校的图书馆：

区启之的脸上挂起疯狂的笑容，他的面目很狰狞，有一种自暴自弃破罐破摔的感觉。他一边大口大口地喝着咖啡，一边在笔记上快速地写写画画。给他的笔记本一个特写镜头，密密麻麻的都是计算用的公式，有算密度的，有算时间的，有算角度的；然后是一大堆人名还有他们的工作、年龄、特点以及作息时间；最后是一幅接一幅的大楼平面图和交通路线图。

“咔！”区启之画完最后一张图，铅笔的笔尖折断，笔头刺入笔记本。他的右手用力把手里的铅笔折断，深吸了一口气之后缓缓站起。

区启之整理了一下吉他包，奇怪的是，吉他包里没有装着吉他。装的是水管、匕首、某种物品的订货单……这些风马牛不相及的东西，不知道他打算用这些干什么。或者说，不知道他打算怎么用这些东西。

“哈哈哈……还真是一个异想天开的谋杀计划呢……”

最后再给区启之的脸一个特写，他的笑容变得很平和，灿烂得像一个小孩……

夜幕降临，他穿上了一件血红色的风衣，点燃一支烟，深深吸了一口，把烟吐出。烟气袅袅升入夜空，在空中挣扎着摇曳了几下，消散得无影无踪。

他大步向前拥入夜幕，夜变得更加黑暗，他肆无忌惮地狂笑，幻想着可以盖过冷风的呼啸。但是，谁都不要骗自己，我们最好放聪明一点。这样，在下地狱时，才不会留下什么把柄。

第一章
古怪的史上第一谋杀案

以下内容来自风城的警察王子轩的回忆。

时间 2011 年 12 月 25 日，天气阴转晴转阴，最后下起了大雪。

我这辈子都不会忘记那个楼顶，它不高，只有七层，但足够一个花季少年跳下去拥抱死亡的了。

我记得我把那个男孩逼到了绝境，把他堵在了七楼楼顶。又或者，是他等在那里，耐心地等待着我去抓他。那个男孩只有十七岁，罪名是杀人……没有未遂。他确确实实杀了人，他的案子以后有机会再讲。他有一个和他年龄不符的头脑，不是说他多聪明，而是说，他似乎对犯罪这种事情很擅长，就像他天生就有一种犯罪的天赋。他的神经就像恶魔一样，说这个世界上没有他害怕的东西我都相信。警方追捕了他很长时间都没有他的踪迹。最后，竟然发现他躲在离警局不足一百米的出租房里！我们真的没有想到，一个罪犯竟然敢躲在警察局附近，这可能就是心理盲点吧。

“你为什么会杀人？”我问他，我一定要问清楚这个问题，我实在想不明白，一个花季少年怎么会走到这一步。

他想了很久，终于开口了：“你是警察，我班门弄斧，给你讲一个破案的故事吧。”于是，他就真的满脸轻松地给我讲了一个冒险者探案的故事，那个案子发生在很久以前。

第一章
古怪的史上第一谋杀案

……

1936 年的冬天，一个冒险者在一个山洞避雨时发现了三个人头盖骨，我们把它们称为 1、2、3 号头骨。这三个头盖骨保存得非常完美，我是说，它们很漂亮，但奇怪的是，头骨上都有一些裂纹和孔洞，看起来竟像是伤痕。

正常的头盖骨在自然风化的情况下，怎么会出现像伤痕的痕迹？一定是生前头部受了伤，意外？谋杀？同时，一种不安的感觉在冒险者心中弥漫开来。

之后，冒险者继续挖掘，挖到了第四个头骨和一些四肢骨骼。头骨有些奇怪，碎得有些夸张。我们为了吃核桃仁把核桃壳砸碎留下一堆碎壳，这个头骨就碎成那样。至于四肢骨骼更加破碎，碎也就罢了，仔细整理了一下，肢体骨骼和头骨居然对不上！这些碎骨连一个完整的骨架都拼不成，也就是说，除了头骨之外的骨骼严重缺失。而且，这些残存的碎骨骼上还布满了击打过和烧过的痕迹。

骨骼上有烧痕和打痕很好理解，是这些人死了，被人鞭尸或者石块掉落砸的，烧过就是有人放了火毁尸灭迹呗。

可是……为什么其他部位的骨骼会如此之少呢？这个没有道理啊，正常来说，骨骼和头骨应该是配套的吧。难道说……这些尸骨的主人被埋起来时脑袋和身体不在一起吗？这个现象太奇怪了！

会不会是挖掘时遗漏了肢骨？冒险者继续挖掘，这一次，他挖得更加小心，把山洞翻了一个遍，夸张一点说，再挖就挖到岩浆了。他挖掘出来的东西让他更为震惊，他没有找到他想要的人的骨骼，而是在之前发现的那些骸骨的附近发现了成片的动物的尸骨。和人的骨骼不同，这些动物的骨骼很整齐，不存在只有脑袋而身体骨骼缺失的现象。

难道是受到了自然力的破坏？可是这里却发现了大量的动物肢骨，自然力绝不会单单破坏人的骨骼。那么是某种外力将头骨带进山洞的？比方说水。然而，附近没有水流经过，山洞的位置也很高，所以，不可能。

谜团到这里并没有结束，冒险者在山洞深处又有了新的发现。他发现了第五个头骨，而这个头骨，最为诡异。

在山洞深处一个用石块围成的圆圈中心，底朝上摆放着一颗人的头颅。在离石圈不远的地方，仿佛陪葬似的，放着三堆动物的骨骼，它们分别是鹿、牛和猪。可是，让人惊异的是，那颗人的头颅底部有一个大洞，整个头颅也破裂得很严重，像是遭受过有力的打击。而且，整个山洞中没有发现人体其余部位的任何骨骼，竟然孤零零地只剩下了一颗头颅！这是什么墓葬风俗习惯吗？还是某种邪恶教会的仪式？

冒险者仔细查看了这个诡异头骨，他头部的右侧明显遭到过凶狠的击打。然而更令人震惊的是，这颗头颅底部大洞的边缘，参差不齐！冒险者心里有了一个疯狂的猜想。但是，冒险者不愿意相信这个猜想，因为这个猜想太疯狂了。

确定一个事实最简单的办法，是举出所有可能的猜想，然后推翻其中不可能的猜想，之后剩下的那一个，无论多么不可思议，我们都只能相信，因为除此之外已经没有别的可能了。

现在让冒险者最疑惑的问题不是山洞里的人是怎么死的，是被什么人杀了。而是头骨和其他部位骨骼对不上的问题。为什么只有头骨在？肢体骨骼呢？带走了？为什么只带走身体？挖掘遗漏、洞穴坍塌、水流的原因都无法解释人头骨和其他部位骨骼的数量对不上，那么还有一种符合常理的可能——野兽撕咬。

山洞外面生活着一种鬣狗，体格极为庞大，甚至超过了东北虎。这种动物牙齿尖利，撕咬力惊人，非常喜欢吃死尸。冒险者检查了这些野兽的粪便，发现里面有碎屑的骨头渣，这说明这些野兽确实有咬碎骨头的能力。那么，凶残的鬣狗会不会连尸体中的肢骨也一起吞掉，只留下了没有肉的头盖骨呢？这是最后符合常理的猜想了。

如果真是这样，它们就一定会在人的骨骼上留下齿印或爪印，冒险者开始在骸骨上重新寻找。但是，翻来覆去都没有在骸骨上找到鬣狗咬过的痕迹，因此不可能是鬣狗吃了人的肢骨。

虽然没有找到鬣狗留下的伤痕，但却找到了其他伤痕，他在头骨上看到了触目惊心的伤痕！

最先挖出来三个头骨里，第一个头骨顶骨表面有多处凿痕，山洞坍塌，掉下部分石块都凑巧砸在头骨上留下的？额骨左侧和顶骨上有很深的切痕。凑巧有几块锋利的石块划的？第二个头骨的顶骨中部有一块陷下去的、大约一点五厘米直径的，浅而不平的圆凹痕，而且从凹痕处发散出裂纹，仿佛是遭到了某种尖状物的击打，并且在这个头骨其他地方也有类似的情况出现。凑巧有几块尖锐的石块砸的？第三个头骨的顶骨上居然有一个近三厘米的矢状深切痕！凑巧一个尖锐的像长矛的石块划的？

这巧合也太多了吧？山洞落石不仅不能解释肢体骨骼缺失，连头骨奇怪伤痕都解释不了。

回想一下，第四个头骨像是被砸碎的，第五个头骨破碎也很严重，明显有过严重的击打，头颅底部大洞边缘参差不齐。自然力形成的大洞边缘要平整一些，很明显是人为了某种目的，把头颅底部砸开的。这些伤痕很奇怪，奇怪的地方在于，如果把砸的痕迹理解成致命伤，那么切痕是怎么回事？有些头骨既有被砸的痕迹还有被切的痕迹。5 号头骨有一处足够致命的伤痕，为什么还在头骨底部再砸一下？说这些，只是想说明，这些死者头骨上的一部分伤痕很可能是死后留下的，而且是人留下的。人死了，还要对他的脑袋下毒手，这是为了什么？

想到这里，再联想起 5 号类似于祭坛一样的摆设，最后再想到那些少数被砸过烧过的肢体骨骼，他终于不得不承认自己最后的那个猜想。

这个猜想就是——这些人被杀了，而且被同是人类的同伴给当作食物吃掉了……原因可能是没有食物，为了活下去，不得不这样做。

只有这个解释说得通，头骨上的那些奇怪伤痕，有的是致命伤，有的则是杀人者为了砸开头颅吃死者的大脑凿打留下的。第四个、第五个头骨被砸成那样，就是把大脑吃了。

第五个头颅是被活着的人摆在那里的，周围三个动物的尸体不是某种习俗，也不是邪恶的宗教仪式。联想之前发现的尸骨，那些尸骨附近也有动物的尸骨。很明显，这个头骨和之前的头骨是故意和动物的尸骨放在一起的。不是动物骸骨放在人的尸骨旁边，而是人的尸骨扔在了动物的尸骨旁边。为什么？这些死者是食物！所以和同为食物的动物的尸骨扔在一起。这样，那些残存的肢体骨骼为什么会有烧过的痕迹就能解释了……

“够了。”我打断他，说道：“你到底是怎么回事？你认为编这种故事有意思吗？而且，你要是编得好也就罢了，可这个故事……人吃人，除了恶心我实在想不到别的形容词。”

十七岁的杀人犯双手做出倒塔形的手势，心理学上说，这种手势是一种肢体语言，代表着做手势的人很自信。他说道：“我讲的故事是一件真实的故事，不是我想象出来的。”

我白了他一眼，眼神中充满鄙夷的目光，语气也有一些嘲讽：“我怎么没听过，我根本没见过凶手吃了五个人的凶案！案子里比东北虎体格还大，能咬碎骨头的鬣狗不可能存在。这个故事编得太离谱了！”

十七岁的杀人犯冷笑一下：“好了，我知道你在心里骂我，这根本连案件都算不上，也根本连推理的必要都没有，这几个头骨的主人一出现你就猜到是被杀死的。我也承认，这根本不算推理题，一来太明显了，二来……我隐瞒了这个题的部分真相，还说了谎，而且说了不止一处。”

“谎话一，这些头骨不是在一个山洞中被发现的，而是来自不同的发现点。1、2、3号头骨来自北京的一个山洞，其他骸骨来自国外。甚至，几个骨头被发现的时间都不一样。”

“谎话二，确实存在和东北虎一样大的可以轻易咬碎人骨骼的鬣狗，只不过它们老早就灭绝了。”

“谎话三，不存在冒险者，非要说的话，冒险者其实是一群考古学家。”

“隐瞒真相方面，我隐瞒了死者的死亡时间。我说的故事确实发生过，而且真的发生在很久以前，久到什么程度？五个死者，1、2、3 号死了五十万年，4、5 号死了一二十万年。五个头骨不是简单的头骨，而是头骨化石。明白了吗？死者是原始人，凶手是原始人，人类的祖先。”

我忽然不知道该怎么回答他了，他故事里的那些死者，都是以被挖掘出的原始人头盖骨为原型创造出来。经过考古学家的研究，种种迹象表明，这些原始人不是死于意外、疾病、更不可能是自杀，而且被同一部落的人杀死的。至于原因，是食物缺失，为了活下去，他们不得不用石块在背后偷袭砸死同类，然后用石斧、石矛之类的工具解剖尸体，用来填饱肚子。考古学家已经有证据证明，在蛮荒时代，尤其是食物匮乏的时期，原始人确实会发生人吃人的现象。

“所以呢？”我看着眼前这个十七岁的杀人犯，我完全不知道他在思考一些什么东西。

他低着头，声音有种与年龄不符的感觉，那种喉咙塌陷四十五度的低沉性感的感觉。

“王警官，我不知道考古学家给出的原始人吃人的事情是真是假，估计是真实的。我在想，第一个为了生存杀死并吃掉同类的那个原始人，就是现实版的‘该隐’，人类的第一个谋杀犯。所以……人类在原始社会，那种蛮荒时代，就已经学会杀人了，这样说可以吗？”

我一句话也说不出，这个人的思维方式太奇怪了，明明知道他的话是错误的，但是又感觉确实还有些道理。

十七岁的杀人犯依旧低头，微笑着：“最初的人类学会用火，我们现在也在用火；最初的人类学会制作工具，我们现在也在制作工具；最初的人类学会穿衣，我们现在也在穿衣；最初的人类学会相互合作，我们现在也在相互合作。总之，最初的人类学会的东西，我们都继承并发扬光大了，人类能成为万物之灵，就是因为人类懂得学习和继承。这样的话……”

“人类最初学会的谋杀……现在的我们……也会谋杀！”

十七岁的杀人犯终于抬起头，看着早就不知道该怎么回答的我，脸上挂上了阳光灿烂的笑容，就像完成了一个恶作剧的孩童流露出的灿烂笑容。这就是他对我最初问题的阐述，我问他为什么杀人，他的回答是，谋杀，是横跨整个人类文明史的人类本能！杀人犯的阳光灿烂的笑容，这种反差……我不知道该如何去评价。

说完，他就转身跳了下去，我离他只有七步远，来不及赶到他的身边。但是，我能想象到他从高楼坠落的全过程。

他从高楼坠落，他的耳边可能会涌入呼呼的声音，那是在空中划过空气的声音。而他从楼顶完美地落了下去，在空中划过一条美丽的抛物线后，又在地面用一个十七岁的花季生命，绽放出一片美丽的血花。那片血花太过妖艳，绽放于电光火石的一瞬间，具体时间不清楚，我的物理学得不好，算不清一个脆弱的生命消逝的时间。

只是……他本人的感觉中，那一瞬间被无限延长，就像电影里的慢镜头一样。犹如一片枯叶，摇曳着飘过一层接着一层的楼层，他没有在空中飞翔的想法，只是做累了绿叶，身体里的叶绿素不再足够支撑着他继续活下去，他忽然有了想到地面上歇一歇的想法。当他的身躯接触到地面时，妖艳的、鲜红的温暖液体从他的身体里迸溅出来……有过一个摄影师，捕捉过一滴牛奶落在地上，迸溅出王冠的形状的画面。放在这里的话，地面上会有数不清的鲜血迸溅出的王冠。

他在坠楼的过程中在想什么？回想过去对不起的人？为自己的罪行忏悔？或者是后悔自杀？还是觉得坐牢好一点？又或者是在憎恨这个世界？

诅咒着逼他走到这一步的人、事、物？我不是他，我问自己的问题我无法回答，也没有了让他回答的机会。

我站在楼顶，向下望去，他殷红的鲜血挥洒在惨白的雪地上，画成了一幅雪原红梅的孤芳自赏图。新闻报道中，他被描绘成一个运筹帷幄、不可一世的犯罪天才，可真实的他，我们又能了解多少？也许只不过是一个孤独的、发了疯的，在这个混蛋的世界找不到存在价值，丧失掉做人资格的可怜鬼吧。

这件事让我明白了一个道理，有些东西可能会在我们的人生中迟到，但他一定不会缺席。你以为我说的是正义和公平吗？我说的是每个人拥有的死亡结局！

这就是死亡……一瞬间……生命凋零的无奈，来不及阻止也来不及挽留。无论死者的好与坏，生命逝去伴随的总是惋惜，那一瞬间的凄美，绞尽脑汁也描绘不出它的万分之一。

我准备离开，雪下得更大了。看一下时间，现在是晚上九点整。关门雪，下一宿，看这个架势，明天早上雪才能停吧。

第二章 模仿犯罪

2015 年 6 月 1 日。

云城的监狱长站在十三号牢房前，面对着里面二十出头的男青年说道：“起来，又有案子让你帮忙了。”

监狱里的青年正躺在床上，脸上盖着一张报纸，他把报纸拿下来扔到一边，缓缓起身，脸上挂起灿烂的笑容，就像一个孩子发现了心爱的玩具一样。

“喂，你已经官升监狱长了，怎么到现在还在管破案的事情啊？”此人，正是区启之。再聪明的罪犯，也难免有一天会折进监狱。

监狱长：“我是看你在监狱里太无聊，所以找些案子给你破。”

没错，区启之破案。

这个世界上有一种职业，叫作“犯罪顾问”。就是罪犯利用自身的犯罪经验帮助警方破案，以换取减刑的职业。区启之有很高的犯罪天赋，在犯罪率极高的云城，也算是最出色的罪犯之一。当一个犯罪老前辈去破解晚辈的犯罪手法……赌一万块，没有侦探、警探比他更了解罪犯的犯罪心理。

区启之似乎饶有兴趣：“什么案件？密室？不在场证明？远程谋杀？交换杀人？无足迹谋杀？死亡信息？密码？……还是什么其他的不可能犯罪？”

监狱长意味深长地笑了一下："只是普通的盗窃案。"

区启之很失望，把报纸捡起来重新盖在脸上，躺回到床上，说道："你找别人吧，我只想教育教育那些有点头脑的罪犯，连个像样的不可能犯罪手法都没有，给我们罪犯丢人。我明天就假释了，这种小案子……"

说完就把身子转到一边，闭上眼睛，像是睡着的样子，一句话也不再说。

监狱长并不生气，认真地对区启之讲起案情："不是一个案件，而是两个案件，地点没有发生在云城，而是隔壁的风城。两个案件的案发现场都被人入侵，但是很奇怪，不但没丢任何东西，现场还多了……十三枚硬币……"

听到这里，区启之睁开了双眼，心道："十三枚硬币……"

监狱长看区启之似乎提起了一点兴趣，继续说道："第一个案件发生在一个超市，前一天附近停电，监控失去了作用。窗户没有撬开的痕迹，门锁没有开锁工具试开的痕迹，当地警方初步排除了外人作案的嫌疑。"

听到这里，区启之立刻坐了起来："那间超市的锁是不是随手放在一边的？"

监狱长："不知道，没有丢东西，反而多了十三枚硬币，而且没有外人入侵的迹象，也就没有继续跟进这个案件。我是听我在风城警局的一个朋友说的。因为太奇怪了，既然不留任何痕迹的进入超市，居然什么都没偷，还留下了十三枚硬币。我怀疑，是超市主人的熟人，他们有机会接触到钥匙，复制之后和超市主人开玩笑。"

区启之掏出烟盒，点燃一支烟，深深吸了一口。十三枚硬币是罪犯的签名，类似于《蝙蝠侠》里的小丑，每次杀完人就扔下一张扑克牌。这类人，把犯罪当成一种艺术，不是为了利益犯罪，而是为了向世人展现自己的犯罪技巧而犯罪。至于罪犯是怎么在没有机会接触钥匙的情况下进入超市的……区启之自然知道，大家也自然知道。

监狱长："还有一个案子，是一个手机店，监控正常运转，但是……监控里没有拍到任何人进入的画面。神奇的是，现场也留下了十三枚硬币。"

区启之愣了一下，烟灰掉了下来，他缓缓抬起头，问道："有没有发生在宾馆里的谋杀案？还是密室谋杀？"

世界上没有那么多巧合，两起案件，都留下了十三枚硬币，而且，都和区启之还是学生时的犯罪想法一模一样。换言之，有人在模仿区启之的犯罪手法犯案。"为什么会这样？怎么会有人用我五年前那天的犯罪构思一模一样的手法犯罪？前两个还没什么问题，关键是接下来，如果还继续的话就是宾馆里的谋杀案了。"

"宾馆谋杀案这个真没有，但不能说完全没有。"监狱长从怀里掏出一个盒子，递给区启之，说道："今天早上从风城寄来给你，我拆开看了，是一个录音笔，里面是一些像是音乐的稀奇古怪的录音。然后……还有其他的东西……"

区启之若有所思道："别告诉是十三枚硬币……"

监狱长一句话不说，用手抖了抖盒子，盒子里面发出悦耳的硬币撞击的声音。

"哈哈哈……"区启之疯狂地大笑起来："完美！这是在向我挑战！到底是谁？明天我假释出狱一定要到风城去一趟，会一会这个给我寄录音笔的家伙。"

监狱长把盒子递给区启之说道："我是看不出录音有什么信息，你自己研究一下吧，明天你出狱我来接你。"

风城，多瑞宾馆

一个一身蓝色西装的男人站在那里，他缓缓转身，给他的脸一个特写镜头，他带着一张京剧脸谱的面具……

"快点过来吧，区启之……"

第二章
模仿犯罪

监狱门口……

“喂！后悔吗？”

监狱里监狱长问区启之。

区启之：“什么后悔吗？你是问我杀人后悔吗？还是杀人后自首后悔吗？”

监狱长：“都有，毕竟，按着当时的案件情况来看，密室杀人，警方定义她是自杀也不是没可能。你为什么还自首啊？”

区启之：“谁知道我当时怎么会傻到自首呢？不过无所谓了，反正我这就被假释了。”

监狱长：“是啊，还真是幸运呢，杀了人只坐了五年牢就出去了。不过真没想到，死者居然会为了保护你，自己把门反锁。”

区启之：“谁告诉你那个女人为了保护我把门反锁，制造成密室的？那个密室是我自己辛辛苦苦制造出来的。”

监狱长：“难道不是吗？死者是你青梅竹马的女友，你们可能是吵架了，你一时冲动，用刀子刺向她的胸口，然后逃跑。但你刺偏了，她当时还有一口气，为了不让你坐牢，她选择挣扎着站起来，把房门锁好然后回到床上等死，制造自己是自杀的样子。”

区启之：“你可真会想，这是不可能的。第一，她没有那么好心；第二，她是当场毙命，没有机会自己把房门反锁。”

监狱长：“不是吧，自首坐了五年牢后你才想起来反驳吗？”

区启之：“我没反驳，人确实是我害死的，我只是说密室不是你想的那样。”

监狱长：“可是，你女友为了保护你把房门反锁，这不是你自首时交代的吗？”

区启之：“那是我不得不自首，可你们又没查出真相，我觉得冤，就编了一个假的真相。这样，让警察用假的真相抓住一个真的犯人，我心里还好受一点。也就是说，我虽然自首了，可还是警方输了。”

监狱长：“你还想不想出去了。”

区启之：“我必须出去，五年了，我不可能在监狱里躲一辈子，是时候出去和他们做个了断了。”

监狱长：“他们是谁？”

区启之吸一口烟道：“这个世界。”

监狱长：“哇哦……”

监狱长：“那你到底是怎么制造出那个密室的。”

区启之：“给你一个提示，和风城多瑞宾馆的谋杀案用的是一个手法。”

监狱长：“隔壁风城多瑞宾馆的谋杀案？那不是四年前的案子吗？至今未破，嫌疑犯倒是有一个，还跳楼自杀了，我记得叫……”

区启之：“叫区晟之……”

“你们……难道？”监狱长大吃一惊。

区启之掏出烟点燃，深深吸了一口，把烟圈缓缓吐出：“他可能是我同父异母，素未谋面的混蛋哥哥。他大概是查清楚了我的犯罪手法，所以在风城模仿我的手法犯下案子向我示威吧。之前的盗窃案，估计也是他做的。”

两个兄弟，生长在不同的环境里，接受着不同的教育，接触着不同的人，除了有他们共同的父亲百分之五十的遗传基因之外，再没有其他的共同点。有趣的是两个人居然不约而同地都走上了犯罪的道路。

“我从没见过他。”区启之说道，“区晟之在警界的传闻中到底是一个什么样的角色，我打算去风城看看他的犯罪现场，解开他的案子，出口气。”

监狱长：“关于区晟之我也是道听途说，据说是一个无可救药的疯子，把犯罪当成一种艺术。和他比起来，都能产生你是个好人的错觉。而且，我昨天问了一下我风城的朋友，他确实有作案后留下十三枚硬币的习惯。

对了，如果你去风城的话，要小心一个叫王子轩的警察。四年前，就是他负责区晟之的案子，我听说他每年都要去多瑞宾馆，就是为了查清楚四年前的案子。不过很可惜，他至今都毫无头绪。虽然我知道你是什么样的人，但让王子轩知道你的身份，就说不准了。”

区启之站在监狱门口，望着风城的方向，像是看穿了夜幕，看到有一个素未谋面的哥哥站在那里对着自己挑衅地狂笑着。王子轩的事情他不关心，他只关心区晟之的事情。

“等着我，区晟之，这回轮到我把你送进牢里了！”

监狱长：“等一等，据我所知他不是自杀了吗？！”

区启之：“也许吧！你记不记得，一个星期前有人给我送过一个录音笔，里面是一首怪异的歌曲？”

监狱长：“当然记得，除了我之外，你没有亲人朋友，谁会给你送礼物？那个我也听了，简直就是噪音。总共没有多少音符，却有将近一半是空拍。那有什么意义吗？”

区启之：“因为里面有音符，让我们误以为那是歌曲，其实，那只是为了给我传递信息而已。哆唻咪发唆啦西空拍，换成12345670，按着声音音符的顺序，排列出来就是12、401、402、403、404、301、302、201、202、101、102，以上的是。”

监狱长：“这难道是……”

区启之：“没错，是房间号。还是多瑞宾馆的房间号。”

监狱长：“哦，那段音乐一开始的两个音节就是哆和唻，就是代表着多瑞宾馆的名字。可是，是谁给即将出狱的你发来这种信息，又为什么告诉你多瑞宾馆的房间号呢？等一下，多瑞宾馆？那不是区晟之犯下密室谋杀案的宾馆吗？”

区启之：“看吧，这就对了。”

监狱长：“好吧，凡事小心。”

区启之的性格监狱长最了解不过，面对这种挑衅一定坐不住，他势必到风城的多瑞宾馆走一趟。这五年中，监狱长看着区启之从一个罪犯一点一点改过，相信他不会再重蹈覆辙。但是，监狱长还是担心有人想陷害他，毕竟，在他快出狱的时候发来这种密码，这种挑衅再明显不过了。

区启之走出监狱门口："我走了，五年了，感谢你照顾了。"

监狱长："哪里，五年前我还只是一个陷入低谷的小警探，现在成了监狱长，这不还是多亏你吗？要不是你利用你的犯罪天赋帮我解决案件，我能爬到这一步？本来我有机会升副局长的，但你要走了，谁帮我解决案件，我索性就选择当个监狱长吧。"

区启之："哈哈，说起来，五年里我们确实解决不少棘手的案件呢。多亏你时不时带着疑难杂案来找我解决，我才不至于无聊。"

监狱长："别说没用的了，一路顺风，记得回来看看我，约个地方见面，别再像五年前在监狱里见面了。"

区启之轻轻点头："放心，不会的。"

监狱长第一次见到区启之是五年前在监狱里，当年他还是警探的时候就是他负责区启之的案件。智商和智慧不同，监狱长，就是一个很有智慧的人。他看到区启之的第一个想法就是，这样有犯罪头脑的人以后放出去难保他不会再作案。与其这样，不如把他改造成一个"犯罪顾问"一样的人，把他犯罪的天赋用在终结犯罪上面。试想一下，他比任何罪犯更擅长制订犯罪计划，比任何警察更了解犯罪的心理，比任何侦探更能够重演犯罪过程。这样的人，做敌人太可怕，比起打败他，还是让他帮助自己更有价值。当凶手面对区启之这样比自己更强大的"罪犯"时，会产生什么样的结果？

区启之狠狠地把香烟扔在地上，紧了紧身上血红色的风衣，他从一个"罪犯"变成"侦探"，就是从风城开始的。

第三章 房客

风城，多瑞宾馆。

雨声。

“哗哗哗……”

区启之走在多瑞宾馆四楼的走廊上，陷入了沉思。

他在凌晨三点四十的时候潜入，因为和监狱长说的一样，王子轩现在也在这个宾馆里，就在三楼的301。他为了避免节外生枝，不被王子轩发现，所以选择潜入宾馆。这是最好的选择，区启之是刚刚假释的罪犯，还是四年前在宾馆里犯下谋杀案的真凶的弟弟。就算他自己知道自己已经改过自新了，王子轩信吗？被他发现，指不定会沾上什么麻烦呢。

有个人给区启之发了音乐密码，密码里1、2、3楼都只有1号和2号房间，而4楼居然是有四个房间。想到这一点，区启之从通风口爬进宾馆，直接从4楼的通风口里出来，然后仔细查看着4楼。

区启之来到404门前，屋门是锁起来的，不能进入查看。

“哗哗哗……”一个非常微弱的声音从房间里传出来，他把耳朵贴在房门上，确定声音就是从房间里传出来的。

“等一下！这不是外面的雨声……而是流水声……难道？”区启之快速检查了密码中的401、402、403三个房间，无一例外，房间中都有哗哗哗……的流水声。

区启之整个人都呆住了："这是……和云城的密室谋杀是一个手法！四年前的区晟之果然也是用的这个手法。而且，现在的流水声证明有人又在用这个手法杀人……到底是谁？不，如果是这个手法的话，还来得及去救死者……"

很不可思议是吗？有点不能想象吧，听到奇怪的声音就认定有谋杀案，这个主人公未免太厉害了吧。但是，这是案件核心手法带来的奇怪声响。这算是提示，后面会用得到。

"咚！"

区启之来到四楼的楼梯口，听到这声闷响之后，他停住了脚步。

"看来来不及了，如果传来那声巨响，估计死者已经死掉了。"区启之思考了一下："我是潜入进来的，这样下去告诉他们有人死了，百分之一千会把我自己定义成最大嫌疑人。我刚刚被假释出来，再卷入谋杀案的话……这样，我从二楼翻窗户跳下去。然后假装从外面冒雨赶来入住的客人，找个机会让他们发现有人死了，再不动声色地提示王子轩让他解开案子。就这么决定了！"

区启之望了一下三楼没人出来："看来他们以为是有人把什么东西碰掉了。趁现在！"

……

三楼。

王子轩每年都要到多瑞宾馆去一次，为了纪念四年前跳楼自杀的那个区姓少年，也为自己寻找一个答案。这五年来，他寻遍了整个世界，都寻找不到答案。如果那个少年还活着，现在都该大学毕业了吧。

四年前的六月八日，是那个少年犯下杀人罪的日子，地点也是在多瑞宾馆。他用的手法只不过是一个简单的密室杀人，但是，却完全想不出他是怎么把屋门反锁的……不对，应该先考虑他是怎么进入房间的……任何条件都可能是解开谜题的关键，包括时间，那个手法或许出于某种原因，只能在特定的时间内才能完成也说不定。

所以，王子轩每年的六月七日，都会到多瑞宾馆开房间住宿，一直到六月九号才离开，看看这期间有没有什么特别的地方。现在，他放弃了这个想法，看来和特定的时间没有关系。

六月八号，凌晨三点半，王子轩还没有睡，他坐在自己房间的床上，穿着一件紧身的白色衬衫，黑色西服随手扔在床上，下半身穿着一条黑色的西服裤子，脚上蹬着一双黑色的皮鞋。他是属于那种成熟的大叔型的男人，虽然只有二十八岁，但是他的脸上有一种与年龄不符的成熟和沧桑。

他的房间就是四年前的案发现场的房间301。如果解不开那个少年的手法，他这辈子都过不安稳。一个二十八岁就成为警督的警界英才，居然破解不开一个死了四年前的小鬼的手法，他过不去自己这一关。

四年前的案发现场至今历历在目……现场太干净，死者是被刺穿胸膛死掉的，他很安详地躺在床上，只有床上有血迹，其他地方一点血迹都没有。现场没有凶器，没有打斗过的痕迹，除去死者和客服人员的指纹之外没有其他人的指纹，也没有多余的血迹，不，甚至可以说几乎没有任何多余的东西。还有，窗户紧闭，屋门反锁，标准的密室。

经过法医验尸，死者死亡的时间倒是很精确，是凌晨四点十二分。这个时候死者正在熟睡，凶手戴上手套趁他熟睡杀死死者，然后带着凶器离开倒是可以解释现场没有凶手指纹和没有打斗痕迹的现象。但是，死者睡觉一般都是锁好门的，他是怎么进入房间的？敲门把死者叫醒给自己开门？那还是会有争斗的可能啊。

凶手突然下手，死者瞬间毙命，没有反抗的机会，然后再把死者抱到床上？这种猜想倒是可以，然而，这样的话，不可能只在死者的床头部分有血迹，就算再小心，胸部刺穿的出血量，还是会滴在地板上。用鲁米诺试剂的潜血反应可以检测出被凶手擦掉的血迹。问题是使用了鲁米诺试剂，还是没有检测出多余的血迹。所以说，死者只可能是在床上死掉的。

好了，把话说回来，没有死者开门的可能，凶手是怎么进入房间的？然后，凶手杀完人又是怎么离开房间，把门反锁的？

王子轩长舒了一口气，拿出一支香烟点燃。他看着手指尖不断缩减，燃烧着洁白身躯来勾引自己的香烟，一口接着一口，贪婪地重复起吞云吐雾的慢性服毒的过程。把烟吸进肺里，让烟气伤害或者滋润着肺部的细胞，补充着体内严重不足的尼古丁。

“睡不着了……除了那些疑惑之外，还有一个更简单的疑问，凶器是什么？”王子轩彻底失眠了，越是思考，脑细胞就会越活跃越兴奋。

“咚！”

忽然传来了一声闷响，然而，除了吓了王子轩一跳之外，这声闷响没有任何作为。这个声音是从三楼发出来的，应该隔壁房间里的什么东西掉了。大概就是隔壁的人起来上厕所，碰掉了什么重物吧。记得，隔壁好像是一个男记者吧。

看一下时间，凌晨三点五十六了。

“靠！”

闷声不久之后，一个身着红色风衣的男子低着头从四楼走廊冲到了楼道口，正是区启之。

这里给区启之一组长镜头，跟着他的背影，他快速从楼梯走了下来，画面只给他的身体，还是看不到他的脸。外面配合气氛给几道闪电，闪电过后是一声惊雷。惊雷响起时，他已经来到二楼，借着惊雷的声音打破了窗户，尽管外面下着雨，他还是顺着水管爬了下去。因为多瑞宾馆只有一条楼梯，如果顺着楼梯直接走，一定会走到一楼大厅，那里会被人看到，直接暴露了他是从楼上下来的。

外面正下雨，从窗户爬下去很危险，但不得不这么做，因为这里能被晚发现一会儿是一会儿。但也拖不了多久，只要发现玻璃被人砸开了，立刻就会发现曾经有人潜入宾馆里。

区启之深吸了一口气，站在原地一动不动，像是在下决心或者给自己打气。然而都不是，他只是想让雨多淋自己一会儿，让自己看起来是在外面冒着雨走到宾馆的。因为现在他必须去通知宾馆里的人，屋子里有人已经死了，还不能让宾馆里的人怀疑自己，能拖一会儿是一会儿……

……

雨夜，吧台赵娜坐在吧台里，百无聊赖，正在看一本号称极限烧脑、推理巅峰的小说。今天是她最后一天在多瑞宾馆上班，因为明天多瑞宾馆就关门了，整个宾馆的服务人员全都提前离开了，就剩她一个员工在吧台守夜。宾馆的牌子灯还被雨淋短路了，本来就快关门的宾馆半夜没有牌子显示，有人来住宿的可能性就更小了。

应该没人会来了吧，今天就看电子书看到天亮吧，反正是最后一天上班，明天睡一整天，然后老板会把我安排到他手下别的地方工作。这样一想，赵娜完全放松下来，把全部精力都放在了小说的剧情上。

赵娜很喜欢读推理小说，因为推理小说里的犯罪手法大多都很华丽，但只能在小说中才能实现。这样既能体验奇思妙想、异想天开的乐趣，又不担心有人会模仿犯罪手法。但是，看到最后她发现自己上当了，她看的根本不是推理小说，整本小说十个案子，根本没有一个让人觉得有点惊奇的密室。十个案子都没有一个密室，其他的不可能犯罪就更没有了，只有几个简单的密码破解。这能算推理小说？最要命的是，一群好事者号称这本小说是新本格！拜托去了解一下，什么叫新本格？这不怪别人，只能怪她自己之前没好好查查，以为这本小说是推理小说。怎么说呢，这部小说的卖点是罪犯的变态程度而不是侦探的头脑，换句话说，卖的不是作者的创造力！

“我要是遇到一个变态的罪犯，会怎么样呢？”赵娜这样想着。

下一秒，大厅的旋转门就转动起来，区启之缓缓走过旋转门，一步一个水脚印，来到了吧台前。

“给我开一间房间，麻烦了。”一边说，一边掏出了一个黑色的塑料袋，打开塑料袋，里面竟然装着一盒烟！

这个人有病吧，烟瘾也太大了，自己都淋得像洗了澡一样了，竟然还给烟盒披上“雨衣”！自己风吹雨打不要紧，别淋着我的烟就行。赵娜一眨眼的工夫，青年区启之已经点燃并抽了小半根了。他吸烟的样子，怎么形容呢？对了，就像刚从监狱放出来的五年没“开荤”的男犯进了洗头房一样。这个例子可能不是很合适，但是很说明问题。

赵娜仔细打量一下他的样子：看他脚底的地板上已经湿了一大片，是他身上流下来的水，看样子是在雨幕中待了很久。往上看，明明是六月天，他居然穿着一件血红色的长风衣，这个人太奇怪了。

再往上看，胸前佩戴着一个半个巴掌大小的十字架，十字架上雕刻的不是耶稣基督，而是一个骷髅，给人很不舒服的感觉。最后看看他的脸，脸色很苍白，头发被雨淋湿，呈一缕一缕的，还不住地往下滴水，眼睛很清澈但又有些忧郁，让人看着就感觉心痛。

他的呼吸有些沉重，像是身体很不舒服。这些就是他主要的特征，其他方面大家认为他长什么样帅，他就长什么样。但是一定要注意，他身上有一种病态美或者狼狈落魄的美。只要不破坏这一点，大家可以尽情想象他的样子。

“哪个房间？”区启之身体有些哆嗦，他又吸了一大口烟，努力克制着颤抖的肌肉，问道。

“现在只能给你开三楼，因为咱们这明天就关门了，来的人都安排到三楼，这是我们老板吩咐的。”赵娜如实地回答：“给你安排到303可以吗？”

区启之镇定地说：“可以，我没带身份证，可以吗？”

赵娜面露难色：“这个……很难办啊……”

区启之微笑着道："不行吗？反正是最后一天了……"

赵娜像是在下决心，片刻之后道："行吧，上去吧，三楼。"

区启之又吸了一口烟，用大大咧咧的语气说："你把我安排到一楼不行吗？三楼，太麻烦了。"

赵娜："这个真不行，我们老板和他朋友都在一楼，他们今天晚上都喝大了，就在一楼睡的。他睡前特意嘱咐我，不要往一楼放人，来人就放到三楼。"

区启之坏笑着："你们老板的那个朋友是个女的吧。"

赵娜鄙夷地看了男子一眼说："哪啊？男的，别把我们老板想成别的老板。"

区启之笑得更坏了："女的还好说点，男的问题就更大了。"

赵娜被逗笑了，十个女孩九个腐，还有一个是人妖："没准。"

……

四点十五分十二秒，三楼王子轩的房间，王子轩穿好上衣从房间出来："思考了一夜的案情，我都饿了……去找点吃的吧。"宾馆房间虽然一般都给顾客准备一些食物，但是早被王子轩吃光了，他躲在房间里思考案情就没出来。

……

四点十五分十二秒，区启之拿上了房卡钥匙，转身向楼梯走去。

……

两个人步调一致，一致到几乎是同时迈出一条腿，一个从楼上下来，一个从楼下上去。两个人的脚步声整齐划一，回荡在凌晨不到十个人的宾馆里。

四点十五分三十秒，王子轩穿着一双拖鞋缓缓走到了三楼楼梯口。

……

四点十五分三十秒，区启之抬头向上看了一眼，把脚踩在了一楼楼梯的第一个台阶上。

……

四点十五分四十四秒，王子轩打着哈欠来到了三楼到二楼的拐角处，他的哈欠声在宾馆里竟然让人觉得声音出奇地大。

……

四点十五分四十四秒，区启之把头发的刘海拉下来，遮住两只眼睛，镇定地往楼上继续走。

……

区启之左腕上带着一个机械表，给机械表一个特写，背景音全部消去。只留下哒哒哒的机械表秒针转动的特有的急促声音。然而，虽然机械表转的声音急促，但他的秒针还是一秒走一格，配合着区启之，每当他迈上一个台阶，秒针就转动一格，从一楼拐角走上二楼只需要十几秒，可这十几秒却显得特别漫长。

二人同时迈出脚步，在二楼相遇，画面在这个时候定格，王子轩很困，已经快睁不开眼了。区启之没有特意低头，而是昂首挺胸侧身闪过，很礼貌地给王子轩让路让他下去。画面旋转九十度，然后恢复，区启之大步走上三楼的楼梯，王子轩只是瞥了区启之一眼，然后也走了下去。两个男人，就这样擦肩而过了。

“呼……”区启之长舒了一口气。这个时候机械表的转动的背景音也配合剧情停止。区启之掏出一支烟叼在嘴上，在他想掏出打火机点燃时……

“等一下，小兄弟……”王子轩站住了脚步，没有回头，突然喊道。

区启之没有按下打火机，身体定住了，但是神情却没有任何慌乱，他耐心地等着王子轩的下一句话。

机械表急促的音效再次响起来，哒哒哒……

第四章 死亡预示

时间，凌晨。

“小兄弟，借个火用一下。”王子轩挥了挥手上的香烟，说道：“我的打火机扔在房间里了。”

“哦。没问题，接着。”说着，区启之就点燃自己的香烟，把打火机扔给了王子轩，并说道：“你拿着吧，我还有一个呢。”

王子轩接过打火机说道：“谢了。”

两个人正式的“分手”，各自上楼和下楼，区启之吐出一口烟，轻声地自言自语：“啊咧咧，吓死我了。”可是他的脸上，从始至终都并没有显出一丝一毫的害怕的神情。

大厅。

一个男人走到大厅。给到镜头，是一个身体有些发福，看上去四十多岁快奔五十的男人，他穿着一身西服，不怒自威。这就是多瑞宾馆的老板，钱库，是一个很有钱的人。嗯……相对而言。这个世界上有很多富豪，钱库远远比不上他们。但是，那些大富豪的资产大多是以股票、不动产之类的形式存在的。而钱库这个人的钱全部是以现金的形式存在。

赵娜：“老板，你干什么去了？”

钱库：“没事，我出去到车里拿盒烟，烟抽完了。”

赵娜："我帮你去拿吧。"

钱库："不用，你消停点就行，怎么还不睡？直接睡吧。咱们宾馆这是最后一天，今天下午我就让人把它拆了盖别的建筑了。对，你上三楼去睡一会儿吧，这就去，都没人了还靠着干吗？"

钱库走出大厅，到了外面，没有打伞。

王子轩走下来打着哈欠，对正边看小说边吃薯片的赵娜说："美女，有吃的吗？我饿了。"

赵娜仔细看了一眼王子轩，虽然他只有二十八岁，但看上去一副三十多快奔四张的样子。赵娜立刻把薯片一把一把往嘴巴里塞，嘴里还含混不清地说："没有。"

王子轩看着赵娜，不知道该说什么，想了半天才说："我花钱买还不行吗？"

赵娜眉毛轻挑："合着您老人家一开始就打算抢我一个小姑娘的东西吃啊？"

王子轩："你什么意思啊？唉？我好像对你有印象。"

赵娜："废话，我是这儿的吧台，能没印象吗？"

王子轩："我连着五年，年年这个时候都来，你是今年才来的吧，我以前没在这个宾馆见过你。但是，你却让我很眼熟，好像是在别的地方见过。"

赵娜："切！大叔就是大叔，搭讪都这么老套。"

王子轩好像想起了什么："我想起来了，那年我刚刚当上警察不久，接手的全都是小案子。你……你是我第一个逮捕的人！"

赵娜面色突变："你……别胡说。"

王子轩："没错，错不了，绝对就是！那个时候你还是个处在青春期的小女孩，叛逆，不懂事，在学校是个大姐大一样的学生。是风城东城黑色玫瑰的总番长，每天都带着一群女孩打架，记得有一次你们弄得太大，在风城广场上双方聚集了一百多人打群架，就是我逮捕了为首的你。你这个女流氓啊……哈哈哈……”

赵娜站起来指着王子轩道：“老家伙，你给我闭嘴！”

王子轩：“怎么样？后来我听说你因为你的不知悔改害死了一个女孩，虽然不是你杀的，没必要负法律责任，但是如果不是你，那个女孩就不会死！”

赵娜：“闭嘴，闭嘴！那件事……我至今都很后悔……”

王子轩：“别装纯了，你这个人渣！”

赵娜：“你他妈闭嘴！！！”

“干什么呢？”钱库不知什么时候进来，他的身上被淋得很湿，外面正在下雨，虽然不是很大。

赵娜一脸无辜道：“老板，这就我一个人，现在几点？凌晨四点啊！他起来非要到咱们宾馆的餐厅吃早点。我跟他说，咱们这儿明天就关门了，餐厅里的设备什么的全都运走了，餐厅早就不开了。我说我这有点零食，要不然给他垫补一下，他不干，就非要去餐厅吃不可，还说不吃我的狗粮！你说这叫什么人？”

王子轩彻底生气了：“你真能编啊，说瞎话连眼睛都不带眨的啊。”

“滚！”钱库忽然大吼起来，吓了赵娜一跳，不知道他怎么会这么生气。

钱库指着王子轩道：“你到底住不住？我知道你是干什么的，五年来每年这个时候都到 301 的那个警察。别以为我怕你，我们这明天就不开了，我怕什么？你要像个人似的，我白给你住都行，你跟我来这出……我告诉你啊，爱住住，不住就滚，我说怎么着吧？”

王子轩：“行，我还不住你这个破地方了呢！”

说完他愤怒地走上楼梯，他的车钥匙还放在三楼。拿了车钥匙就走，一秒钟都不在这个宾馆待了，他是这么想的。

赵娜看着钱库说："老板……你……"

钱库面部表情有些悲伤，他点燃一支烟，深深地吸着，然后用低沉的语气说道："小娜，你来咱们这多久了？"

赵娜不知道老板为什么这么问，一副不解道："一年多了，怎么了？"

钱库："对，一年多了，一个刚刚走出校门，进入社会不久的小姑娘。你在我这里干，觉得老板对你怎么样？"

赵娜："当然好了，您是我见过最好的老板。"

钱库微笑着说："你才多大？别跟我来这套，我给你发钱，你才这么说的。明天咱们这就关门了，你都不说实话吗？"

赵娜停顿一下道："你太凶，老是吼我们，请假还不给我们，碰到那些没素质的顾客欺负我们你连问都不问……"

钱库尴尬地笑一下："我在你们眼里就那么不堪吗？我不凶，怎么管理这个宾馆，好几十号人，如果一点威严都没有，早乱套了。你们也知道，咱们的规定是请一次假就没全勤奖金了，你们刚步入社会，不知道钱是好的，我不给你们假是想让你们能多赚一点是一点。你们都是二十出头的小姑娘，我孩子也和你们差不了几岁，你们在我面前就像自己的孩子一样。你们被顾客欺负，尤其是那些喝醉酒的顾客对你们毛手毛脚的时候，我心里也来气。试问，这个世界上哪有父母看到自家孩子受欺负心里能好受的？但是……"钱库声音有些哽咽，继续说道："但是，没办法，咱们就是吃这碗饭的。宾馆住的人本身就是三教九流、龙蛇混杂，碰到几个没素质的也不稀奇。我是老板，不能跟他们翻脸，咱们就指着他们赚钱。我不是不知道你们委屈……"

赵娜的心里流过一丝暖意，宾馆明天就关门了，最后，居然能听到老板说出这样的话。

"没事，老板，不都过去了吗？再说，我也没记恨您，您忘了吗？我过生日的时候，您还特意给我准备了礼物呢……对了，那今天你怎么跟那个顾客翻脸了？”

钱库非常自豪的样子道：“明天就关门了，大不了我把钱退给他，不赚他那点钱了。我的孩子平时受委屈都忍了，在这个宾馆最后的时刻，我这个当父母的能让孩子受委屈吗？”

赵娜含着眼泪在笑，她二十三岁，出校门一年多，受了再大的委屈都没哭过，但是看到那个平时凶巴巴的老板居然对自己这么好，感动道：“老板……”

钱库故意装成很生气的样子：“什么老板？叫钱叔。”

赵娜终于控制不住落下眼泪：“谢谢您，钱叔。”

钱库慈祥地看着赵娜说：“你平时值夜班要到几点？”

赵娜擦了一下眼泪：“早上八点。”

钱库一副心疼的表情：“唉，难为你们这些孩子了，今天开个特例，你去睡吧，我帮你值班了。”

赵娜啜泣了两声：“别，钱叔，您这么大岁数，不行。”

钱库假装生气道：“怎么回事？快关门了，你也不把老板的话当回事了，是吧？”

“不敢，不敢，绝对不敢。钱叔的命令绝对服从。”赵娜破涕为笑，一边说一边走，弯腰钻进了平时睡觉的小隔间。这个小隔间很简陋，原本是吧台后的一个储物间，后来被钱库改了一下，给晚上吧台的值班人员休息。有人来登记住宿，第一时间就能起来。

钱库：“小娜啊，你这孩子怎么这么笨呢？咱们宾馆都要不开了，闲着那么多房间你不睡，非得钻那个小隔间不可。”

赵娜：“我能去房间里睡吗？”

钱库：“平时让你们在小隔间睡，是怕晚上来客人，我在这看着来人也不伺候他了。况且，也没人来了。四楼房间的洗浴间都配有汗蒸，你去四楼睡，想睡哪间睡哪间，挨个屋睡都没人管你。闲着房间还不能给自己孩子住吗？”

赵娜：“那我可去了啊，钱叔，明天见。”

钱库看着赵娜离去的背影，长叹了一口气，然后微笑着拿起鼠标，在吧台的电脑上重复着赵娜平时的工作。他很认真，一丝不苟地体验着被他称为自己孩子的赵娜的辛苦。

三楼走廊。

区启之来到302，轻轻敲门，这里面住的是一个记者。但是，这个记者已经死掉了，区启之对这点心知肚明。他从二楼爬水管下去，就是为了装作刚刚进入宾馆，让宾馆里的人发现这一点。

“啪！啪！啪……”区启之低着头，重重地拍302的门，一边拍一边假装喊：“喂，有人吗？借你打火机用一下。”

“啪！啪！啪！”

“借不借的给句痛快话，别装死！”区启之大声喊道，他知道里面的人不可能回答他。

“怎么了？”王子轩上三楼拿钥匙，看到这一幕，问道。

区启之很镇定地说道：“哦，之前我不是把打火机借给你了吗？我自己还有一个，但是我后来发现那个打火机没有气了，所以想和302的人借一个火用用。可是，怎么叫门，他都不开，不知道为什么，我在想是不是里面出了什么事。”

王子轩若有所思道：“哦，小兄弟，你倒是很聪明啊。你怎么知道302一定有人？”

区启之：“你说这个啊，楼下的吧台跟我说过，宾馆老板和他的好兄弟在一楼睡觉……当然，是在不同的房间，没在一起睡。老板睡觉前让吧台有人就往三楼安排。我在外面看到了，整个宾馆，确实只有一楼和三楼还亮着灯。考虑到这些，恐怕这个宾馆的三楼是全部的顾客了。假如吧台按1、2、3的顺序安排房间，301的房门开着，亮着灯，屋里没人，明显就是刚下去的你的房间。303 是吧台安排给我的房间，这中间隔着的 302，很可能还住着一个人。”

王子轩：“虽然推理很牵强，但也不是没有道理。”

区启之：“我既不是警察，又不是侦探，我推理那么好有什么用处？”接着心道：“比起推理，我还是喜欢思考一些犯罪计划。”

“啪！啪！啪！”王子轩敲打着 302 的门，大喊着：“孙记者，孙记者，你能出来一下吗？孙记者？”302 里依旧没有答复。

区启之心里道：“他已经死了，笨蛋！算了，提醒他一下吧。”

“那个，这位先生，我能问一下吗？”区启之对王子轩说道，“你就在隔壁，你之前有发现过什么奇怪的现象吗？”

“奇怪的现象……有过一个声音很大的声响，那应该是他碰掉了什么东西，我没在意。”

“除此之外呢？”

王子轩的脸上出现了一副细思极恐的表情，他想起来了，四年前的那个犯罪少年的犯罪手段……四点左右、密封的房间、死者因为胸部被刺穿致死、没有凶器的犯罪现场、没有多余血迹的犯罪现场、没有任何多余线索的犯罪现场、凭空进入并凭空消失在房间中的凶手……为什么这么相似？

第五章
密室登场

密室：犯罪手法的龙头老大，是每一个名侦探宿命中必须解决的谜团。古今中外的推理小说作家，不可能每本小说都有密室。但是，任意一个推理小说作家绝对不可能不写密室。如果是刑侦、悬疑、犯罪小说，没密室没有问题。但是推理小说之中……一个没解决过密室的负责推理的侦探，那也能算是个侦探？！那是神探，神棍侦探。

“怎么了，先生？”区启之明知故问。

王子轩深吸了一口气：“这个案子，恐怕会和四年前的案子一模一样。”

区启之装模作样地说道：“听不懂，咱们现在还不能确定房间里的人到底怎么样了，很可能是他在你没注意的时候出去了，现在根本没在屋里。我们敲门，当然没有回应了。”

区启之非常清楚，里面的人已经死掉了，他之前在四楼的时候，听到的那声闷响，就是死亡的宣告音。听到的401到404的奇怪声响，就是案件核心手法带来的异象。但是，这里他必须跟王子轩装傻，一起混进案发现场，并不动声色地提示他破案。

王子轩：“不，你不知道，我之前曾经听到过一声闷响，估计里面的孙记者已经被凶手砸死了，就像四年前的那起案子一样。我可以确定，时隔四年，命案再一次发生了。我早该想到的！为什么？为什么我没在听到响声的时候就来看看，那时候来，说不定可以查到一些线索的。”

区启之拍了拍王子轩的肩膀，安慰道：“正常，你在宾馆住宿，听到隔壁有声音，立刻就想到是谋杀案，这才不合理呢。举个例子，假如隔壁住着一对情侣，他们正在屋里从事‘制造小孩’的活动，这过程中不小心把床边的花瓶什么的碰到地上，你立刻大喊一声，靠！隔壁杀人了！然后就跑去咣咣砸人家门？不挨揍吗？你以为演电视剧呢？我觉得你做得没错，多一事不如少一事，万一隔壁真有危险，你在明处，人家在暗处，你过去不是送死吗？照我说，报警，让那群税务小偷待着啊？有事让他们上，咱们纳税干什么的，白养他们的啊？”

王子轩：“我就是警察。”

区启之装出一副很尴尬的表情道：“对不起啊，我不知道……”

王子轩阴沉着脸说：“你在这等着，我下楼去拿钥匙。”

区启之坏笑道：“好。”

王子轩在三楼拐角处碰到正要上四楼去睡觉的赵娜。

王子轩：“唉，你来得正好，把三楼的钥匙给我用一下。”

赵娜仰起头：“不是，大叔，你什么意思啊？”

“我的意思……”王子轩无奈的表情：“可能死人了！”

赵娜：“什么？”

王子轩看着赵娜的腰间挂着一大串钥匙，知道那就是所有房间的钥匙。他掏出警察证件：“来，我是风城警局的警督王子轩。”

赵娜咯咯地笑：“我知道……你以为我怕……”

王子轩打断王娜，严肃地说道：“我没给你开玩笑，302的那个记者，就是连住了七天的那个男的，现在怎么敲门都不开，我们要进去看看情况。”

赵娜看王子轩的样子很认真，知道事情不是那么简单了：“我来开。”

三楼的房间全部是电子锁，刷房卡开门锁门，也就是说，经典的录音带缠绕门锁转动反锁屋门，这种密室手段不能用了。整个三楼都铺着很厚实的地毯，显示了宾馆做生意的诚意。虽说，地毯不是多高档，但好歹是老板的一点心意。当然，老板做生意诚意不诚意那是“3 · 15”的事情，和案子没关系。这里要说的是，因为毛毯的关系，所有房间门下面的空隙变得非常小，不够房卡通过，也就是说，用钓鱼线把房卡像缆车一样送回到死者身上也不可能。

门和墙壁全都是密封的，没有任何暗门出入房间。用甲虫之类的小生物把钥匙送进去也不可能，而且房卡他们也拖不动。凶手演戏，在撞门的时候抓着门把手，假装撞不开让人以为屋门反锁？对不起，也不可能，他们根本没撞门，赵娜正要用房卡钥匙打开。所以不存在门没锁的伪装型密室。

那么，这间密室是如何制造的呢？

赵娜把302的房卡刷了一下，发出“嘀”的悦耳响声，表示门已经被打开。她刚要把手放在门把手上准备拉开房门时，一只手抓住了她的手，抬头看一下，是区启之的。

“你别开，里面的场面可能不适合你一个女孩子看。”区启之把赵娜拉到自己身边，示意她离开一点。然后对王子轩说道：“开始吧，警官，这是你的工作。”

王子轩看了一眼区启之和赵娜，心里有一种奇怪的感觉，他说不清楚是什么，只是觉得很怪。但是，现在没有工夫想那些有的没有的了。王子轩虽然办过不少案子，但每次看到死人，还是不能适应。人的生命只有一次，一个生命的逝去，总是伴随着很多很多的东西：恐惧、胆怯、害怕、痛苦、绝望、伤心、悲哀、哭泣……就算是看守停尸房的人，看到死人只能说比起正常心理的变化会小一点，也不可能完全无动于衷。

房门大开，一股淡淡的血腥味扑面而来，不到让人作呕的程度。相反，这股血腥味让人觉得很惋惜，一个生命的逝去，会留下什么东西：遗体、遗产、遗言、遗书……没来得及做的事、没来得及爱的人、没来得及去的地方、没来得及说的话语，把这些全总结起来，就是遗憾。

这份遗憾让人知道，死亡会终结一切可能、计划、梦想。而活着，哪怕只有亿分之一的可能，哪怕难如登天的计划，哪怕遥不可及的梦想，只要活着，没有绝对不能实现的说法。这也许就是死亡的价值之一，提醒我们这些侥幸、有幸、万幸还活着的人，珍惜、珍重、珍爱我们的仅有。当哪一天我们很不幸地出现意外，偶然遇见了死神大人，不能再和他玩追逐游戏时，我们可以潇洒地告诉他：我和你走，我没有什么遗憾了。唯一的遗憾，就是怕我的尸体会有血腥味，熏到替我收尸的人。

门里散发出血腥味的那位，他会有遗憾吗？他的生活轨迹我们无从得知，所以不知道他没来得及的……种种遗憾。但是，有一点我们可以知道，如果让杀他的凶手逍遥法外，他一定会遗憾。

灯光打开，区启之直接捂住了赵娜的眼睛，赵娜很配合，没有像电视剧女主角那样回头犯贱地扇区启之一个耳光，然后贱贱地大喊他流氓。她知道门里面是什么，她可以脑补到那个画面，但幻想有时候远比现实的冲击力要低。

区启之眼睛一眨不眨地盯着屋门里的一切，他的面容上没有太多的惊恐，跟长年和凶案现场打交道的王子轩的冷静程度有一拼。他在赵娜耳边轻轻地说道："不要看，闭着眼睛走过这个门口，然后把你老板喊上来，之后等在大厅，别再上来了。"

"嗯！"

赵娜这一点做得很好，她没有像电视剧那些女主角一样除了尖叫就是捣乱。她知道现在她该做什么，宾馆里死了人，不管是自杀还是他杀，老板不在场不配合破案，是说不过去的。她闭着眼睛走过房门，不去看里面的死尸，然后用最快的速度冲向一楼大厅，一边跑一边喊："钱叔！……"

王子轩没有先看死尸，而是把目光首先放在了窗户上，窗户只能在里面打开，现在是紧闭的，没有杀人之后从窗户爬出去的可能性。接下来敲打一下墙壁，墙壁全部是实心的，不存在暗道的可能。屋子里的陈设很简单，一张双人床、一个衣柜、一个电脑桌以及桌上的电脑，除此之外，再无他物。看看门后和衣柜里，空空如也，不存在凶手藏在案发现场然后在众人的目光都放在尸体身上趁机溜出来混进众人中的可能。地板、窗台、房门……这么说吧，除了死者身边的地方之外，其他地方没有任何血迹，估计用鲁米诺试剂检测结果也是一样。

最后，再看看床上的死者，那个一直没有露面的记者，整个柜子倒下来把他砸死了。

现在都不用检测指纹，也可以断定，现场没有多余的指纹。

“哈哈哈……我就知道。”王子轩大笑起来。

这个案子，除了现场存在凶器（衣柜），和四年前那个十七岁的少年犯的案子，如出一辙。

“终于可以开始了，密室终于正式登场了！”区启之的眼神中出现一丝狂热的神奇。他知道死了人，但是，在心灵的深处，他在祈祷：神啊，不要拿简单的案子糊弄我！别把猜凶手挖过去叫作推理！我要不可能的犯罪！谜题难一些，难一些吧！

第六章 古怪的纸篓

外面的雨丝毫没有停的意思，不但不停，下得反倒更大了。雨滴连接成雨线，雨线编织成雨幕，雨幕冲刷着窗户，让外面的景色变得模糊。王子轩站在窗户前，看了一眼外面模糊不清的景色，他再次确定了窗户是锁好的，并且确定没有小洞可以用细线在外面反锁。排除掉有人从窗户冒着危险爬下去的可能。然后便把目光放在了床上的死者身上。

死者是一个记者，已经在这里住了一个星期了，据说是为了调查宾馆的老板钱库。他的名字叫作孙毅，二十五岁，效力于风城晚报。

他的死状很普通，他死时正躺在床上睡觉，穿着一件淡蓝色的睡衣，他的身材瘦弱，几乎没什么肌肉。一个成天和文字打交道的记者，整天整天地坐在办公桌前，没什么时间锻炼身体，所以瘦弱一些很正常。老是说文弱书生，不是没有道理。

区启之站在门口，一边目光扫了一遍屋子的情形，一边在心里暗暗思考着。

正北面的窗户……

“窗户反锁，没有凶手从窗户逃出的可能。”

西面的墙壁，靠着墙壁放着鞋柜和一个破旧的电脑桌和一个鞋柜，电脑桌上是一个起码用了三年的电脑，上面落着灰尘……

“记得他们说死者是记者，他至少没用房间的电脑写东西。”

西面的墙壁放着一个大铁柜，看上去很重。靠着大铁柜是一张床，死者就躺在上面。现在这个大铁柜倒了下来，正好砸在死者身上。如果等法医来检查一下死者的身体，肋骨一定断了好几处，内脏一定破裂了好几处。就算没有法医知识，也能想到。他的脸上挂着一丝微笑……不是他心甘情愿被人杀，那是不可能的，哪来那么多心甘情愿去死的人？他可能是在做什么梦，类似于那种他挖出了重磅新闻，成为一代名记者的美梦。但是，睡梦中的他想不到，就在他床边的大铁柜会突然倒下来，把他砸死。铁柜一眼看上去就很重，所以他是瞬间毙命，并没有受到多大的痛苦。

“死因一目了然，被砸死的，就是这么简单。”

看一下死者的面貌，长得很清秀的一个青年男子，正是奋斗的年纪，死了有点可惜。

“啊……”王子轩用尽全身的力气去抬大铁柜，但是他咬着牙也才勉强抬起几厘米，然后就撒手了。

区启之心道：“不行，这个大铁柜太沉了！一个成年男子，拼尽全力都抬不起来。为什么在房间里放这样的铁柜？看看这个房间的陈设，明显就是给‘平民’住的廉价房间。一个廉价房间里放这样一个大铁柜，简直……就像是为了故意砸死死者用的。不对，我记得我住的303也放着这样的大铁柜，如果不出意外，王子轩的301也应该有这样的大铁柜。”

区启之冷静地说：“房门反锁，窗户紧闭，备份钥匙在吧台那里，我们也看到了他一直拿着把房卡钥匙带在身上，没有离开过。如果不出意外，交给这个记者的钥匙……”

王子轩径直来到死者脱下来放在床边的衣服前，一件一件地翻找，最后从他的裤子的后兜里找到了房卡。这里给王子轩的手一个特写镜头，他明显一愣，迟疑了几秒后，把房卡拿了出来，扔在床上。

区启之一摊手，一副“这事真麻烦”的神情对王子轩说：“对，在他身上，感谢上帝！最后一点这不是密室的幻想也破灭了！如果凶手拿走了他的房卡还可以走出去用房卡锁上门，现在房卡在他身上，凶手杀了他之后，是怎么出去把门锁上的？不，应该先考虑他是怎么进来的？没有死者给他开门的可能，死者明显是睡梦中被一击毙命的。这样的话，这个房门的电子锁开和锁全都得用房卡。房卡在哪？哦，对了！房卡就在死者手里！我看这件案子，为了省事，直接给他定义是自杀得了。”

王子轩看了一眼区启之说：“你这是什么意思？”

区启之：“哈哈，我随口说说，我从小就对破案题材的电视剧很感兴趣。对了，王警官，这是一间密室，按他杀算的话，无法解释凶手如何进来并且如何出去把门反锁。这么看，死者是自杀更靠谱一点。”

王子轩有些生气道：“看看死者，手无缚鸡之力，躺在床上怎么拉倒这么重的铁柜？你躺在床上给我演示一个看看。再说，他为什么选择这么奇怪的自杀方式？”王子轩面对棘手的案情，再加上区启之站在一边冷嘲热讽，都气得说胡话了。他停下来稳定了一下情绪：“还有，我检查过了，死者的手机设置着早上八点的闹铃，不是循环闹铃，而是单天闹铃。也就是说，他在睡觉之前设置的，一个打算自杀的人，还设置闹钟叫自己起床干什么？”

区启之：“那……自杀不可能，他杀也不可能，死者到底是怎么死的？难道是鬼？鬼确实可以穿墙，要我说你就往鬼身上推。”

王子轩已经非常生气，但还是强忍着不对区启之发火：“行了，你不是警察，赶紧从犯罪现场出去，我已经通知我的同事了，他们很快就会赶到这里，你待会到他们那里做个笔录。对了，你下去把所有人都叫到一楼大厅，我再看看房间还有什么线索，待会儿下去会询问他们。”

“好，这就去。”

王子轩看着区启之走出房间，立刻拿起死者的衣服，从衣服里掏出了一些东西。这些东西是和房卡放在一起的，王子轩刚才就发现了这些东西。他当时愣了几秒，不是因为发现房卡证明这是一间密室而震惊，而是因为这些东西。那么到底是什么东西呢？

王子轩把这些东西小心翼翼地在手上摊开，是……一些硬币……仔细数一下，1、2、3……十三枚！王子轩深深吸了一口气："果然……十三枚硬币……"

区启之出门并没有直接下楼，而是在三楼转了一圈。三楼一共20个房间，每个房间的装修都很简陋，至少1、2、3号房间是这样。除了床、电脑桌、衣柜之外别无他物。他想进入其他房间看看，但是这些房间都上了锁。区启之继续观察着三楼的一切，他蹲下来用手抚摸地上的地毯。他发现三楼的地毯……非常难看。不仅难看，还非常厚。不仅厚，表面还特别粗糙。地毯的作用一来是装饰二来是防滑，如果是冬天顾客脚上沾着雪走在光滑的地板砖上，很容易滑倒，铺上这种较厚、较粗糙的地毯倒是没错，可现在是夏天啊。怎么会铺这种地毯呢？

"喂！我不是让你下楼去叫他们到一楼集合吗？你怎么还在这里啊？"王子轩走出来，看到区启之还蹲在地上摸地毯，生气地说道："你没见过地毯吗？"

区启之站起来："哦，这就下去，你在屋子里有什么线索吗？"

王子轩自豪道："确实有线索，我发现……"意识到不对，又道"你又不是警察，我告诉你干什么？下去！"

"好吧，这就下去，我的王警官……"说着，区启之就径直走向楼梯。王子轩小心翼翼地跟在他身后，仔细打量着区启之，他觉得这个人很有问题。

大厅。

王子轩自己站在一边，而其他人则站在另一边。

"死者是什么时候入住的？"

"已经入住一个星期了。"赵娜如实回答。

王子轩只问了这一个问题，进到吧台里，一句话不说地查看监控录像。

“警官大人，真死人了吗？”说话的是李云，一个五十出头的男子。虽然五十多岁了，但是他长得很精神，头上几乎没有白头发，要是说他三十七八岁都有人信。

王子轩一边十六倍速快进着监控录像：“这不是废话吗？没死人我弄这出干什么？闲得吗？”

李云：“抓住凶手了吗？”

王子轩：“没有看到凶手。”

这句话是实话，不仅他没看到凶手，连死者都没看到凶手，不出意外，监控估计也看不到凶手。

“不排除凶手还没有逃出去的可能？”

“那不就是说我们在场的人都还有危险吗？凶手还躲在宾馆某个角落里？”赵娜吃惊地说道。

“哈哈哈哈……他的意思是，凶手就在我们中间！”区启之说道，“而且，首当其冲的就是你！”

赵娜：“你在胡说八道什么啊？我怎么可能杀人啊？”

区启之：“很明显了，不是吗？房间是一个密室，刚才因为看到死人，我一时间被惊呆了，大脑陷入了混乱。但是，现在我清醒了，仔细想一下的话，那根本就不算密室。确实，我们没有房卡钥匙就不能进入房间，也无法杀人出来之后把房门反锁。同时，死者的房卡钥匙被反锁在房间里，怎么看，这个犯罪都不可能实现！然而，我忽略了你，赵娜！你有备份房卡钥匙……这样的话，你趁我们不注意完全可以打开房门，杀人之后再出来把房门反锁。”

赵娜花容失色：“你……血口喷人！”

区启之很开心地说：“多完美的推理，完全符合事实，完全没有一点瑕疵。大家鼓掌！哈哈哈……”

“闭嘴！小娜我了解，怎么可能是她杀的人？”钱库站出来，把赵娜拉到自己身边，用手点指区启之：“你给我小心点，管好自己的嘴巴。你是警察吗？用你在这破案吗？”

区启之：“那王警官定夺吧，我们被先入为主了，因为五年前这里有过一个十七岁的犯罪天才做过一起密室谋杀，这个案子和五年前的案子很相似，所以我们才会不自觉地联想到那个案子上，认为这次案件也是密室谋杀。呵呵，其实事实上只是一个普通案件，根本不是不可能犯罪的密室杀人。”

王子轩把电脑转过来，对着众人，让众人能看见监控画面：“我也怀疑过你们吧台，她之前还和我有过争吵，但是我王子轩不是那种公报私仇、小肚鸡肠的人，这里我得替她说句公道话。从房卡钥匙上来看，确实只有她有犯罪可能。所以我来查看监控录像，如果监控拍到她去 302 的过程，那她的罪名就板上钉钉了。但是，我先查看了昨天晚上八点到发现案件时的三楼的监控录像，她根本没有去过 302 门口，也就是说，她根本没有犯罪的机会。而且，不光她没去过，其他人也没去过！从发现死者死亡追溯到昨天早上八点，她的房间连一个人影都没有。出现的第一个人影是穿红风衣的那个小哥，不过，那时死者已经死了……对了，红衣服那个小哥，你叫什么名字？”

区启之延迟了一秒钟道：“嗯……乔世值。我多嘴问一句。连客房服务，打扫房间卫生的人都没去过吗？”

赵娜：“我们这就要关门了，要的怪全的，还客房服务，没有！”

王子轩接着说：“这就是说，案件回到了原点，看似最有可能的赵娜也没有可能犯罪了。”心道：但是，犯人就在这些人中间！而且，犯人没有犯罪的可能！

这就是本格推理的魅力，也是本格侦探和悬疑侦探的区别，悬疑侦探是在一群可能是凶手的人中找凶手，这个凶手甚至可能是没露过面的人。

本格侦探是面对一群人，明知道凶手在其中，但是，每个人都没有犯罪的可能，除非解决掉奇思妙想的犯罪手法，也就是这次的密室。

区启之忽然说道："她是吧台，有的是机会替换监控录像。她杀了人，然后把事先录好的无人录像换掉，不就可以了？哼！只要等着警察技术科的人员来查一查监控录像，就能立刻发现。"

赵娜立刻反击，非常自信，看不出一点胆怯："那好啊，让他们来吧，我先求着他们赶快来！"

区启之："别再硬撑了，嫌疑最大的就是你。"

"小赵，真的是你杀的吗？"一旁的李云也随声附和起来，"这么一说我想起来了，今天晚上我和你们钱总喝酒回来的时候。钱总问你那个记者走没走，你说他没走，死在屋了。"

钱库咬牙切齿道："老李！你的岁数都能当这个孩子的爹了，你怎么能这么说话呢？赵娜就是嘴厉害，平时说话就是不走脑子的毒舌，这是她的缺点没错，但我钱某人以人格担保，她绝对不会杀人。"

李云脸上是一种阴险的表情道："老钱，你也有脸说我？你看上这个小姑娘了吧。别以为我不知道你为什么把我们领到你的宾馆里来。我喝多了，直接进房间就睡，可我中途醒来让你们吧台给我出去买点醒酒药的时候，你猜猜我看到了什么？"

钱库有些惊恐："看到了什么？你……你别胡说！"

李云看着众人说："你们想知道吗？"

大家都没有搭话，碰到这种事，最好的选择就是别掺和，但有一个人是例外……

区启之赶紧嬉皮笑脸地走到李云身边，递给李云一支烟，充满好奇心地问："来，叔。抽一根，你跟我说说，看着什么了？"

"都他妈给我严肃点！"

王子轩气得直接把烟从嘴上拿下来扔在地上，愣了两秒钟又猫腰把烟从地上捡起来，重新放回嘴上说："你们几个知道怎么回事吗？现在死人了！出人命了！我的老天爷啊，放到你们身上怎么跟过家家似的。"

大家被王子轩突如其来的一声吓了一跳，都肃静下来，给人一种被王子轩的魄力镇住的感觉。三秒钟后……

区启之帮李云点燃嘴里的香烟："说，你看到什么了？叔。"

李云叼着烟，唾沫星子横飞，开始有声有色地跟区启之讲他看见的经过添油加醋的故事。

"我当时准备出来，把门开了一个缝，从缝里看见这个老不正经的从我那个女助手的房间出来。老不正经地说，妹妹啊，你可把门关好了，咱们这坏人可多。女的说，讨厌啦，这儿的坏人我就认识你一个。说着，还用粉拳在老不正经的身上轻轻锤了两下……"

赵娜露胳膊挽袖子："钱叔，你别拦着我！我非把这个老不死的嘴给撕烂了！"

钱库："姓李的，你真敢说，来！跟我出去！我弄不死你跟你姓！"

还是继续吵，一点面子都不给。

这个时候给王子轩一个镜头，一副生无可恋的表情，他乖乖地坐回吧台继续翻看监控录像。忽然，他的神情很不对，无法形容他的表情。"这怎么可能？！这不是真的！！"——类似于这种略有一丝丝恐惧的表情。

"都给我闭嘴，你们过来！"

这一次，大家看到他奇怪的表情，没有无视他，很给面子地聚到了监控录像前。

"你们来看，太奇怪了。"王子轩把他感觉奇怪的录像调出来，一言不发，直勾勾地盯着画面。

这次是二楼的监控画面，随着录像的进行，王子轩的表情越来越凝重。

"这怎么了嘛？什么特别的地方都没有啊。"

只有区启之饶有兴趣的样子："哦？这是什么情况……"

李云一脸迷惑："你看懂了？你们到底在说什么啊？"

钱库急切道："我说二位，别卖关子，发现什么直说不行吗？"

区启之把画面调回到早上八点，用最快的速度快进，画面上从来没有任何人出现过。然后，他时不时对二楼201门口的一个纸小垃篓截图。

"昨天晚上八点，纸篓在201门前，九点，也在，十点，还在……这期间，监控画面上显示没有任何人去过那里。十一点！纸篓偏移了几厘米！十二点！又偏移了几厘米！……直到案发前的四点过后不久，纸篓自己移动到了202的房间门口！！"

钱库有些惊恐，片刻之后道："我想起来了，这两个房间上面正对的是301和302！四年前，301是杀人密室，现在302是杀人密室……"

细思极恐。

此时的区启之点燃一支烟，狠狠地抽了一口，吐出一大口烟圈，心道："很好！就是这样才有意思！"

第七章

密室，三十秒

“啪啪啪……”这是冰雹敲打窗户的声音，这一天的天气真是恶劣，不仅下了大雨，现在又下起了冰雹。就像是为了配合刚刚逝去的生命，用冰雹敲打窗户，为他演奏一首镇魂曲一样。只不过，这样的镇魂曲，太过暴躁。

大厅吧台。

“这……”赵娜不自觉地抓着钱库，“钱叔，这到底是怎么回事？那个纸篓没人动它，它怎么会自己从 201 到 202 的门口？”

钱库惊恐万分道：“我不知道，我只知道 201、202 上面正对着 301、302。”

李云恍然大悟道：“各位，我知道了，请听我的推理！”

把所有灯光给李云，让李侦探给大家推理案件的全过程。

李云整理了一下自己的衣领，轻轻咳嗽两下：“各位，你们对为什么 302 门窗紧闭，凶手在杀人之后凭空消失很不理解吧。下面就由我来解释一下吧。”

此时到王子轩心道：“他的推理指不定多雷人呢！”

赵娜心道：“哪凉快哪待着去！”

钱库面无表情，心道：“他推理……说不定也能推理对呢……大概吧。”

唯独区启之，发挥演技装出一副“好有意思”的表情，上前说道：“哎呀，叔，快跟我们讲讲吧，我们一点头绪都没有。咱们这要是没有你这么个大侦探，靠这位王警官……”说着还故意看看王子轩，王子轩也不理他。

“死者死亡的时间是什么时候？”李云像煞有介事地问道。

王子轩：“由于没有法医验尸，所以时间不可能太精确，但是根据尸体状况来看，死亡时间应该是三点多快到四点的时候。”

李云一副胸有成竹的样子：“果然不出我所料，凶手果然是他！”

“哦？知道时间就能推理出真凶，好厉害。”区启之完全是看热闹不嫌事大的那类人，他明知道李云做出的推理会和案情差着十万八千里，但他还是煽风点火，给李云烘托气氛，让他继续讲。

李云一只手插在口袋里，一只手对着镜头，摆出标准的侦探指认凶手的姿势：“凶手就是……吴小豪！”

此时的王子轩，一副生无可恋的表情，心道：“有一种不好的预感。”

赵娜，也是一副生无可恋的表情，心道：“啊咧？达咧达？”

钱库，一副生无可恋的表情，心道：“吴小豪不是四年前死在301的那个死者吗？和这个案子有什么关系？”

区启之坐在吧台的桌上，足足愣了三秒钟！心道：“我靠，我被雷得忘了配合他了！”

“好！鼓掌！”区启之从吧台上跳下来弥补自己的过失：“咱们抓这个叫吴小豪的凶手吧！但是，我还是忍不住想问，咱们这里面有一个叫吴小豪的吗？”

李云学侦探故弄玄虚地说道：“第一，咱们这里没有叫吴小豪的。第二，他已经死了。”

区启之要是去做捧哏绝对比于谦还出色，配合得是真好：“死人？死人怎么能够杀人呢？”

李云一本正经地胡说八道："死人确实不能杀人，但是鬼魂就可以杀人。想想吧，密室无法进出，还没有一个人出现在302门口，人的话，似乎没有办法做到这一切。我是根据那个诡异移动的纸篓和你们房间的分布推理出来的。我刚刚看了一下登记目录，王警官是住在301的，男记者孙毅住在302。而我说的那位吴小豪四年前死在了301，他是枉死的，所以得不到超生，灵魂被困在301。但是，因为王警官住进301，而吴小豪又是一个很害羞的男孩，不愿意和王警官住在一个屋子。所以，他穿过地面到201住。在快到他死去整整第五年的四点的时候，他觉得自己好孤单，想找个人做伴。正好，那个时候王警官和孙毅都住在楼上，在两人中间，他选择了孙毅，我要是他我也选孙毅。之后，他走出201往202去，不小心把纸篓踢到了202门口。最后进入202，从地面跳上去，把孙毅杀死。鬼魂不用开门，直接就能穿墙，怎么样？这样不就是密室了吗？"

王子轩表情已经石化，心道："果然，雷死我了。"

赵娜，表情已经石化，心道："大叔，外面正在下雨，挺凉快的，你去外面待着去吧。"

钱库，表情已经石化，心道："真不给我长脸，辜负了我的信任。"

李云得意扬扬道："怎么样？真相已经被我推理出来了。"

区启之叼起一支烟，点燃深深吸了一口，抬头四十五度角仰望天花板，露出一个满意的微笑，心道："感谢上帝，您太仁慈了。这个世界上有很多不愿意探寻真相的废物、人渣、脑残……为了照顾他们，您创造了鬼魂这种东西。让这群人一面对无法解决的问题就往灵异事件上推。"

"怎么样啊？"李云看其他的人都不愿搭理自己，连忙问区启之。

区启之揶揄道："很好啊，没准事实就是这样。"

李云："我说是吧。"

"你为什么这么做？"王子轩小声问区启之。

区启之想了一下：“很简单啊，案子有一点复杂，让他活跃活跃气氛，最主要的是，让我有一个可以损他的机会。”

王子轩盯着区启之问：“你真是够无聊的，现在正在破一个密室杀人案，你知道吗？”

区启之轻蔑地笑了一下：“当然知道，但是……我是警察吗？破案那是你的事，和我有什么关系？”

王子轩：“你……”

“那个……李老板，鬼魂的事情我就不说了，如果是鬼魂，为什么非得从 301 穿到 201 再穿到 202，最后再穿到 302？直接从 301 穿到 302 不好吗？”赵娜忽然智商上线，“我也是胡乱分析，我倒是有一个新的想法，虽然可能有点不可能，但是……你们没有想过外人潜入的可能吗？查一下监控，看看有没有人进入，宾馆到处是监控。”

“你太谦虚了，太可能了！我就是你说的那个偷偷潜入的人！”区启之这样想着，他手上的烟灰忽然掉落下来，离发现他又近了一步，但还能再拖一会儿。他确实是潜入进来的，但是不要紧，因为，监控里是看不到他的，怎么查都查不到。

“王警官，重新调一下监控，看看有没有人潜入，尤其是除去一楼三楼的其他楼层。”区启之忽然大喊起来，把戏演足，“这很重要，如果真有人潜入，我们现在并不安全！”

王子轩：“没用的，没有拍到有人潜入的画面。尤其是四楼……监控坏掉了。”

没错，四楼的监控确实坏掉了，区启之是凌晨三点四十潜入的，他一直待在没有监控的四楼，因为他发现四楼的监控坏了，所以才暂时在四楼躲避。对，他发现四楼的监控坏了……他到四楼时监控已经坏掉了，是其他人破坏掉的。

宾馆每层的监控都是两个，分别吊在楼梯口上方的天花板上，拍摄东西两侧。监控器中间的区域，是拍摄盲区，这个盲区从楼梯口到正对着楼梯口的楼层走廊的窗户为止。也就是说，区启之从摄像坏掉的四楼穿过没有摄像头的楼梯，再到二楼砸破窗户爬下来的过程，是不会被拍到的。如果会被拍到，他是不会那么做的。

现在，又多了两个问题，谁破坏了摄像头，为什么破坏？

王子轩："四楼最后的监控是昨天上午十点过后不久，之后就画面一黑，估计就是在那个时候被破坏的。"

昨天十点过后不久？区启之陷入沉思，这点就很奇怪了。他趁大家都在看监控时查看了登记簿，八点前后，王子轩、李云、周燕前后差不了多长时间相继登记入住。孙毅是连着住了七天，所以吧台是自动给他登记的，他本人没有出来，一直待在房间里，不知道在干什么。

王子轩也大部分时间都待在房间里，中途出来转了一圈透透气。赵娜则是去过楼顶看风景。钱库、李云、周燕三个人中午十二点出去吃饭，一直玩到晚上九点才回来。这期间，除了死者之外，谁都有时间和机会破坏监控器。

毕竟，谁走过没有监控的走廊和监控盲区，就能破坏监控器，这个没什么难的。如果换作正常的宾馆，监控坏了老板一定会叫人来修，但是，这个宾馆马上要关门了，修它干什么？所以一定会一直坏着。

坏掉的监控，会对凶手的犯罪计划有帮助吗？还是说，这是很关键的犯罪步骤？

"还有一个人呢？那个叫周燕的怎么一直没出现？"王子轩忽然想到这一点，问道。

李云一副老流氓的样子说："哦，我叫过她了，但是中午我们吃饭喝了一顿，下午去烧烤店又喝了一顿，晚上去 KTV 唱歌又喝了一顿。我和老钱久经酒场，在五粮液和剑南春里摸爬滚打出来的，酒量是真白实啤练出来的，我们没大事。我这个小助手还不到火候，彻底爬不起来了。还是我原来的那个女助手，三十五岁，前凸后翘，喝起酒来三个男的都喝不过她……”

王子轩不耐烦道：“行了行了！去把她叫出来！”

钱库：“我去吧。”

李云满脸鄙夷道：“你们看，这是我之前胡说八道吗？我的助手，你那么上心干什么？你们还怀疑我看到他从周燕房间出来的话吗？”

钱库不理李云，这种人你越反驳他越来劲。他向赵娜要了房卡钥匙就去叫周燕了。

王子轩刚才的注意力一直在监控上，没有注意到区启之怪异的地方。现在，他看着区启之正把抽完的烟扔到一边，忽然想起来，发现 302 的孙毅死亡时，他说是自己的打火机没气了，为了向孙毅借火才敲门的。这个理由没有什么大错，很正常。但是……

“李先生，你借给乔世值的打火机吗？”王子轩问道。

李云：“没有啊，我看他是用的自己的打火机。”

王子轩看着区启之：“哦？你来解释一下吧，为什么说谎？有打火机可以用，却还谎称向 302 的孙毅去借打火机，为什么？不会是为了让我们发现他已经死了并且证明你恰好没在房间里，没机会杀死他吧。”

区启之心道：“靠！要么说吸烟不好呢，大风大浪都过来了，在这里翻了船！早告诉过自己要戒烟，就是忍不住想抽，才会被他发现的。他待会再出去检查一下窗户，就能发现我早就潜入了宾馆，而不是后来住进来的。什么事啊，本来还能拖一会儿的。”

王子轩：“怎么回事啊？怎么不说话了……”

“啊——”一个女生忽然喊了起来。

“啊——”一个男人的声音。

王子轩听到了钱库的大叫声：不会吧，难道连周燕也……

一群人来不及多想，立刻冲向了 102 门口。

“出去！把门关上！”这是周燕的声音在屋子里大叫的声音。听到这个声音，王子轩的心放了下来。

“我不是故意的，闺女！”钱库在满脸委屈地说道，看看他的脸上，还有一个浅浅的手印，可以脑补到里面到底发生了什么事情。就是电视剧里最狗血的桥段，一个女孩赤身裸体的在房间里，可能是正在洗澡，也可能是正在睡觉。然后男主角突然进入，不小心看到了这一幕。女主角大骂，你个臭流氓，然后“啪！啪！”左右开弓赏给男主角两个大耳光。不过很可惜，这里是一个女孩还有一个五十多岁的男人。

“你看够了吗？把门关上！”

钱库赶紧把门关好，然后用房卡钥匙把门锁上。他的脸红得像猴屁股一样，毕竟这个年纪还是很在意名声的。

区启之揶揄道：“好家伙，不光关上还锁上了，你是看够了，我们可还没看呢。”

“闭嘴！”王子轩说道，“别打算跳过去，你还没解释为什么说谎呢。”

“我……我去房间……解手。”钱库一边擦着脑门的汗，一边语无伦次地说道。然后跑进他自己住的103房间。五十多岁过了半辈子了，碰到这种事情……

“周小姐，请你快一点，我们还需要您配合我们查案呢。”

里面的周燕：“查案？发生什么事了？”

“命案，有一个男记者死了，需要你配合。”

“出人命了？！”

“对。”

“唉？怎么了？”周燕自言自语，“我靠，怎么回事？”

“发生什么事了吗？周小姐？”

“啊——”周燕传出了一声惨叫，出乎意料又不至于大家太过惊奇的惨叫声……很突然，里面刚刚还跟王子轩搭话的周燕突然惨叫起来：“救命……”之后，屋子变得死一样的寂静。外面的人面面相觑：到底发生了什么?！

“钱老板！”区启之跑到103大喊起来，“钱老板！快出来！把房卡钥匙拿来？”他想打开门，可103被钱库在里面锁上了。

“唉！等一下，我这正小便呢，这就来！”

“咚！咚！”王子轩等不下去，直接开始撞门！“跟我一起撞！”

“一、二、三！”

“一、二、三！”

……

“轰！”

“灯怎么关上了？”

“这个屋子本来灯就是坏的！”

“怎么不修？”

“说了多少次？宾馆马上关门了？修个毛！”

“闭嘴！现在是说这个问题的时候吗？”

“把手机光线打开，看看周燕怎么样了！”

一片喧嚣之后，归于寂静，在手机微弱的光线下，面对着屋内的一切，谁都说不出一句话。

说出来你可能不信……不，你一定会相信，床上的周燕已经死掉了，和之前的孙毅不同，周燕的脑袋从脖子连根被砍断了！脑袋和身体都在床上……鲜血还很温暖，因为那正是不久之前才从她的脖子喷出来的。仔细看一下，脖子上的动脉血管依旧还在往外流血，因为她死的时间很短，几乎只是一瞬间的事情。从周燕发出惨叫到声音消失再到大家撞开门，这期间满打满算也只有三十秒。

“怎么会这样?！”

好了，不出意外，房门反锁，是被生生撞开的，窗户紧闭，没有打开。屋子陈设很简单，没有可以藏人的地方，包括门口，王子轩是第一个冲进屋子的，进屋第一件事就是看了门后，没有人。如果时间充足，在外面把门反锁不是不可能。但是，从周燕的声音消失到撞开屋门，凶手是怎么在三十秒内离开房子的。

密室，又一个密室，在所有人眼皮底下的密室。密室中的死者被砍掉了头颅，却看不到凶手的踪影……

“哈哈哈哈……”区启之疯狂地大笑起来，闪电划过天空，照亮他的脸，给区启之的脸部一个特写。本来，他的脸应该是那种很阳光帅气的脸庞，但是，现在他的瞳孔放大，眼神中充满了兴奋的神情，面部肌肉因为过于激动而抽搐，让他显得十分狰狞，比起凭空消失的罪犯，还是他显得更加可怕。

雷声响起，所有人的心跳都飙到了每分钟一百二十次。

凶案，难道还会继续？谜题，又该如何解答？

区启之的内心独白——

“这就是你的手笔吗？ 102 消失的凶手、202 移动的纸篓、302 谋杀的密室，一个诡异现象，两起密室谋杀，三个古怪房间。”

谜题已经全部到位了吗，燃起来了！

第八章

嫌疑人区启之

时间：凌晨四点五十分

涉案人物：区启之、王子轩、赵娜、钱库、孙毅（死亡）、李云、周燕（死亡）。

一楼 102。

“你出来！小娜。”钱库站在门外喊道：“别看，太血腥了，一个女孩子看这种场景，会做噩梦的。”

赵娜：“知道了，钱叔。”

钱库：“屋里的灯坏了，你去找一个灯泡来给我，就放在吧台最下面的那个柜子里。”

赵娜：“好，这就去。”

钱库：“拿过来给我就好，我进去换，你就在外面，别进去。”

赵娜：“知道了。”

区启之走出门外，站在走廊上，借着走廊的灯光往屋里看，由于屋子里一片漆黑，根本看不到紧靠墙边的床的位置。虽然走廊上的光亮可以照到一点距离，但是只能到屋子的中央位置。

“钱老板，你刚才进屋的时候，也是没有灯光吗？”区启之说道。

钱库：“对，这个屋子的灯坏掉了，我进屋按开关的时候，灯就没有亮。”

区启之："什么时候坏掉的？"

钱库："这个就不清楚了。"

李云不知道什么时候回来的，他站在一边，倚着墙壁说道："这点我可以作证，上午我们来这儿住的时候，我向周燕询问一些工作上的事的时候，试过房间的灯，发现那时灯还没坏。"

区启之心道："上午天很亮，大白天突然就想起试灯？这么凑巧？简直就像是为了现在灯坏掉在找理由。"

钱库："哦，对，确实是这样，我们这快关门了，所以有什么设施坏了，我们也没打算去修。所以老李住进来时说他要好好检查检查，特意试了试灯好不好用。"

区启之心道："嗯，这样的话，两个人说的话倒是没什么可以挑剔的地方。假如真是这样，那灯就是在晚上周燕睡觉之前坏掉的，她是晚上九点左右和两个老板一起回来的，那个时候她一定会开灯。"

"那时灯就坏了的话，她一定会要求修理或者换房间。不对，这个推理太绝对了，还有别的可能。她只是一个小小的助理，不敢对两个老板提要求，反正就一晚，忍一下也没什么大不了的，不能因为一个电灯在老板面前留下一个不好的印象。一个初入职场的职场菜鸟，这么想也是很有可能的。更有可能的是，李云说过她喝得烂醉，假如她醉到需要被人送进房间呢。那时灯坏了，她根本不知道，碰到枕头就睡着了。唉？那送她进去的人呢？他也不知道吗？他为什么没管？"

"不行，果然，我不擅长推理，比起推理我还是更精通于制订犯罪计划。再说，我闲着没事推理这个电灯什么时候坏掉的干什么。对我而言，当务之急不是这个案子的谜团什么时候被解开，而是想办法把一楼的监控解决，我是从二楼爬下来的，之前四楼的监控坏掉，楼梯内没有监控、楼梯和窗户存在视线盲区，我才躲过一劫。"

"可是一楼的监控就不一样了，如果王子轩那个糊涂警察查看了一楼的监控，我立刻就曝光了。真吓了我一跳呢，好在三楼发生了命案，王子轩先查的三楼的命案，然后顺手查二楼、一楼。万幸，一楼又发生了命案，打断了他查一楼以及外面的监控，如果真是那样，我当场就被发现了。想想，真得感谢这两个死者，作为报答，我会让你们死得瞑目的。这个王子轩不像监狱长，监狱长我只要一提示，他就立刻能明白，然后直接推理出案件过程。唉，难道要我这个前任罪犯客串一次侦探吗？”

“灯泡拿来了，快换上吧。”赵娜一路小跑，把灯泡交到了钱库手里。

区启之心道：“这里看来，钱库还真是一个不错的人呢，他是老板，按理来说就算让赵娜自己进去换也不为过吧。毕竟赵娜拿着他的工资，吩咐她换个灯泡也是理所应当，谁也挑不出毛病。但是，这个电灯坏掉的房间里有一个死相很难看的死尸，钱库不想让赵娜进去换灯泡，担心她看到死尸会被吓到，然后自己去换。嗯，这点和我很像，我在三楼时也是怕赵娜看到死尸让她离开的。这么想来，我其实也是一个不错的人……虽然我很擅长制订犯罪计划。”

“王警官，麻烦您帮个忙，您换一下灯可以吗？我胆小，不敢看死尸。”钱库站着不好意思地恳求王子轩，“我们这些普通老百姓，活一辈子都碰不到一个脑袋被砍掉的死尸，真不敢看，您多担待。”

王子轩没多说什么，直接进屋去换电灯，不一会儿，电灯的光亮就驱散了 102 的黑暗，现出周燕尸首分离的尸体。门口的赵娜刚凑过来好奇地想看一下就被钱库捂住了眼睛。其实他的担心是多余的，赵娜刚才进屋的时候，已经看过了，她倒是没有显示出多害怕，这点很了不起，一个女孩能有这样的胆子，着实不简单。

镜头要尽量避免给到周燕的尸体，因为她死的状态很吓人。即使给到周燕，也要避免拍到头颅和脖子。

王子轩细心地查看着现场和尸体，寻找任何可能会成为线索的蛛丝马迹。

王子轩："从死者尖叫，到没喊完的救命，之间只经过几秒钟，但她的脖子却在几秒钟内被连根斩断。"

区启之站在王子轩的身后，也像王子轩一样查看着现场："在黑暗中几秒内砍断死者的脖子，证明凶手是一个很冷静、很果断，而且是一个力气不小的人。等一下，黑暗中他是怎么看清周燕的位置的？"

王子轩仔细检查了脖子上的伤口："伤口不是很平整……"

区启之心道："伤口不平整，证明斩断死者脖子的刀不是很锋利。"

王子轩把头和脖子放在一起，说道："伤口很细。"

区启之心道："证明刀子很薄。"

王子轩看了一眼窗户："窗户只能在屋里打开，出去之后无法反锁。"

区启之心道："至少在短时间内无法反锁。"

王子轩走近窗户，仔细查看窗户的玻璃："玻璃上没有小孔。"

区启之心道："也就是说，用钓鱼线系在窗户手把上，在外面把窗户反锁这种方法是不可能的。"

王子轩转身看了看门后，又环顾了四周道："我冲进来时，已经很小心地注意了，门后没有人，屋子也没有能躲藏的地方。"

区启之心道："不可能存在凶手还藏在现场，然后等我们走了再离开的情况，或者混入我们的情况。"

王子轩挨个敲打着四面墙壁，一边敲打一边还把耳朵放在墙壁上听着声音，说道："从敲打墙壁的声音来看，墙壁都是实心的。"

区启之心道："证明不存在暗格让凶手在墙壁来回穿梭，这一点和302的密室谋杀案一样。"

王子轩把目光放回死者的床上，忽然神色一变，走了过去。心道："这是……死者的项链。"

区启之心道："怎么会这样？"

给床上一个镜头，死者的脖子周围有死者的项链，这个项链很奇怪。

奇怪在于，这个项链很简单，是一个心形的金黄色的项链，看上去是金子做的。然而，事实并不是这样，它只是外面是金黄色，而里面是银白色的。而且，不是白银，这种金属很柔软，应该是铝。

王子轩心道："原来如此，这个女孩没有多余的钱去买真金做的心形项链，所以用铝的镀黄铜来代替。但是……这对案子有帮助吗？还是不能破解案件啊。"

区启之心道："为什么用铝的制品伪造金首饰呢？还有，少了一个东西，没有串联吊坠的链子。"

王子轩阴沉着脸走出房间："好了，到宾馆大厅去吧，不要在犯罪现场待着了，万一破坏了犯罪现场怎么办？"

区启之跟在后面："这就完了吗？还有好多没有检查呢。"

王子轩头也不回，边往外走边说："我现在不是警察，我也是犯罪嫌疑人，我只能看一下表面的东西，不能大肆检查。"

区启之紧跟着他："这未免也太教条了吧。"

后面的三个人也走出房间，跟了上来。

王子轩说得没有错，他也是犯罪嫌疑人。虽然他是警察的角色没错，但他不是警察的身份。他是在休假之余来到这里住宿的客人，不是接到报案来查案的警察，所以，没有正式接到报警后出警的警察同意，他不能大肆检查现场。而且，案发时他也在场，理论上他也有犯罪的可能。

王子轩："不必多说，我已经报过警了。"

区启之："大哥，你就是警察啊。"

王子轩："但我不是接到报警来这里查案的警察，我没有权力过多检查现场。"

区启之："所以我说你教条，墨守成规。还是说，你不检查犯罪现场，是你害怕别人发现证据？什么人害怕发现证据？只有犯人。"

王子轩："你说得没错，虽然我是警察，但我也有犯罪的嫌疑。总之，一切都要等我的同事赶到再说。”说完，他就直奔大厅吧台而去。

区启之：“你要干什么？”

王子轩：“再调查一遍监控。”

区启之：“你不是不能过多查看现场吗？”

王子轩：“监控录像又碰不坏，现在我只能先看看能不能从监控里找到一些蛛丝马迹了。剩下的，只能等我的同事来了，他们到底怎么回事，还不来，正常的话三十分钟足够到了。”

区启之停下了脚步，苦笑了一下，心道：“好了，终于拖不下去了，他查到一楼的监控录像，我就曝光了。”

区启之不经意地低了一下头，给地毯上一个特写，地毯上竟然有两串浅浅的脚印，这个脚印是踩到水后又踩到地板上而留下的脚印，他连忙用手机拍了下来。仔细看一下，他自己的脚底没有脚印，两串脚印里没有他的。另一串是谁的？还有，王子轩怎么会留下水的脚印……

“没错，这就是这个犯罪计划的漏洞！”区启之想到这一切，立刻转身冲回犯罪现场。

王子轩看到这一幕连忙站起来大喊：“唉！你要干什么？难道想破坏犯罪现场吗？”

区启之不顾王子轩的阻止，径直冲进102，然后来到床铺前，蹲下身子，把手放在床附近的地毯上，抚摸了一下这里的地毯。这里的地毯和三楼的一模一样，非常粗糙，不同的是，这里的地毯是湿的。再往里摸，他忽然摸到一个东西。

“哦？”区启之的脸上露出一个惊异的表情，“我怎么没早想到这一点？！靠！”

区启之不得不把那个东西拿回来，他手里拿着的竟然是一把菜刀，菜刀上沾着血，不用想也知道是102的死者周燕的血液。菜刀有一些钝，刀刃很薄，和死者的伤口很吻合，作为凶器再适合不过。

“完了！它之前没有指纹，现在有我的指纹了！我得赶紧扔掉！天啊，为了破案我也太冲动了，可能还坏了事。”启之心想。

“给我住手！”

王子轩在区启之反身往102跑的时候就跟了上来，现在他看到了区启之手里拿着菜刀，立刻冲上来把他按在地上。

“原来是你！”

“我就觉得他不对！”

“可是，周燕还活着的时候，我们没有听到他的声音啊，而且，他也在屋门外的门口，他怎么可能完成杀死周燕的任务？”

王子轩：“哼！那就由我来解开这个不可能的犯罪吧。我其实早就发现凶器在床下了，但是我一直没有声张，让他以为我没有发现，并且对他的犯罪手法一筹莫展。然后故意卖一个破绽给他机会，让他毁灭犯罪证据。哈哈哈，真是一个笨蛋，竟然真的上当了。”

“哈哈哈……”区启之虽然被王子轩抓住，但是他并没有太惶恐，“笨蛋是你才对，你尽管破解吧，你找不到我是罪犯的证据！”

王子轩：“看来你对自己的犯罪计划很有信心呢，但是没有用，我已经全部破解了。”

区启之：“不会的，你四年前没有猜透区晟之的犯罪手法，现在，也一样。你注定会输给区启之，这是你的宿命。”

王子轩：“你这是什么意思？”

王子轩忽然想到，区启之一直没有说过自己的名字，虽然后来王子轩问过他，但他很明显是瞎编地说出了一个名字——“乔世值”。如果仔细想一下的话，“区晟之”这个名字的首写字母是qsz，而“乔世埴”的首写字母一样是qsz。

王子轩：“你到底是谁？”

区启之：“别管我是谁，总之不是你想的那个人。”

王子轩："你如果不是我想的那个人，你怎么会知道我在想谁？"

区启之："你的思维方式太简单，我闭着眼都能猜透你在想什么。还有你最后用的那个反推——'你如果不是我想的那个人，你怎么会知道我在想谁？'。哈哈哈……这有必然联系吗？"

"你只是自以为猜透了一切！"

第九章 王警官华丽推理

时间，清晨五点整。

一楼 102。

王子轩接了一个电话，露出得意的神情：“我的同事们再有五分钟就到，在他们把你抓起来之前，就让我来彻底解开你的犯罪手法吧。”

区启之非常镇定，悠然地点燃一支香烟，坐在床上，做出一个请讲的手势：“愿闻其详。”

王子轩：“好，我就用我的头脑让你无言以对！首先，你的打火机是哪里来的。我记得在三楼的时候，你是在敲 302 的门的时候，跟我说的是你的打火机没有气了，所以才去找 302 的人借火。但是现在又有打火机了，还说你没说谎吗？你说谎为了什么？你是杀了人，为了让我们发现，才假装说借火打开了房门。看看你现在拿打火机点燃了香烟，这就是你犯罪的证据！”

区启之：“不对吧，我确实说谎了，但是这也不至于成为我犯罪的证据吧。你是怎么从我说谎借打火机，推理出我是杀了人的呢？”

王子轩：“啊……这个……这个我当然可以说明……你说谎借打火机，其实……”他挠了挠头，“好像确实不能说明你杀人了。”

赵娜石化表情心声道：“呵呵。”

钱库石化表情心道："好嘛。"

李云石化表情心道："嗨。"

场面一度非常尴尬。

区启之："我知道你什么意思，那太巧合了，我说谎借打火机去敲门，看起来简直就像是事先知道房间里死人，然后特意去敲门让你们发现的。你是不是这个意思。"

王子轩恍然大悟，然后立刻做出如我所料的表情："嗯，没错，我确实是这么想的。然后……嗯……"

区启之："然后你就想，我是在死者时间之后不久进入宾馆住宿的，我怎么可能事先知道会有死者已经死在房间里了呢？有一种可能，能解释我为什么事先知道死者死在房间里。那就是我提前潜入了宾馆之中，在发现死者死亡之后，绕过监控逃到外面，然后重新进入宾馆假装入住，找机会让你发现302的死者已经死掉了。"

王子轩差点为区启之鼓掌："对对对，就是这样。"

赵娜、钱库、李云三个人的石化表情碎裂，没有任何心声，他们已经无力吐槽。场面再次陷入尴尬。

区启之："如果我是潜入的，那我就太可疑了，到底是为了什么，我才潜入这间宾馆的呢？不会是杀人吧。这么想，虽然没有什么证据，但毫无疑问，我的嫌疑是最大的。这么说，没有问题吧。"

王子轩表情有些难看："你别说了，让我自己推理不行吗？什么都让你说了，我还推理什么啊？"

区启之微笑一下，说道："好，你自己说。"

王子轩："现在，我就来推理一下，为什么你是潜入宾馆的。在场的人，出现在这里都很正常，只有你出现得不明不白。赵娜是宾馆吧台，出现在这里是为了工作，合情合理。钱库，是这里的老板，出现在这里，理所当然。孙毅，已经在这里开了一个星期的房间，不出现才奇怪。李云和钱库有交情，喝醉酒来这里休息，无可厚非。周燕，作为助理跟着自己的老板一起出现，也很正常。我出现在这里是为了了解自己和四年前的一个罪犯的宿命。每个人都有各自的目的和缘由才出现在这里。唯独你……和这里的人没有任何关系，似乎就是为了出现在这里而出现在这里，所以，你是潜入这里的。”

区启之脸上爬起万般无奈的表情：“你说的那是人话吗？你都不如直接说——‘我看你就不像好人，所以你是潜入宾馆的’。”

王子轩：“这个推理难道不对吗？”

区启之：“因为觉得我奇怪，就说我是潜入这里的，你得拿出证据证明我确实是潜入的。而且，我为什么不能来这间宾馆，我就是来住宿的不行吗？到宾馆住宿这种理由，难道还不合理吗？”

王子轩完全胡搅蛮缠：“既然住宿，为什么不住家里呢？这就非常不合理，一个人不住家却住宾馆，这难道不可疑吗？”

区启之脸上是大写的服字，如果一直能住在家里，那这个世界宾馆这种东西有存在的必要吗？

“好，你继续。”

王子轩：“你到宾馆住宿合理，但到这家宾馆才不合理。听我的推理吧……”

总结一下王子轩的推理，他大概是这个意思：正是因为要在这个宾馆住宿才说不过去，本来应该是最合理的理由，却成为我最反常的地方。多瑞宾馆马上就关门了，基本没有人会来这里住。两个星期前，钱库已经在李云的帮助下把这个宾馆卖给了一个外地的大老板。那之后，多瑞宾馆就呈半关门的状态。大家也看到了，监控坏了不修、灯坏了不管、客人饿了活该，员工就剩下一个，还一副你爱住不住的态度。对，因为马上关门了，爱怎么样怎么样。这样的宾馆，白住的话，倒是可以考虑一下。这件事风城人尽皆知，所以谁都不来多瑞宾馆住。区启之偏偏入住，所以他不是云住宿，而是有其他目的潜入的。总结完毕。太绝对了！两个最基本的条件：“风城的全都知道”和“谁都不会来住”，这两个条件太绝对了，完全就是他为了自圆其说，主观上认为的，明显是强行弥补自己的说法。

赵娜：“那个，王警官，你就凭这个认定他是潜入的？钱叔，你觉得他这么认为是不是太……太……对不起，我没读过什么书，我实在找不出形容词来形容了。”

钱库看看王子轩，又看看区启之，说道：“这事你别问我啊，我没法说。只要他们不把罪名往咱俩头上扣，说谁都行。”

李云：“有什么没法说的，这明显没有说服力嘛。”

区启之心道：“没错，我确实是潜入进来的，这点我承认。但是，如果他是这么猜出我是潜入进来的……冤死我了！完全是蒙对的啊！”

李云：“怎么样，还有什么可说的吗？”

区启之：“是这样的：1. 宾馆外面的通风口按着我的身材可以通过，如果我训练过，且身手好的话，顺着通风口爬到三四楼也不是不可能。所以我有可以潜入宾馆的条件。2. 四楼的监控坏了，楼梯里没有监控，楼梯口到窗户中间是摄像盲区，如果我只在这些地方活动，完全不会被拍到。所以我有潜入并停留在宾馆的可能。最简单的证据就是，你查一下外面的监控，看到我是翻窗户下去的，不就得了吗？还弄这一套干什么？”

王子轩：“如果能查我还不查吗？外面监控已经没有用了。”

李云：“喂喂喂，虽说快关门了，但这也太不像话了，到底还有几个监控没坏？这是什么意思？”

王子轩：“外面监控没坏，只是被人调整了角度，正好拍摄不到他跳出宾馆的画面。”

区启之心道：“外面的监控也不能正常拍摄了？难怪王子轩蒙对我是潜入的，也一直没有揭穿我，原来是缺少证据。”

“那你应该这样来证明我是潜入宾馆的。”区启之说道，“首先，外面二楼窗户下面有一些碎玻璃，二楼的窗户被人打碎。这证明，曾经有人在里面打碎它的。你们都住在这里，谁会无缘无故去打碎窗户……”

王子轩：“哦，我明白了，有人曾经潜入，他想出去，但是由于他是潜入的，不能从一楼下去，只能采取打碎窗户翻下去。他想赌一次，赌吧台没有在这个时候看监控。不，不算赌，这个宾馆快关门了，有数的几个人，没必要一个劲看监控，所以这个时候翻下去没有太大的被发现的危险。然后，如果这个人没离开，那就是又装作客人回到宾馆入住，而你恰好就是那个时候来的。”

区启之很配合，假装悔恨的表情，说道：“对，王子轩警官，您说对了，我确实是潜入的。”

王子轩：“果然，人就是你杀的。”

区启之撇了一下嘴：“我杀了人的话，我赶紧跑多好，为什么还回来让你们发现啊。”

王子轩已经被提示习惯了，说道：“你说，你为什么还回来？”

区启之：“王警官，我已经帮你帮得够多了，这次真不能帮你，再帮你我自己就给自己定罪了。”

王子轩：“不要以为这样就可以难倒我，你其实是一个疯狂的罪犯，你是为了让我们看到你的犯罪计划。因为，你把犯罪当成一种艺术，是不是，区晟之！”

区晟之，就是多瑞宾馆四年前那个十七岁的罪犯的名字，他是一个疯子，或者是一个天才。他有一种与生俱来的犯罪的天赋。他完全顺应了自己的这种天赋，成了一个让风城警局捉襟见肘的难缠罪犯。可以说，他就是风城首席犯罪师，他带动了整个风城犯罪事业的“蓬勃发展”。完完全全就是福尔摩斯的最强对手——莫利亚教授一样的角色。

区启之：“区晟之？你还真敢猜啊。你不是没见过他，我和他长得像吗？”

王子轩："哼！你以为你的小把戏能骗得过我吗？四年前你是跳楼假死，消失的这四年你去了韩国整容，然后回来重干自己的'犯罪事业'。我从第一次见到你就觉得很熟悉。这种熟悉，就像是又一次看到区晟之一样。这种犯罪的气质，是不会改变的，所以我断定你就是他。"

区启之："真不要脸，你直接告诉我你有女人的直觉的了。我都没听说过，一个警察单凭气质就认定一个人是整容过的罪犯。王警官、王大哥，我求你了，明天去交辞职报告，给风城百分之九十九的靠谱一点的警察一个升职机会可以吧。你简直拉低了风城所有警察的智商平均值。"

王子轩："我有证据，区晟之的首写字母是qsz，而你自称乔世值，首写字母也是qsz。这就是你是区晟之最好的证据。"

区启之："我弄死你你信吗？邱淑贞、邱韶智、钱世征……这些人你都抓起来吧，他们都是区晟之伪装的！还有，区用作姓氏时读ou，区晟之的首写字母是osz。什么都不懂。"

王子轩一副我的计谋成功了的自信神态道："又上当了吧，区这个姓氏大家都会认为读qu，只有姓区的本人才会知道得这么清楚它应该读作ou，所以，你就是区晟之！"

区启之气得没有办法："大家都知道，这是常识，就你初中没毕业的才不知道。"

王子轩："是吗？等我解开你的犯罪手法，你就不嘴硬了。"

区启之："你快说吧。"

王子轩："好的，我当然会说。先从202门前自动移动的纸篓开始说起吧。他的手法是，用一根足够长度的钓鱼线系住纸篓，然后站在楼梯口到窗台之间的摄像盲区。然后，隔一段时间就去拉动纸篓一下。让它在监控里形成自己移动的样子，看起来像是监控看不见的什么'不干净'的东西移动了它。"

区启之无奈道："我猜凶手闲疯了，这么做有什么意义吗？对他的杀人有什么帮助吗？”

王子轩很有把握地说：“当然有作用，他想让我们陷入恐慌，认为是鬼魂移动了纸篓，然后再上演一出102的瞬间消失的密室谋杀，让我们认为是鬼魂杀人。”

区启之：“我猜你要破解102的密室谋杀了吧。”

王子轩：“没错，凶手瞬间消失的密室谋杀是一个很大胆的犯罪计划。我们一直奇怪，周燕从声音消失到我们撞开门，只过了不到一分钟，而房间还是一个密室，凶手是怎么从房间消失的？不，应该先考虑，他是怎么进入房间的？”

赵娜没有兴趣，但还是配合着问：“怎么消失的？怎么进入的？然后……怎么逃走的？王警官，快讲一下吧，我们真是弄不明白。”

王子轩：“很简单，凶手不是凭空消失，而是……凶手……根本没有进入房间！自然不用逃走！”

钱库着实一惊：“没进房间？那不可能，没进房间是怎么杀死死者的？”

王子轩：“哈哈，这就是凶手聪明的地方，其实，周燕从声音消失到我们撞开房门这期间大概是三十秒，当我们看到周燕被斩首死在房间里，我们就顺理成章地认为她是在声音消失的那一刻死掉的。”

李云：“难道不是吗？”

王子轩：“当然不是！她在我们撞开门的时候，都还好好地活着。大家还记得吗？102的灯是坏掉的，那其实是凶手特意弄坏的，为了他的犯罪计划。由于灯坏掉了，我们冲进房间什么也看不到，他在这个时候，快速冲到周燕身边，用菜刀砍掉死者的头颅，然后，把菜刀扔进床底，隐藏凶器。再悄悄回到我们身边，完成一次完美的没有凶器，凶手凭空消失的密室谋杀案！你们仔细看一下那把菜刀，刀子很薄，刀刃很顿，完全和周燕的伤口吻合。如果验一下指纹，上面一定会有他的指纹，因为他撞门之前就戴着手套，会引起我们的怀疑。所以，没有办法，他只能空手拿着菜刀行凶。我猜，他是打算之后悄悄进入房间毁灭证据。但是，听到我说我的同事快到了，而且我不允许你们再进案发现场，他就慌了。为什么？因为他知道，如果再不动手，他就彻底没有机会毁灭证据了。所以，他假装像个侦探一样，表演了一出像是发现了什么线索，然后快速冲进房间里的戏码。目的，就是为了毁灭证据！这一切，都是我逼他自己暴露马脚的计谋！”

赵娜假装很佩服的样子，讽刺的口气道：“哇哦……好厉害啊，王警官，原来你刚才只是在故意装傻，为了放松他的警惕。”

区启之缓缓站起，拿起菜刀，眼睛里露出一丝凶光。

“你要干什么？”

“把刀放下！”

“王警官！快阻止他！”

区启之高高举起菜刀，狠狠地劈了下来……然后，床头柜上留下了一个两厘米深的刀口。

“看到了吗？王警官？我用尽全力，也只能砍成这样。这把刀很钝，根本做不到把一个人的头颅砍下来！不好意思，你的推理是错的。”

王子轩：“那……那是你隐藏了实力，装作很用力，其实没有使出全部力量，装成没有足够的力量把死者的头砍下来，为了洗脱自己嫌疑，这样的小把戏是瞒不过我的！”

区启之很霸气地把刀扔到王子轩的脚边：“你来，你用这把菜刀把我的脑袋砍下来。”

王子轩：“我是警察！”

区启之：“能用这把刀把人头砍下来的，手上的力量最起码是拳击冠军级别的。我们任何一个人都做不到。而且，一个最简单的问题，如果我是在冲进房间在黑暗中第一时间杀人，我怎么做到让周燕在那之前突然声音消失，乖乖地躺在床上让我去砍？”

王子轩露出了微笑说：“哼！我就知道你会这样狡辩，因为你用了暗器，就像武侠小说里那样。应该是某种带有剧毒的银针，你用这个银针突然刺伤死者，让她短暂的昏迷。所以，死者的声音才会突然消失。回忆一下，死者曾经说过的话……”

“那正是区启之喂了毒的银针刺中死者之后的表现！”王子轩说着来到了死者周燕身边，撩起她上衣的衣袖：“这就是你用银针刺中她的证据。”

给周燕的胳膊一个特写镜头，她的胳膊上确确实实有一个针孔……再把镜头切换到区启之的脸上，他露出了一个不可思议的神情……

“怎么会这样……”

王子轩深吸了一口气说：“还想狡辩吗？区晟之。”

“那个……那个针孔是昨天她献血的时候留下了的。”李云站在一边，有点不忍心打击王子轩样子，“这个我绝对没说谎，不是你想的那样，用针刺晕了周燕留下的……”

赵娜也于心不忍：“还有，外面没有空隙……没有射入针的条件，而且，他在我们眼皮底下也没有射入针的机会。”

钱库叹了一气，无奈地说道：“房间就摆在这里，也没有什么装置……”

说完三个人把目光转到一边，不去看王子轩，聊一些别的事情，想让王子轩不至于那么尴尬。但是，场面一度无法挽回的尴尬。

区启之：“还有什么没推理完的？我想听听你对 302 密室的推理。”

王子轩：“302 的密室和四年前如出一辙，我五年都没破解开，现在怎么能突然破解开呢？”

区启之：“那就是你没办法证明我是凶手，我可以走了吗？”

王子轩：“不能！即使不是凶手，你进入这里也有不可告人的秘密。”

区启之深吸了一口气说："不是不可告人，而是不可告你……哦，不好意思，我不是骂你。因为你是王子轩，我才不能说我的目的，但是现在我不得不说了。再不说，我就被你抓起来了。其实……我是对四年前区晟之的案子很感兴趣的一个人，我来，就是为了查他的案子的犯案手法。"

王子轩："你到底是谁？是什么身份？"

区启之："先说我是什么身份吧。这里是犯罪现场，四年前也是犯罪现场，什么人会出现在犯罪现场，既不是警察又不是凶手，还不是嫌疑人，这是一个很简单的问题，你们不会想不明白。"

赵娜恍然大悟："是侦探！你是一个私家侦探，哦，这样的话，你潜入宾馆的目的就说得过去了。"

王子轩："如果是侦探，查案子也不用偷偷摸摸的，直接查不可以吗？"

区启之："那是因为你在这里，我很尴尬，我不能直接查。"

王子轩："这和你是谁有关。"

区启之走到窗户边，打开窗户，让外面的冷风灌入屋子，他的风衣随风舞动起来

"没错，我的名字叫作区启之，是一个侦探，我有一个同父异母素未谋面的哥哥，叫作区晟之，也就是你们口中的那个犯罪天才……"

给区启之……不，给我们的区启之侦探的脸部一个特写，他的脸上挂起了灿烂的笑容，像一个刚刚完成恶作剧的小孩。

第十章 虚假的侦探

时间：清晨五点零五分

涉案人物：区启之、王子轩、赵娜、钱库、孙毅（死亡）、李云、周燕（死亡）。

急促的警笛声划破清晨淅淅沥沥的雨幕，提前为即将从美梦中醒来的人打一遍闹铃。王子轩的同事们，姗姗来迟，但总算到了。

一楼走廊尽头的窗户前。

赵娜环抱着臂膀，站在一楼走廊尽头的窗户前，她打开窗户让清晨的冷风穿过自己身体，涌入宾馆的一楼。她贪婪地嗅着冷风中夹杂的雨水的味道，让自己暂时忘却 102 传出的血腥味。风忽然变得大了一些，她打了一个寒战，清晨是一天中最冷的时刻，无论在任何季节都是。因为清晨，就是夜晚的残留。

她把手伸到窗外，接着楼顶掉落的雨滴，把那一个个晶莹的小水珠接在手里，看着它们在撞在自己手心的一刹那“粉身碎骨”。

“在看什么？”区启之不知道什么时候，站在了赵娜的身后，突然说道。

赵娜没有回头，继续望着窗户外面说：“你怎么走路没有声音？吓了我一跳。”

区启之叼上一支烟，但是看了一眼赵娜，又把烟收起来放回烟盒道：“你早就知道我在你身后，只是没有搭理我而已。”

赵娜依旧没有回头：“怎么不抽了？”

区启之：“没什么，只是忽然不想抽了。”

赵娜：“你不用接受审问吗？”

区启之：“案子就摆着那里，不解开两个密室，审问谁都没有用。对了，你没回头，怎么知道我在干什么？”

“我可以从窗户里看到你。”赵娜转身回眸，眼圈有些红，脸色也很苍白，看上去很累的样子，她的声音有气无力，但还是勉强挤出一丝微笑，“这很容易推理出来的，窗户可以映出倒影，我又背对着你知道你在干什么，所以，可以推理出我是从窗户里看到你的动作的。”

区启之很尴尬：“这不算推理，这只是常识。”

赵娜重新转过身，继续伸手去接窗外的雨滴：“常识啊，推理其实就是由一个一个常识构建起来的。亏你还是一个侦探呢。”

区启之心道：“侦探吗？虽然我自称侦探，但那只是为了拖延时间的权宜之计。我虽然了解302的手法，但是却不能确定谁是凶手。而且，现在又多了一个102的谋杀，为了解开这些，我还要拖延一会儿。”

区启之向前走了几步，紧紧贴着赵娜的后背，他也把手伸出窗外，学着赵娜的样子，伸手去接掉落的雨珠，看着雨珠在自己的手心里“粉身碎骨”。

区启之心道：“常识吗？那这两个案件诡异得还能够放在常识里吗？孙毅死在三楼的密室里，凶手没有房卡钥匙，不能进入也无法出来，然而孙毅就是死在这样的房间里。这里有很不符合常理的一点。砸死死者的大铁柜很重，死者的力量不足以拉倒它把自己砸死来自杀。换句话说，凶手用大铁柜砸死死者的手法，彻底把案件引向了只有他杀的可能上。凶手既然制造出一个完美的密室，为什么不直接把死者伪装成自杀呢？这就很不符合常识，凶手到底为什么放弃把死者伪装成自杀来为自己脱罪呢？

第二个案子更是如此。周燕死在一楼的密室里，不符合常识的地方更加明显了。我们来回顾一下周燕死亡前后总共用了多久。首先，钱库去叫她起来，然后，因为意外看到了不该看的，被周燕打了出来。这个时候她还活着，大家听到了她的声音，这证明她还活着。接下来，钱库把门锁了起来，因为里面的周燕有些不方便，不能被看见。然后，王子轩和周燕一问一答，这期间有大概三十秒的时间，这时候她还活着，有她的声音可以作证。再然后，她的声音忽然停止，她大概就是这个时候被杀的。最后，大家觉得事情不对，撞开了房门，由于房门很坚固，从声音消失到撞开门大概用了三十秒。总结起来，房间作为密室的时间满打满算是一分钟！凶手可以在一分钟内进入、杀人并逃离房间！既然能在这么短的时间内完成密室，为什么不换个时间偷偷杀死死者，而是在大家的眼皮底下犯罪？还有，和第一个案子一样，他干吗不把死者伪装成自杀来脱罪？

两个案子都是这样。如果不是密室，那就没办法了。可最违和的地方恰恰就在这里，凶手已经完成了密室，为什么不采取简单的杀人方式？比如直接用刀捅死死者，然后把刀子放在死者手上，一来是可以伪装成自杀脱罪，二来是可以快速完成杀人，为自己争取一点时间离开。确实是这样，想想两个案子的杀人方式，一个是用大铁柜砸死的，一个是砍掉了整个脑袋。为什么用这么极端的方式杀人？

这就是两个案子不符合常理的地方，还有一个不符合常理的地方，和案子无关，那就是二楼从 201 自己移动到 202 的纸篓。查看二楼监控时，二楼没有任何人到过 201 和 202。没有人移动它，它自己就动了。这是最超越常识的地方，绝不可能是像李云说的那样，四年前死在 301 的鬼魂移动的。

像赵娜说的那样，一个一个的常识构建出推理，一个一个的推理解决掉一个一个的谜团。那么，这个案件的谜团，该从什么样的常识开始构建呢？”

不知道过了多久，也许只有几分钟，也许有半个小时，一前一后站在窗户前伸手去接雨滴的两个人忘记了时间的概念。区启之比赵娜高一头，两个人一后一前站在窗边，同时攥住“摔碎”在手心里的雨滴，把手收回来……

赵娜背对着区启之说：“你学我做什么？”

区启之没有看赵娜，而是望着窗外：“没什么，看你这么做，还挺有意思的。看着雨滴在自己手心摔碎，让我想起了发生在以前的一些事，对我影响很大。”

赵娜：“以前？有多以前？”

区启之：“五年前。”

赵娜：“五年前？发生了什么事？”

“没什么。”

五年前的事情，彻底改变了区启之的一生，让他失去了过平凡生活的机会。

区启之伸出右手的食指，他的手很漂亮，让女人也自叹弗如。他再次去接一颗掉落的雨滴。这次只用一只食指。一组慢镜头，雨滴缓缓坠落，晶莹剔透，雨滴里还有什么东西。镜头拉近，给到雨滴，雨滴中出现一个十七岁少年从高楼坠落到地面，迸溅出血滴的画面……切换回雨滴的画面，雨滴是一个血红的雨滴，像血液一样鲜艳的红色，像男子的风衣一样深邃的红色。它像被男子的食指吸引一样径直滴落。

所有的背景音全部消去……

“哒！”清脆的雨滴滴落的声音。

画面恢复，雨滴滴落在窗沿上。

区启之轻轻地笑了一下，用手抓着略显杂乱的头发：“果然，还是接不住啊。”

赵娜：“接得住才怪呢！你个白痴！你是来搞笑的吗？”

“哈哈哈哈……”区启之爽朗地笑了起来，他的笑容很灿烂，像是一个完成了恶作剧的小男孩那样开怀大笑的灿烂。

赵娜犹豫了一下：“区晟之……就是那个天才罪犯，是你的哥哥？”

区启之没有任何想否认的想法：“啊，的确是。该怎么说呢，和我很相似，但是又截然不同，完完全全不同的两个人……”

这时，天公作美，清晨特有的冷风涌入屋子，赵娜不由自主地打了一个寒战。接着，她从镜子的反光里看到区启之很绅士地脱下风衣，正要上前为自己披上。

“哦，不用了，不算是很冷。”赵娜说道。

“呃……好吧……”区启之只能悻悻地把风衣穿回到身上，“对了，介意我抽一支烟吗？我真撑不住了。”

赵娜：“抽吧，也给我一支。”

区启之：“你也抽烟吗？”

赵娜：“不会，我想用它来遮挡一下血腥味。”

区启之递给赵娜一支烟，说道：“习惯就好了。”

赵娜：“你很习惯死亡带来的血腥味吗？”

区启之：“还可以吧，因为工作的原因。但是，血腥味可以习惯，死亡可没法习惯。”说着，他把烟点燃，深深地吸了一口，然后把烟雾缓缓地吐出窗外，烟雾在空中挣扎着摇曳了几下，散入雨幕里。

“把打火机给我啊。”赵娜叼着烟含混不清地说道。她的样子就像一个刚学抽烟的，正处于青春期的不良少女。努力做出经常抽烟的样子，却很滑稽，让人看着就想笑。但是，不是嘲笑的笑，而是觉得这个女孩很可爱的那种会心的笑。

区启之拿出打火机，咔咔地打了几下，天公再次作美，打火机竟然在这个时候没气了！

“不行了，彻底打不着了。”区启之说道。

赵娜还是叼着烟，含混不清地说：“啊？我还没点着呢。”

区启之犹豫了一下，然后下定决心，一定要这么做！

区启之上前两步，抱住赵娜柔软的腰肢，赵娜下意识上身向后仰去，区启之上身前倾，嘴上的香烟靠近赵娜嘴上的香烟，用自己嘴上的香烟帮她点燃。画面旋转180度，给一个远景，两个人的身影映在窗户上，看上去就像共同协作完成了一个探戈的舞步……把画面切换到窗外，窗户上两个人的黑影，因为光线角度的缘故，看上去像是完成了一次接吻。

赵娜没有像电视剧女主角那样，立刻挣脱区启之，给区启之两个大耳光，大骂他流氓之后红着脸扭着跑开。这个女人，嘴角挂起一丝微笑，说不清是觉得有趣的微笑还是会心一笑，或抑单纯的嘲讽的微笑。她深深地吸了一口烟，接着区启之嘴上的香烟把香烟点燃。然后，她翘起嘴角，把烟气从嘴角喷出。她是第一次抽烟，不会往肺里吸，怎么吸入就怎么吐出。但是，她的样子很帅，没错，这个女人的样子很帅。

“有什么要问的你就问吧。”这个时候的赵娜根本没有丝毫打算从区启之的臂膀里起来的意思，挑衅或者挑逗地盯着区启之，幽幽地说道。

区启之放开赵娜，尴尬地挠了挠头：“那个，你怎么知道我有事情要问？”

赵娜又吸了一口过堂烟道：“一看就知道你不擅长和女孩打交道，想学别人跟女孩搭讪，然后套一些情报破案，还学不好。平时除了查案就是在家里看书的宅男吧。”

区启之很郑重地看着赵娜说：“哦？厉害啊，你能告诉我你是怎么推理出来的吗？我确实曾经宅过五年，五年一直没出过住处。”心道：“那五年我都是在监狱里度过的，能出来才怪呢。”

赵娜轻笑一下：“你真是三句话不离本行，告诉你可以，女人的直觉。”

区启之：“什么啊，不带这样的，你得说出个因为所以吧。为什么就能看出。”

赵娜把烟在窗台上捻灭，霸气十足地说："有什么想问的就问，别婆婆妈妈的，跟个老娘们儿似的。"

区启之："我想问一下有关周燕的事情……"

赵娜出乎意料地配合："她和她的老板李云关系不清不楚的，虽然这么说对死者不敬，但事实就是如此。你看见她带的那个心形的金项链了吗？那就是李云送给她的。那个项链扔着卖也得好几万，她一个董事的助手，初入职场，哪来那么多钱买？昨天早上我亲眼看着李云给她戴上的，不过他们没看见我，我当时躲在墙角。"

区启之："那李云为人怎么样？不是说他品行怎么样，是说他是那种用假货骗小女孩的坏叔叔吗？还有，他的财富情况怎么样？"

赵娜："财富状况我最清楚，他一开始就是建筑公司一个普通的质检员，一路爬到董事的位置上的。据传说，他为了赚钱不择手段，很多质量不合格的大楼，只要把钱给到位，他都有办法通过。合格的大楼，如果不送钱，他也想方设法不通过验收，给建筑大楼的人使绊，逼着人家给他送钱。他拿了钱再去贿赂他的上司，从一个没有任何背景的无名小卒一路爬了上去。他有没有钱，这个问题就是多余，一个工程他偷工减料点，克扣员工报酬点，修改账目让上面多报点，你想想他能从中捞多少油水？就说他能捞十分之一，一个工程动辄就几个亿……对了，咱们这个多瑞宾馆，就是2008年的时候，他负责运营的项目，那个时候房地产正是红火的时候，你觉得现在的房价不低，那个时候更高。但是，风城的土地毕竟有数，你往环外建楼，价格势必打折扣。所以环里的土地毫不夸张地说，完全就是寸土寸金的程度，有时候好几个建筑公司同时争一块地皮。一栋危楼决定拆除还没拆，建筑公司就把新的建筑方案做好开始运作了。那段时间，李云也在其中赚了不少呢。"

"至于他会不会给女孩送假首饰骗女孩，这个不清楚，他又没给我送过，我怎么知道。"

区启之："他没给你送过？为什么？因为你不漂亮？太过分了。"

赵娜瞪着区启之道："你才是太过分了，滚！"

"哈哈……"区启之大笑着离开。

赵娜："这个家伙，简直自带女性仇恨。"

区启之走在走廊上，点燃一支烟，每次他陷入思考，就习惯性地摄取尼古丁：这就有意思了，我看过周燕的案发现场，她的项链明显是铝制的伪造品。按着赵娜提供的信息，项链是李云送给她的，李云为什么送一个假的项链？是不想花钱吗？不至于吧，他是建筑公司的高层管理人员，据说很有钱，他真的会做用假货骗女孩这种小气的把戏吗？如果他送的是真的，为什么出现在周燕身上的那个项链是假的？

她拿到项链只有一天不到的时间，这一天不到就卖掉了吗？如果没卖，那就是被换掉了……为什么换？谁会换掉吊坠？仔细回忆一下，当时我总觉得现场少了什么东西。现在想来，我们只发现了铝制的伪造的心形吊坠，却没发现串连吊坠的链子！链子哪里去了？还有，床附近的地毯为什么是湿的？如果我是凶手，我该如何利用这些条件去制造一间密室。

区启之虽然自称侦探，然而他的推理能力远不及那些名侦探。不过，有时候名侦探费很大脑力才能解开的谜团，他也许三两下就能解开。为什么？因为他比凶手更擅长制订犯罪计划，没有一个名侦探比他更了解凶手的心思，因为他曾经就是一个非常出色的罪犯。侦探解决案件手法往往需要线索去反向推理，而区启之解决案件则是用他的犯罪天赋顺向重演。无论他的哥哥，还是他自己，都有着与生俱来的犯罪天赋。有时候，区启之以前制订过的一些犯罪计划，还会和罪犯的计划不谋而合。以彼之道，还施彼身，这就是区启之作为侦探的最强大的地方。

"伪造的铝制心形吊坠、消失的挂链、床边湿润的地毯……这就是策划犯罪的条件了，怎么去利用这些条件去完成一个密室呢？等一下……"

区启之忽然想到了什么，快速冲到吧台，对着吧台里正在查监控的警员说道："小哥，帮我查一下外面的监控……主要是查看102。"

警员："我……"

"帮他查一下，看看有没有人从102的窗户跳出去。"王子轩站在一边，冷静地说道。他是警督警衔，虽然在这个案件里是嫌疑人的身份，但对一般的警员来说，说话还是有一定的分量。

"这是王警官说话才帮你查的啊……"警员调出外面的监控："咦？这里的监控拍摄不到102窗户附近的画面，你们说的那个地带正好在摄像的边缘地带。"

区启之："一直都没拍摄到吗？"

警员："什么意思？"

区启之："调出从昨晚十点到今天早上五点的，做一个对比，看看有什么异样的地方。"

警员按着区启之说的话去查看监控，不久之后，他的脸上充满了疑惑不解的神情。

"这……怎么回事？怎么会这样？"

王子轩忽然猜到警员发现什么诡异的现象，但是，他还是走过去问了一句："怎么了？"

警员："102附近的摄像区域，正好位于摄像区域的边缘地带。从十点之后，那片区域一点一点地在消失……在快到四点的时候，那片区域就彻底从摄像里消失了。这说明有人调整了摄像头。"

王子轩："有人移动了摄像头？"

"神奇的地方就在这里，这是老式的摄像头，没办法通过电脑控制它移动方向，只能人为地去移动。如果是人为的，直接一口气转到完不是更好吗？可是，这个摄像头是很长时间才被移动一点点。而且，是上下移动的。"

"你们看。"警员指着监控画面说道："十点的时候，摄像头的边缘地带，也就是102窗外附近，还能拍摄到。十一点的时候，虽然不明显，但是确确实实缩小了一部分。之后一直一点一点地缩小。直到快到四点的时候……”

区启之：“也就是302死者差不多死亡的时间……102窗外附近的区域彻底脱离摄像区域。”

王子轩：“不要胡说八道！”

警员：“但是，录像就摆着这里……好奇怪的，这个监控不像是有人动过，简直就像是……”

王子轩、区启之：“自己一点一点地移动了！”

王子轩：“可是，外面的监控安装中二楼最西面，想要移动监控必须经过二楼，一定会被监控拍到的。”

区启之：“202门口的纸篓不也一样在没人的情况下自己移动了吗？”

王子轩：“到底有完没完啊，纸篓的问题还没解决，监控现在又闹鬼了！哦，我明白了，凶手在宾馆里，但是他为了不暴露自己，用绳索套住监控，一点一点地拉动摄像头，让摄像偏离原地位置，拍摄不到102外面的画面。然后他进入102杀死周燕，从窗户跳出去，这样就不会被拍到了。”

区启之：“我谢谢你，解开了102的密室，然后呢？凶手怎么在外面把窗户关上？而且，才不是用绳索移动摄像和纸篓这样简单的手段呢，凶手的诡计更加宏大，他在一个让我们意想不到的地方做了手脚。这个手脚做的……我不知道该把他称为天才还是疯子。”

王子轩：“你……你已经推理出案件的过程了吗？”

区启之心道：“不是推理，是重新演绎了犯罪过程，比起推理，我更擅长制订犯罪计划。能做到这一切的只有那个人，但是，没有证据证明他确实用了我演绎出的犯罪手法。这样，302的密室就差不多可以实现了，唯独缺一个最重要的因素，以及，到底是谁干的。401到404，需要弄清楚这四个房间之前住过什么人，一定有人在这几个房间住过，否则我之前潜入四楼时房间里不会传出那种哗哗响的声音。没错，那不是外面的雨声，而是房间里传出的流水的声音。”

……

一楼走廊尽头的窗户前，赵娜把手伸出窗户，想再去接那些坠落的雨珠。但是，她没有接到，雨忽然之间就停了。她的眼神中露出一丝哀伤，独白：“清晨，是一天中最冷的时刻，无论任何季节都是。因为，清晨是夜晚的残留……她积淀了整个夜晚的冷清。”

第十一章 古怪的摄像头

时间：清晨五点十二分。

区启之心道：“看到外面被移动的监控、四楼被破坏的监控，二楼的诡异现象，四楼的流水声……302 的手法已经基本可以确定了。但是，这个手法宾馆里的人谁都可以用。不能直接指出真凶，还有我要怎么提示王子轩这个糊涂警官让他想到凶手的手法呢？真是羡慕某部日本动漫里的名侦探啊，身边总是有一个白痴一样的靶子，这个靶子被弄晕后嘴巴不张就可以推理整个案情，还没人觉得奇怪。”

王子轩认真地看着监控录像，对警员说道：“再重放一次，没人去动那个摄像头，他自己怎么可能动？一定可以找到移动他的人的身影，再不就是用绳子拉动了摄像头。还有二楼的纸篓，也再给我查一遍。”

区启之心道：“才不是那种小把戏呢，你查一万遍都看不到凶手，凶手就是不接触那两样东西，然后隔空把它们移动的。但是……哈哈……这不是凶手主观上想把它们移动！不，摄像头我不能确定是不是，但可以确定二楼的纸篓不是凶手主观上想要移动的。而是在他的计算之外，是他庞大的谋杀手段之后带来的异象。也是 302 房间杀人案的最大漏洞。”

“原来如此！”王子轩忽然一拍双手，大叫起来：“我知道凶手的手法了！”

第十一章 古怪的摄像头

区启之露出一个长舒一口气的表情，心声："看来，我让他发现两个怪异的现象之后，他总算把这两个线索连接起来了。"

"真的吗？王子轩警官，凶手是怎么在两个房间杀人之后又把房间反锁的？"警员连忙问。

王子轩认真地说道："不，我还没有解开两个房间的秘密。但是我已经把两个怪异现象的谜团解开了。是这样的，首先，凶手用非常细的钓鱼线连接在二楼201的门口的纸篓上，每隔一段时间就把纸篓移动一点点。而宾馆外面的监控也是这样的。"

区启之叹了一口气，王子轩辜负了他的期望。

"我不是说过了吗？凶手闲疯了？用钓鱼线每隔一段时间移动一下纸篓和摄像头？这对他行凶计划有什么帮助？"

王子轩很自信地说道："你一个外行人，还是四年前谋杀犯的弟弟，你有什么资格对本警官的推理做出反驳？哼！我也告诉过你，那是凶手为了把案件推到鬼魂身上所做的障眼法而已。你这种外行侦探，不会是认为杀人者真的是李云所说的那样，是四年前死在301的那个死者的鬼魂吧。果然，外行就是外行！"

区启之轻蔑地笑了一下，说道："你好好考虑一下，两个案件都是密室谋杀，这里有一个很违和的地方。凶手制造出密室，为什么没把死者伪造成自杀来脱罪？还有，那两个怪异的现象，纸篓和摄像头自动移动之谜，用钓鱼线行不通！钓鱼线很细，监控确实拍摄不到，但是，移动过后怎么回收？不还是要到纸篓和摄像头前把钓鱼线接下来吗？监控里看到了，从始至终都没有人到过附近。"

"哼！"王子轩冷哼了一下："外行就是外行，你以为我会想不到吗？这里就是凶手聪明的地方，他用了一个非常巧妙的方法，躲过了整个摄像区域。算了，我才不跟你解释呢。你这个智障！我要去检查302的房间了，等我查到线索解决302的密室之谜，我会连同纸篓摄像头移动之谜一起解开。到时候看你还嘴硬不嘴硬。"

区启之："就是说你还是怀疑我了？我有什么理由非杀我不认识的两个人？"

王子轩："你要理由？我就给你一个理由，你是一个犯罪狂人，杀人不是为了报仇和利益，只不过是为了追求一个扭曲的满足感。和你哥哥一样，把犯罪当成了一种艺术。而且，你说自己是一个侦探？哈哈哈……我告诉你一件事，我已经托我在云城警局的朋友调查你的底细了。估计不出十分钟他就会给我回电，到时候，就知道你到底是不是侦探了。"

……

区启之一句话不说，看着王子轩一步一步走上楼梯，前往三楼查看302的犯罪现场。他虽然知道302的凶案手法是怎样的，也知道纸篓和摄像头是怎样移动的，但是，他还没有复制重演出102的犯罪过程。302的犯罪手法，宾馆里的每个人都有机会去完成，不足以找出凶手。从他进入宾馆开始，时间就很紧迫，而王子轩又把全部注意力全都放在他的身上，认准了他就是罪犯。无奈之下，他才谎称自己是侦探想为自己拖延一点时间、解开102的犯罪手法。

情况真的很棘手，区启之预料到王子轩会怀疑自己侦探的身份，但是，没想到他采取行动这么迅速，已经委托了在云城的朋友调查自己的身份。王子轩的朋友，弄不好就是在云城警局的某个警察，只要在接到电话过后前往警局档案室，用不了多长时间就能查到区启之曾经坐过牢刚刚出狱的事实。那个时候，一个曾经的罪犯再次出现在犯罪现场……

"趁现在逃走吗？"区启之在心里做着打算："还是再等等，王子轩到三楼重新检查之后，应该会发现现场的异样，那正是那个庞大手法所带来的后遗症。还有，这个手法需要特别的道具。如果知道401到404之前住着什么人就好了。很可能就是他们在401到404动的手脚。可是，吧台电脑有密码，看来只能麻烦赵娜帮我查了。真是麻烦啊，我最不擅长的就是和女人打交道了。我在云城也和监狱长破解了不少案件，再狡猾的罪犯，我也不至于完全没有办法，但是面对这女人，我是真的一点办法没有，或许她们才是这个世界上最强大的生物，是外星人留在这个世界上毁灭我的最强武器……”

……

三楼302。

王子轩迈步走上三楼，心里想着，302的密室谋杀是怎么回事？会不会是我思考错了方向？其实，凶手不是进入房间杀死死者之后把房门反锁，而是他根本就不用进房间，就把死者杀死了？比如，墙上有个小洞，死者在303用棍子之类的东西利用这个小洞把大铁柜捅倒砸死死者的？303，那不就是区启之那个小子的房间吗？这么说来，凶手果然就是他！

“王警官，你来了，我刚要找你呢。”一个警员对刚刚走上三楼的王子轩说道。

王子轩说：“怎么了？”

警员一副很认真的表情：“事实上，我们发现了一个很奇怪的现象……”

王子轩和警员一起走进302，他看了一眼302的房间，那个很沉重的大铁柜，说道：“怎么回事？这个大铁柜怎么还没扶起来？你们来了这么长时间都干什么了？”

警员很无辜的表情，说道：“这正是我们要向您汇报的事情，事实上……喂，哥几个，把铁柜扶起来。”

302的铁柜很沉，王子轩之前试过，他自己一个人用尽全力都只能抬起一点点。得三四个人一起用力才能把它抬起来，如果自己一个人用力把铁柜推到，也需要这个人的力气很大才能实现。

几个警员一起用力，把铁柜抬起来，但是没有把它立起来。然后，一个警员立刻上前，把死者的尸体拉出来。几个警员看死者的尸体已经被拉出去，就开始准备把大铁柜放下。

王子轩："喂，你们在干什么？警校是怎么教你们的，保持现场都不会吗？怎么把死者的尸体移开他原本的位置了？你们把大铁柜靠在墙边立起来不就得了吗？"

站在王子轩身边的警员说道："这就是我们要向您汇报的奇怪现象。喂，哥几个，把铁柜靠着墙立到墙边。"

几个警员一起用力，费了很大的力气把铁柜立起来，靠在墙边。

"都准备好了吗？"

"准备好了。"

"一。"

"二。"

"三。"

"松手！"

喊完松手，几个警员用最快的速度躲开大铁柜，然后，大铁柜离开几个警员的搀扶，立刻向着床的方向倒了下去……

"这……"王子轩看到这一幕，感到很奇怪。

警员："看到了吗？王警官，这个铁柜立不住，自己就倒了。也就是说，这很可能是一个意外，铁柜自己倒下来，把死者砸死的。"

王子轩："那不是更奇怪了吗？如果他自己能倒，为什么死者在这里住了一个星期都没倒，而在今天才自己倒了？还有，你们几个警员立起铁柜时，明明看着已经放正了，怎么还会倒？"

警员："难道是地面有一点倾斜，但倾斜的角度不大，比如一度两度，所以看不出来？"

王子轩："倾斜一度两度就看不出来了？你脑袋让大铁柜砸了吗？"

警员："额……不是啊，王警官，是这样的，角度这个东西如果没有参照物，当然看不那么明显。你想啊，我们在超市购物时，会发现超市的地面其实是倾斜的吗？”

王子轩：“你在胡说八道些什么呢？超市的地面怎么会是倾斜的？”

警员：“您听我说啊，我曾经看过一篇文章，说的就是这个问题……”

关于超市地面倾斜这个是真的，不是全部的超市都是这样，有一部分超市确实是地面有小幅度的倾斜。

一些大型的超市为了让顾客多选一会儿，下足了苦心。他们把地面倾斜，我们却看不出来。因为，我们的常识里认为地面一定是平整的，再加上地面很大，参照物的不同导致我们对角度的判断也就不同。如果超市好几百平方米的地面只倾斜一度两度，我们站在上面，自然不容易察觉。

那么超市为什么会这样做呢？假如地面有一度两度这样的倾斜，我们在挑选东西时，身体会更容易继续往里走。因为我们的大脑虽然感觉不到，但身体能感觉得到。当我们的注意力在挑选东西，地面往里倾斜身体更容易往里走，这样停留在超市里的时间就更多，挑选东西的可能就会变得更多。

换在 302 也是一样的，假如地面有小幅度的倾斜，大家的认知里地面一定是平行的，但是……正是这样的思维，导致没能发觉到地面的倾斜。

王子轩陷入沉思：“确实，如果 302 的地面时倾斜的……不，很可能整个 3 楼的地面全部都是倾斜的！大铁柜会倒就是证明。但是……只倾斜一个小幅度，铁柜会那么容易就倒吗？我粗略地估算了一下，让这个大铁柜自然而然地倒下，倾斜幅度起码得有三度才行。地面的倾斜是达不到三度的。如果三度，就很明显了，所以，就算地面倾斜一度半度也无济于事，不可能让铁柜倒下来。”

“对了，我的房间……”王子轩忽然想到自己的房间 301，他快速冲出 302，来到 301，看了一眼房间里的情况。他发现，自己的房间居然也有一个大铁柜，大铁柜摆放的位置和 302 的一模一样，而他房间的铁柜却没有倒下来。

“其他房间检查一下，三楼的房间全部检查一遍，尤其是铁柜的位置。”王子轩喊道。

检查的结果是，三楼的每个房间都有一个大铁柜，而且摆放位置也和302的位置一模一样。神奇的是，只有302的柜子倒了，其他房间的柜子却没倒。这里有两个问题，或者是两个提示。

1. 之前区启之发现三楼铺着非常粗糙的地毯，包括每个房间都是。
2. 三楼所有房间的物品摆放的位置都一模一样。

“这是怎么回事？”王子轩陷入沉思：“地面倾斜一度半度的，不足以让大铁柜倒下来砸死死者，还有为什么只有302房间的大铁柜倒下来？”

“来人，跟我来。”王子轩忽然想到什么，叫了几个警员。他们把其他房间的大铁柜放到，然后重新立起来。结果很有意思，其他房间的铁柜被放到重新立起来的结果是……稳稳地伫立在原地……只有302的房间是一个例外，重新立起来却不能立住……

王子轩站在三楼的走廊上：“为什么会这样？为什么只有302的柜子不能回归原位重新立起来？难道说……”

似乎想到了什么事情的王子轩迅速冲进302，来到了放置大铁柜的地方。他蹲在地上，抚摸着原来放置大铁柜的地方的地毯。这一次，他确实发现了至关重要的线索，靠近了案件的真相。他的脸色忽然一变，自言自语道：“原来如此，我想到了！”

旁边的警员：“王警官，怎么了？难道这里有什么至关重要的线索吗？”

王子轩露出一个扬扬得意的笑容，说道：“啊，确实有至关重要的线索，这里的地毯，紧靠着墙壁的地毯要比其他地方的地毯厚一些。”

警员有些奇怪：“厚很多？我们怎么看不出来啊？”

王子轩：“当然看不出来，其他地方的地毯比较蓬松，靠墙的地毯比较厚，但是，如果不去抚摸感受只凭肉眼还是看不出来的。”

警员：“这个案件有什么关系？”

王子轩：“靠墙的地毯很厚，前面的地毯很蓬松，如果把一个很重的大铁柜放在上面，蓬松的地毯被压下去，厚的地毯压不下去，就会造成大铁柜整体向前倾斜一点儿很小的幅度。”

警员：“我还是不明白。”

王子轩得意地说道：“也难怪，如果你明白了，你就是警督了。不过没关系，慢慢跟着我学吧。对了，把死者孙记者的笔记给我拿来，如果不出意外的话，我估计会有能够让我推理成立的其他线索。”

一楼大厅。

区启之望着监控里在三楼领着一群警员挨个屋子检查王子轩，自言自语道：“差不多该发现了吧，王子轩警官，302 的密室杀人的真相……很好，现在让我从赵娜那里问出四楼的人，如果有人往四楼送过东西，那就太好了……一切就全都在我的意料之中了。”

这时，赵娜正好走了过来：“区大侦探，你看到钱叔了吗？”

区启之这时想起，钱库从 102 的谋杀案之后就不见了，不知道去了哪里。

赵娜自言自语道：“看样子你也没见过，应该是去对过的早餐店吃早餐了吧。”

区启之：“不说那个，你还记得昨天有没有什么人往四楼搬运过什么东西。”

赵娜不可思议地看着区启之说：“哇哦，你还真是一个侦探啊，你连这都能分析出来。”

区启之心道：这不是我分析出来的，我知道有人在模仿我之前用的犯罪手法，而那个犯罪手法一定要用到特别的道具才行。

赵娜：“有过一个快递员往四楼送过东西，送的是一个大纸箱。只不过他很奇怪，大夏天的还戴着口罩把自己捂得严严实实的，我不知道他长什么样子。”

区启之连忙问：“快递把大纸箱送到了四楼的哪个房间。”

赵娜很为难地说：“这个真不知道，那个时候四楼的监控已经坏了，时间大概是上午十点钟。我只能确定快递员把东西送到了四楼，那时四楼还住着……五个人，那之后十一点就退房了。不过……我在三楼的监控里看到那个快递员去过302房间找过记者孙毅，大概一分钟左右就出来了。”

新线索，案发前一天四楼住过五个人，快递员曾经去四楼送过快递，但是不知道快递员把东西送到了哪个房间，之后，快递员又去了302。

区启之饶有兴致道：“哦？这就是了。快帮我把电脑的密码解开，我想查查四楼都住过什么人。”

赵娜没有学电视剧女主角一样傲娇地说：“凭什么啊，你让本小姐解本小姐就解啊？”

说这种话的女主角给我从屏幕里拉出来，通通一个过肩摔给我摔出去！然后再冲过去补上两个耳光！别给我捣乱拖后腿！赵娜没有捣乱拖后腿，她只想快点解开案子，帮助区启之尽早解开谜团，还给死者一个公道。她直接走过来，准备解开密码，查四楼的住宿的人员。她知道自己不是电视剧的女主角，同时区启之也不是电视剧里的男主角：十项全能，什么都会，不仅能分析案件，还是电脑高手，还能开飞机，神枪手，拳法十三段，音乐达人，绘画天才，足球健将，厨艺一流，德智体美劳全面发展的全才。这里，他需要她的帮助。

“住手！你们干什么？这是至关紧要的证据，谁允许你们动了？”

一个警员大喊着。

赵娜：“不好意思，我是这里的前台，我想查一下登记记录。”

“不行，等破案之后你随便查，现在不行。”

赵娜：“可是……”

区启之叹了一口气说："算了吧，走吧，他也是按工作流程办事，我也不是正经的查案人员，没经过允许，当然没权力动。"

赵娜只得把手拿开小声道："那怎么办？"

区启之："那就得看侦探看家的本事了，推理一下就可以了。"

第十二章 古怪的赵娜

时间，清晨五点十三分。

三楼 302。

王子轩从 302 的死者孙毅的遗物之中发现了一个日记本，这个日记本记录着他住在宾馆里调查的事情。

2015 年 6 月 1 日，星期一，天气晴。

今天，我入住进多瑞宾馆，为了查找李云的事情。作为一个记者，我一定要查出被李云隐藏起来的真相……

2015 年 6 月 2 日，星期二，天气阴。

今天没什么事情，很无聊。

2015 年 6 月 3 日，星期三，天气晴。

好无聊啊，我已经入住了两三天了，还是没有一点线索。传闻说这栋大楼其实本来是不够资格通过审核的。但是，身为质检人员的李云收了钱，为建筑商开了绿灯。可是……我检查了这个大楼的全部楼层，完全没有偷工减料的样子，难道真的只是谣传吗？

王子轩：“这……他调查的目标不是钱库，是李云……”

2015 年 6 月 4 日，星期四，天气多云。

今天，我在风城警局的朋友和我说了一个很有意思的事情。一个超市发生了一起入室盗窃案件。其实也不算盗窃案件，因为不仅没有丢东西，居然还留下了十三枚硬币。这个事情真有意思，如果不是在调查李云，我一定跟着这个新闻。

王子轩心道："这件事我知道，现场留下十三枚硬币是区晟之的手笔，这个死者应该没有想到，区晟之会被杀死，并且在他的尸体上也会留下十三枚硬币。但是，我亲眼看着他死掉了，所以不可能是他。区启之，区晟之的弟弟，如果把他的哥哥作为模仿对象，就完全说得通了。"

2015 年 6 月 5 日，星期五，天气晴。

皇天不负有心人，我终于找到一丝线索，我发现三楼的整个楼层居然是倾斜的！这栋大楼是正南正北的，不知道是当时的建筑商粗心弄错了建筑图纸，还是建筑过程中弄错了标记，导致东面比西面高了几厘米。最后的结果就是，东面比西面高了，从东向西倾斜了一点。但是……倾斜的程度很小，完全不影响大楼正常使用。这些不足以证明李云行贿。时间很紧迫，马上这栋大楼就会被拆掉了，到时候，什么证据就没有了。

王子轩看到这里，不禁皱起眉头："果然，三楼的整个地面是由东向西倾斜的，但是倾斜幅度很小，不足够大铁柜倒下来。其他房间的大铁柜没倒就是证明。而且，如果大铁柜要倒早就倒了，死者在 302 住了一个星期，大铁柜都没倒。为什么会在今天倒下？凶手一定是有什么方法，让大铁柜在他想要的时间倒下来砸死死者。但是……密室的状态，怎么让他倒呢？还是要先解开密室。"

2015 年 6 月 6 日，星期六，天气晴。

我今天检查了二楼、四楼、五楼……发现这些楼层的地面全都是水平的，没有一丁点的倾斜。看来，只有三楼的地面有大于一度的倾斜。但是，观察了一个星期，我终于发现了多瑞宾馆的惊人秘密，才不是偷工减料和建筑不仔细这种小事呢！这栋大楼存在一个更大的问题！有这个，一定能证明李云舞弊了……

“什么问题？”王子轩这样想着，但这一天的日记写到这里就没有了。

2015年6月7日，星期天，天气晴。

今天有点儿生气，早上，居然还有一个送快递的老头子给我送东西。抱着一个大纸箱子，也不知道里面是什么。我看了一下快递单，那东西是404的客人订的，他三楼四楼都分不清，真是个傻逼！我中午出去吃饭，回来时居然发现屋门是开的。有人进过我的房间，我怀疑是那个女吧台，只有她有钥匙。我问了她，她不承认，好在没有丢什么东西。最有意思的是，我今天看到王子轩也来这里住了，看来这个白痴警察还没破解开几年前的案件，这个实在是太搞笑了。

王子轩：“这个就没什么价值了，没什么有用的线索。”

2015年6月8日，星期一，天气雨。

下雨了，我最喜欢雨了，因为下雨天和睡觉很配。

王子轩：“下雨时是6月8日凌晨一点半之后，他应该是在这之后不久睡的。之后呢？他是怎么被杀死的呢？被大铁柜砸死的，这我知道。但是，密室是怎么回事？区启之应该是凌晨三点后偷偷潜入宾馆的。他说是为了查案子，我才不信呢。百分之百就是为了杀人！学他的混蛋哥哥！这就是证据！如果是他，他是怎么杀死死者的呢？”

王子轩深吸了一口气，拿着日记本向大厅走去。

“这里已经没有什么线索了，再看看102的谋杀案还有什么线索。”

大厅。

区启之：“赵娜，你还能记得四楼住宿的人吗？回忆一下，能回忆出多少是多少？”

赵娜很为难地说：“这个……我怎么可能记得那么多，我闲着没事不可能去记每个房间客人的信息玩吧。”

区启之认真地说：“拜托了，我现在不能查看四楼的入住信息，只能从你的回忆里推断一下四楼入住的情况了。”

赵娜嘟起嘴，把手指放在下巴上，认真地回忆着："我记得前天四楼有五个客人，他们来自分别不同的省份，我记不清是哪个省份，就用ABCDE代替吧。然后我分别把他们安排进401到405。他们抽的香烟的牌子不一样，之后昨天他们叫过外卖，只有四个房间叫了外卖。其中一个房间的人前天晚上就离开了。其他四个房间的人是昨天十点之后才离开的。对了，四楼的房间房门颜色不一样，当初装修时为了彰显个性所以每个房门都刷了不一样的颜色。"

"那个提前离开的客人在哪个房间，他需要好好调查一下。"

区启之不知道为什么笑了一下，赵娜看着他："你笑什么。"

"没什么，你继续。"区启之说道："把你想起来的全说出来。"区启之当然知道四楼房间门的颜色不一样，他潜入时就在四楼。

赵娜："我总结一下啊。"

总结一下赵娜想起来的事情，都是一些零零散散的小事。

1.A市住红房门；2.D市叫了水煮鱼；3.C市姓陈；4.绿房门在白房门左边；5.绿房门主人姓郑；6.抽黄鹤楼香烟的人叫了烧鸡；7.黄色房门主人抽红塔山香烟；8.住中间的人姓冯；9.B市住第一间房；10.抽芙蓉的人姓王；11.E市抽长白山；12.抽黑鬼的人住叫了火锅的人隔壁；13.叫了红烧肉的人住抽红塔山烟的人的隔壁；14.B市住蓝房门隔壁；15.抽黑鬼的人有一个姓吴的邻居。

赵娜无奈地说："我只能想起这么多，不好意思啊，没用的想起不少，但是哪个房间住着哪个客人却没想起来。"

区启之思考了两分钟后，微笑了一下："没事，这些足够推理出哪个房间住着哪个客人了。"

赵娜："真的假的？"

区启之："当然是真的，那个提前离开的客人住在404，绿色房门，来自E市，抽长白山，姓郑。"

赵娜很感兴趣地说：“你怎么推理出来的，告诉我一下可以吗？”

区启之为难地说：“这个很无聊的，只能是一项一项整理，没你想象那么有趣。”

赵娜：“走，我请你吃早点，你跟我说，总行了吧。”

……

“吃早点？！”区启之看了一眼赵娜，心想，这个女孩还真是心大啊，发生了这种事还能不忘记吃早点。

赵娜看着不知道在想什么的区启之，以为他害怕警察不允许，说道：“不去吗？我问过警员了，他们说可以出去吃早点，但是要赶紧回来，配合调查。”

区启之：“他们就不怕我们跑了？”

“我又没杀人，随便他们调查，跑什么？”赵娜看了四周，确认没有警察，然后小声且吃惊地对区启之说道：“我的天啊，你打算跑？”

区启之笑了一下：“我没打算跑啊，我也没杀人，只不过……很有可能会被认为罪犯就是了。”

赵娜认真地说道：“要真是你干的，你还是自首吧，你不可能跑一辈子的。虽然这两个案子看上去很复杂，两间密室，警察没有头绪，但是，只要是人做的计划，就一定有漏洞，这是必然的结果。就像小说一样，你总能找到不合理的地方，一个作者不可能把故事编得滴水不漏。”

区启之：“但是一个作者可以尽可能地让故事滴水不漏，就像一个罪犯策划一场犯罪，会尽可能地隐藏案子的破绽。一个合格的罪犯，必须要比探案人员准备得更加充分才行。这是身为罪犯最起码的职业道德。”

赵娜用不可思议的眼神看着区启之：“你不是侦探吗？说起话来简直就像……就像……”

区启之：“像什么？”

赵娜：“没什么，感觉你好像很了解罪犯这类人一样，简直就像一个很擅长犯罪的人……”

区启之微笑了一下，什么也不说，但是，他心里想的却是……没错，我确实是一个很擅长犯罪的人，该怎么说呢？我对犯罪有着一种与生俱来的天赋吧。

赵娜很可爱地撇了撇嘴：“算了，不说这个，你到底去不去吃早点啊？”

“怎么？二位也要去吃早点吗？我开车带着你们一起去吧。”李云看着两个人正站在一起商量出去吃早餐的事情，走过来说道：“我知道一个很好的早点店，老板娘是一个风韵犹存的俏寡妇，服务员更是各个……哎呀……怎么形容呢？夏天各个都穿着齐膝小短裙给客人上餐。那一个个的，那大，哎呀……”说着，李云忍不住吸了一口口水。

赵娜白了李云一眼，丝毫不胆怯地嘲讽道：“还是不劳烦李老板了，您那辆花工程费买的宝马我们这辈子都坐不起。”

李云反击道：“哼，就跟你们钱老板的小尼桑来得多正经似的，还不是我帮他？他才能把这栋大楼卖给那个外地的老板。我实话告诉你，这栋大楼的质量根本就不过关，你们钱老板就是坑人家。”

李云是一个很了解人心的老江湖，他知道赵娜这种姑娘初生牛犊，什么都不怕。但是，她对她的老板钱库很敬重。总是一口一个钱叔叫着。所以，比起侮辱她本人，在她面前诋毁钱库才能让她更生气。

赵娜：“你闭嘴！这栋大楼还不是你年轻时做工程监理的时候通过的？亏得你还好意思说它建筑得不合格。你当年收了多少回扣才让这栋大楼通过的？”

建筑不过关？不能够吧，一眼看上去，这栋大楼不像是偷工减料的样子啊。果然……不过关还是因为那个原因……这样的话，302 的密室确实就能够实现了。区启之在二人的谈话中确定了 302 手法，他之前只是推测，现在已经百分之百地确定了。

“我知道，这幢大楼的土地出现了问题，地基非常软，软得不像话。你是搞建筑的，你不会不了解这意味着什么吧。”赵娜看着李云挑衅地说道：“但是当年身为质检人员的你却还是通过了这栋大楼，没吃回扣的话，说出来谁相信。”

区启之轻笑了一下，地基偏软的话，时间长了，会导致大楼整个倾斜。这个不是开玩笑，确确实实就是这样。查一下新闻的话，因为地基软导致大楼倾斜了十几度最后导致大楼不能住人的现象都有。

李云：“你有证据吗？”

赵娜：“证据？四年前的地基矫正就是证据！”

四年前……如果不出意外的话，应该是区晟之犯下谋杀案之后不久的事情吧。

赵娜继续说道：“但是，这个地基毁坏得已经到了不是矫正就能恢复的地步了。根本就不存什么外地的老板，非要说的话，你就是那个所谓的‘外地老板’。你是为了掩盖当年受贿通过不合格大楼的污点，才花冤枉钱来收回这栋大楼。这么想来的话，302死掉的孙毅是记者，他在这里住了一个星期，他是调查什么事情呢？该不会就是这栋不合格的大楼吧……哎呀呀……那102死掉的周燕是你的助手，她会不会凑巧也知道这件事呢……”

“啪！”一个响亮的耳光响起，赵娜的脸上出现了一个红手印。李云低着头，手正扬在半空，这只手刚刚完成了一个扇耳光的动作。赵娜捂着自己的脸，恶狠狠地盯着李云，眼神中没有丝毫的胆怯。

这个时候身为男主的区启之会做什么？他悠然地掏出了香烟，悠然地点燃，悠然地吸了一口，最后又悠然地把烟气吐出。同样，他悠然地看着两个人的闹剧，就像不关自己的事一样，事实上，原本就不关他的事。永远不要以为区启之会像傻逼电视剧里的男主角一样客串护花使者。看到女孩儿被欺负，路见不平一声吼，两肩担道义，铁胆震乾坤，上去就跟欺负女孩的恶势力做斗争，很大义凛然地把女孩护在自己身后，用自己瘦弱的身躯替女孩遮挡着雨点一样的拳打脚踢。放一万个心吧，这种事区启之永远不会做。

先生们，区启之看到赵娜这个女孩儿被欺负无动于衷，丝毫没有怜香惜玉的想法。一个本该二十出头的热血青年会有这样的选择，这在意料之外。但是，区启之刚刚从监狱里放出来，他还是假释状态，为了一个萍水相逢的女孩儿大打出手万一把人打坏了来一个二进宫，找谁负责？所以，区启之看着赵娜被打也在情理之中。

“我跟你拼了！”赵娜把手从脸上拿下来，撸胳膊挽袖子冲了上去。

电视剧里的女主角被扇了耳光都是用毫不屈服的目光看着扇自己耳光的人，以此来展现女主角坚韧不屈的个性。但是，这里，在周围还有警察的情况下，赵娜同志不管那个，直接冲上去抓住了李云花白的头发，攥起拳头就对李云老大爷的脑袋一顿挥拳痛打。意料之外。

这里得解释一下，赵娜这个人，她可不是什么电视剧里的女汉子一样的角色。她是一个女流氓一样的角色！从高中开始她就是学校里有名的女混混，从她说话的方式应该能看得出来。所以，这里直接动手，情理之中。

“适可而止吧！两位！”区启之实在看不下去，冲上去把两个人分开：“李老板，您这样的人物，就别跟一个姑娘家计较了。”

区启之随口说了几句替赵娜鸣不平的话，也没太多的意思。

这时，给一楼楼梯一个画面，王子轩正好站在那里，看到了区启之为赵娜“出头”的场景。给他的脸一个特写，一副“嗦嘎”的表情。自言自语地说道：“真相只有一个！但是不用着急，我还缺一个决定性的证据，等一等云城的朋友查到区启之底细，我再揭穿他的真面目也不迟！

大厅里的区启之一直认为王子轩发现三楼的异象之后，就能推理出

302的密室之谜，但是，他还不知道王子轩确实推理出了答案。但是很可惜，王子轩把他设定为了第一嫌疑人。而王子轩在云城警局的朋友已经进入了档案室，用不了多长时间，就会翻出区启之的过往。

……

“靠！项链都被这个老家伙拽断了，可恶，勒死我了。”赵娜摸着脖子说道，她戴的是很廉价的项链。她没有去捡那些项链的珠子，而是假装很不经意地随口说了这样一句话。说着，还小心翼翼地看了区启之一眼，不动声色地观察着他的反应。

区启之望着外面，没有回头看赵娜心道：“这个女人不是简单的货色，刚才和李云打起来才不是无缘无故……是故意的……我亲眼看见她在打斗中自己扯断了自己的项链……这是为什么……这是巧合吗？毕竟我还原出的102的密室谋杀案手法，需要用到项链……她也推理出了102的手法，是在这个时候提示我吗？”

第十三章 五房间

时间：清晨五点四十分。

大厅。

赵娜："算了吧，咱们出去吃早餐吧，我请你。"

区启之不说话，只是点了一下头，这个女人要注意一下。

赵娜："但是先说好了，我请你吃早餐你得告诉我那个五个房间你是怎么推理出来的。"

"嗨。"区启之装成无奈的表情，说道。

"当然，我可是正正经经的推理迷，我看过……"赵娜说着还用手比画着，两只手在空气中画了一个好大好大的圆圈，继续说道："好多好多推理小说，面对一个真真正正的侦探，当然不能轻易地放过你了。"

区启之没有回答，只是尴尬地笑了一下。第一，他不是很擅长和女人打交道，他在监狱里……"宅"了五年呢。而且，他在入狱之前也不是多擅长。第二，他是为了拖延时间才自称侦探的，亏着心呢。第三，他感觉到了一种微妙的违和感。

很奇怪不是吗？之前，区启之向赵娜问了关于四楼住宿客人的问题。但是，赵娜声称自己想不起五个房间的客人，但是，她却想起了一大堆与之相关的零星事情。她都能记住这些东西，记不住那间屋子住的哪个人？

所以说，一种违和感。非要说的话，简直就像故意在考区启之一样。

两个人边说边走，走出了大厅，来到宾馆前面。边走边聊天，说是聊天，但基本上是赵娜自己在那儿自言自语。区启之这边偶尔回复一下，也大多是：嗯、啊、嗨、是、好嘛、就这个、去你的吧……区启之忽然站住，看看时间是五点四十分，再看看天上，虽然雨已经停了，但还是乌云密布，没有阳光。在他回头的时候，他看了一眼多瑞宾馆，自言自语道："哦，这个楼居然有十三层呢。"这是区启之和赵娜在一起走说得为数不多的一句完整话。

赵娜："啊，十三层，你来的时候没注意吗？十三在西方是一个不吉利的数字，现在想想，这个大楼确实不吉利。"

"嗯。"区启之再次恢复到蹦单字的状态。

他是凌晨三点四十分快到四点的时候潜入的，之后从二楼的窗户破窗而出，重新进入宾馆。这期间他很匆忙，根本没注意大楼到底有多少层。

雨后的清晨有些寒意，但是再寒也寒不过区启之和赵娜两个人。实在找不出别的形容词来形容这两个人了，尴尬，两个人基本没有共同语言，却还是一起走着。说是去吃早点，但是心思却根本不在早点上。

赵娜心道："我的天，这个人真是太无聊了，我快撑不下了。"

区启之心道："这个女人有问题，绝对有问题，一定要小心她。"

"对了，咱们去看看李云的车吧，刚才在大厅闹起来，之后他就气呼呼地回房间了，一直没出来。咱们过去看看他的车，顺便在他车上划几道，替我出出气。"赵娜忽然抽风一样说道。

违和感，一种扑面而来的违和感，有一种类似于没话找话的违和感。赵娜根本没有想和区启之交谈的欲望，但是，她还是在和区启之不住的说话，强行寻找着话题。区启之的心里产生了这样的违和感，但是不知道为什么会产生这样的感觉。

"唉，回来。"

区启之一愣神，赵娜已经跑回去，跑到了李云的车前。没有办法，区启之连忙跟了上去。

“别胡闹，这车不便宜，刮花了你可赔不起。”区启之说道。

赵娜：“我就是说说，没打算真刮。”

到底是怎么回事，这个女人像抽风了一样，像小孩无理取闹一样，她到底在干些什么？她之前不是这样的！这会她到底是怎么回事？

“哎呀，什么时候下的冰雹啊？”赵娜忽然像一个小女孩一样大叫起来，蹲在地上，用手捧起一捧冰雹，高高把它们抛向天空。看上去，很天真可爱。

违和感，从区启之见到赵娜开始，她就是一种女流氓的角色，现在突然做出了这副样子，一种无法隐藏的违和感。

“什么时候下的冰雹啊。”赵娜嘟起小嘴，然后把食指放在嘴巴上，很可爱地望着区启之。

冰雹是不久之前下的，那个时候周燕还没死，因为天气不是很热，太阳一直没出来，所以冰雹还没有完全融化。

“唉？这里没有冰雹。”赵娜再次喊起来。

给一个特写镜头，李云旁边也有一辆车，车前的部分有一片区域完全没有冰雹掉落。这片没有冰雹掉落的区域呈完美的长方形，长是车宽的长度，宽是十几厘米。在这一小片区域里，完完全全没有冰雹掉落。

赵娜做出一副很奇怪的表情道：“这是怎么回事？算了，反正和案子没有关系。”

“还能是怎么回事？”区启之说道：“这辆车移动过呗，因为车挡着，所以冰雹不会落到车下面。然后，这辆车向后移动了十几厘米。这样，没有冰雹的地面就被空出了十几厘米。你可以看一下李云的车底，应该也没有冰雹。”

赵娜：“对啊，不愧是侦探，但是……车为什么会向后移动十几厘米呢？”

违和感，这次绝对错不了了，这绝对是违和感！来自赵娜的违和感！区启之确定了，赵娜这个女人就是在提示自己破解案件！换句话说，她知道102犯罪的手法！

“这就对了，她不断地和我说话，就是在找机会向我提示，让我解开102的密室之谜。没有错，她忽然抽风地跑回来，说是要刮花李云的车，只是为了让我发现这个汽车向后移动了十几厘米的怪异现象。现在回想起来，她在大厅里故意挑起事端，然后自己把自己的项链扯断……错不了，她在一步一步引导着我……让我发现102的密室之谜……”

赵娜打断区启之的思考：“怎么了？你想到什么了吗？”

区启之笑了一下说：“哪有那么容易就想到啊，就像你说的，这和案子没什么关系。我推理了一下，应该是这辆车的刹车出了问题，然后向后自己倒了一部分。”

赵娜：“不可能吧，你仔细看一下这辆车，是一百多万的尼桑啊，这么贵的车，刹车不好用？开玩笑的吧。”

区启之：果然，她看到我推理错误，立刻就想把我带回正轨。

“别想那么多了，你只是看推理小说看多了，才会这么想。不是每件事都和案件有关系的，我是侦探，你还不相信我吗？”区启之随口说着，但嘴角的微笑却高深莫测。

赵娜：“算了吧，你是侦探，你说了算。”

……

餐厅。

区启之和赵娜简单地点了一点早点，静静地吃着，没有太多的话语。因为现在的两个人用各怀鬼胎来形容都不为过了。

这次，还是赵娜先沉不住气，说话了：“喂，区大侦探，你之前说过，你推理出了四楼客人的情况，能告诉我了吧。”

区启之一口气把豆浆喝光，打开窗户，直接把盛豆浆的纸杯扔了出去，纸杯正好打在一只流浪狗的身上，流浪狗发出可怜的呜呜，逃走了。就像五年前他首次登场时一样。

“当然可以，你提供的线索很重要，那个提前离开的人很奇怪，值得怀疑。他曾经接过快递，但是，不知道他到底住在哪个房间，我们又不能接触电脑登记簿，只能自己推敲整理。”

赵娜终于不耐烦了：“快说吧。”

区启之：“好，我们先来整理一下你给出的线索，我怕大家忘了。”

赵娜：“怕大家？谁是大家？”

区启之：“没什么。”

赵娜给出的线索：

四楼住着五个人，五个人来自不同的市，姓不同的姓氏，房门刷着不同的颜色，抽不同的烟，叫了不同的外卖，唯一没叫外卖的那个就是提前离开的神秘人。

提示：1. A市的人住红房门；2. D市的人叫了水煮鱼；3. C市姓陈；4. 绿房门在白房门左边；5. 绿房门主人姓郑；6. 抽黄鹤楼香烟的人叫了烧鸡；7. 黄色房门主人抽红塔山香烟；8. 住中间的人姓冯；9. B市住第一间房；10. 抽芙蓉的人姓王；11. E市抽长白山；12. 抽黑鬼的人住叫了火锅的人隔壁；13. 叫了红烧肉的人住抽红塔山烟的人的隔壁；14. B市住蓝房门隔壁；15. 抽黑鬼的人有一个姓吴的邻居。

区启之笑了笑，看到了吗？她能回忆起这么多，连房间颜色、点的外卖、抽的香烟都能回忆起来，却回忆不起哪个房间住着哪个人。

区启之掏出香烟，熟练地把烟盒里的最后一支烟弹到嘴里。他进去宾馆时还剩下大半盒，现在已经抽光了。平时，他的烟瘾就不小，一旦陷入思考，烟瘾就更大了。

“啧……”区启之咋了下舌，他忽然想起之前在宾馆时，自己的打火机就没气了。

“抽不成烟就先嚼一块口香糖吧。”赵娜递过一块口香糖，“开始吧，区大侦探。”

区启之把香烟拿下来，夹在指间，把口香糖塞进嘴里，一边咀嚼一边说道：“好了，那我就推断一下吧。”

以下的推理来自区启之，他进行推理时的语速像被相声贯口一样快。举个例子，如果看过《神探夏洛克》朋友，一定知道夏洛克推理时的语速，那个速度就是区启之的语速。

1.A 市的人住红房门。

2.D 市的人叫了水煮鱼。

3.C 市的人姓陈。

4.E 市的人抽长白山香烟。

5.B 市的人住第一间房。

6.B 市的人住蓝色房门隔壁。得出蓝房门是第二间，402。

7. 绿色房门在白色房门左边；蓝房门是第二间；A 市住红房门。得出黄房门是第一间；B 市的人住在黄房门里。

8. 黄房门的主人抽红塔山香烟。得出 B 市抽红塔山香烟。

9. 叫了红烧肉的人住抽红塔山香烟的人隔壁。得出蓝房门主人叫了红烧肉。

10. 黄房门是第一间；蓝房门是第二间；绿色房门在白色房门左面；绿色房门主人姓郑；住在中间房门的人姓冯。得出红房门是第三间；绿房门是第四间；白房门是第五间。住红房门的主人姓冯。

11.A 市住红色房门。住红房门的主人姓冯。得出 A 市姓冯。

12.C 市姓陈；A 市姓冯；绿色房门主人姓郑；抽苁蓉的人姓王；B 市住黄房门；B 市抽红塔山香烟；得出 B 市喝矿泉水。

13. 抽黑鬼香烟的人有一个姓吴的邻居；蓝房门是第二间。得出蓝房门主人抽黑鬼。

14.C 市姓陈；A 市姓冯；B 市喝矿泉水；绿色房门主人姓郑；抽苁蓉的人姓王；E 市抽长白山香烟。得出 E 市姓郑，住绿房门；D 市抽苁蓉香烟，姓王。

15.B 市住黄房门；A 市住红房门；E 市住绿房门；蓝房门的主人叫了红烧肉；D 市叫了水煮鱼。得出 C 市住蓝房门；D 市住白房门。

16. 蓝房门的主人抽黑鬼；C 市住蓝房门。得出 C 市抽黑鬼。

17.B 市抽红塔山香烟；C 市抽黑鬼；E 市抽长白山香烟；D 市抽苁蓉香烟。得出 A 市抽黄鹤楼香烟。

18.A 市抽黄鹤楼香烟；抽黄鹤楼香烟的人叫了烧鸡。得出 A 市叫了烧鸡。

19. 抽黑鬼的人住在叫了火锅的旁边；C 市抽黑鬼；C 市住蓝房门；蓝房门是第二间；A 市叫了烧鸡；A 市住红房门；红房门是第三间。得出第一间房门主人叫了火锅。得出 B 市叫了火锅。

So！ 401–405 的房门颜色依次是：黄、蓝、红、绿、白。

黄：B 市，红塔山，叫了火锅，姓吴。

蓝：C 市，黑鬼，叫了红烧肉，姓陈。

红：A 市，黄鹤楼，叫了烧鸡，姓冯。

绿：E 市，长白山，不在房间，姓郑。

白：D 市，苁蓉，叫了水煮鱼，姓王。

绿房门的 404 的客人中途离开了，来自 E 市，姓郑，抽的是长白山。

区启之进行完长篇大论的推理，深深吸了一口气，看着赵娜说道：“这个思路，你应该还可以跟得上吧，赵娜小姐。”

听过区启之的推理，赵娜说道：“哇，好厉害啊，我都转蒙了。不过仔细想一下，好像确实是这样呢。你这么一说我想起来了，确实是那个姓郑的客人，中途离开了。”

“没什么，这是侦探的最基本的逻辑推理。”区启之抽出一张餐巾纸，把口香糖吐在里面，然后把餐巾纸扔在桌子上，说道：“而且……对于出题的你来说，应该更容易吧。”

赵娜神色一变，但是瞬间恢复：“出什么题？什么意思？”

区启之：“没什么，我顺口胡说而已，你别在意，我自带女性仇恨迷，精通一万种让女性讨厌我的方法。我吃完了，你慢用。”

赵娜站起来：“哦，我也吃完了，咱们回去找个机会上楼查查302的密室谋杀案吧，当务之急，就是先解开三楼的密室，这个有点难度啊。”

区启之轻笑道：“哦，那就是说，你已经解开了102的密室之谜，还没解开302的密室了？”

赵娜明显一愣：“你……”

区启之：“你扯断自己的脖子上的项链，又带我去检查汽车，还说一些奇怪的话，这些都是102密室的重要线索和提示。如果说你没解开102的密室，是有意提示我，打死我都不信。还有四楼那个问题，出得还真是好啊，五个客人来着五个不同城市，住五个房间，房门刷五种不同颜色，抽五种不同香烟，姓五种不同姓氏，做了五种不同的事。二十五种条件相互组合可以组合出好几千种可能情况，亏得你能抽丝剥笋罗列出指向唯一可能的附加条件。你记得四楼的客人住宿的情况，只是为了试试我这个侦探有几斤几两才出了那个题的吧。”

赵娜：“啊咧咧，被你看穿了，你知道案子的始末了吗？区大侦探？”

区启之：“知道了百分之八十，但还有一部分线索掌握在王子轩手里。第一次三楼查看现场时，他明显掌握了其他线索，不想告诉我。”

赵娜：“一个案子没有线索，福尔摩斯都没办法推理出真相吧。”

区启之微笑，心道：“第一个了解案件真相的可不是侦探，而是制造案件的罪犯。线索不够，侦探确实无法推理出案件，但是……放在我这个前任罪犯身上可就不一定了，我从一开始就知道302的密室之谜，因为……那和我五年前的手法如出一辙……”

“说话啊，区大侦探，你也没有办法了吧。”赵娜看区启之不说话，问道。

区启之：“你先回去吧，我去买点东西。”

“你去买什么？”

区启之站起来：“告诉你一个真理，烟瘾犯了嚼口香糖一点用都不管，打死我我也要去买打火机抽上一支。”

“哦，对了，还要买一个乒乓球，相信我，有了乒乓球会案件的结果会很有意思的。”区启之打开餐厅的门，对着赵娜调皮地眨了一下右眼。然后，跨出门外，走进晨风之中。

第十四章
古怪的乒乓球

二楼。

王娜：“你领我到二楼来干什么？”

区启之拿出烟盒，掏出一支烟：“领你查案。万幸，虽然不允许咱们动电脑，但没限制咱们活动。”

这个时候要给他的烟盒一个特写镜头，之前离开餐厅时区启之先离开新买了一盒烟，而且当时他手里还有一根。但是，现在看一下，原本满满二十根的香烟已经少了五支了！

“适可而止吧，我的天，你是在吃烟吗？”王娜看着区启之说道：“你的指甲都熏黄了。”

区启之没有理会，还是把烟叼在嘴上，点燃，深深吸了一口，然后把烟缓缓吐出。

赵娜很无奈地说：“想查找线索应该到三楼的302案发现场去，你来二楼有什么用。”

区启之弹了一下烟灰道：“相信我，302的案件的手法完全不在302，其本身只不过是一个非常普通的房间，制造出密室的方法，在其他地方。”

王娜：“其他地方？”

区启之：“没错，除了302以外的其他地方，比如这个二楼。”

王娜："别卖关子，在哪里？"

区启之吸了一口烟，假装很深沉的语气："不能告诉你，一定要卖这个关子，在所有人束手无策的时候我潇洒帅气地登场，游刃有余地解开案件。留下一句嘲讽，嘴角挂着一抹冷笑，事后孤身一人涌入深夜的寒风之中，这是所有名侦探的准则。当然是的，孤身一人涌入夜幕，我习惯了这一切，因为……哪个姑娘会疯狂到愿意与我为伍？"

王娜坏笑着说："呃……不想打击你，现在是清晨，今天不阴天的话太阳都出来了。"

区启之尴尬地干咳了几下："不过，我可以给你一些线索和提示。没有这些线索和提示，很难解开302的密室手法。就拿你来说吧，102的密室谋杀，线索都摆着那里，酷爱推理小说的你就推理出来。然而，302的密室你就没解开，因为你没有302的线索……所以，我解开了，你却没有。"

赵娜看了一眼区启之，若有所思："不对吧，我一直和你在一起，没见你上过二楼，如果这里有线索。我得不到这个线索，你同样也得不到，你是怎么推理出来的。"

区启之尴尬地笑了一下，没有回答。这个实在是没有办法回答。区启之解开302的密室，不是推理出来的，是他原本就知道。因为，302的密室手法是他曾经制订的犯罪计划，现在有人用他的犯罪计划在杀人。所谓言多语失，就是这个道理，他没想到自己多说了几句话，就引起了赵娜的怀疑。不过，区启之对赵娜产生了一丝兴趣。当然，不是那种你喜欢我我喜欢你的那种兴趣，侦探小说不好涉及爱情，涉及爱情也要浅尝即止。侦探的职责是解开罪犯的犯罪手法，一脚把罪犯踢进监狱；而不是来谈恋爱，撬开姑娘的心房，能解姑娘的风情。最后把自己踢进婚姻的监狱……

赵娜不依不饶："喂，你怎么不说话啊？你回答我的问题，别想蒙混过关，你其实和我一样没有线索，在没有线索的情况下，你是怎么推理出

302的密室手法的？”

区启之无奈道：“没什么，我们来打个赌吧。你赢了，我就告诉你我是怎么推理出来的，你输了，就闭嘴听我说。”

赵娜：“你想怎么赌？”

区启之掏出一个乒乓球，在赵娜眼前晃了晃，说道：“这个乒乓球是我刚才回来时路过商店买的。目的是给你演示一下二楼的线索。但是，光演示没什么意思，把这个线索用在打赌上，就有意思多了。呐，我把这个乒乓球放在地上，然后用我最大的力气把他弹出去，你觉得能弹多远？”

赵娜皱了一下眉头：“这个不好说，那得看你有多大的力气了。”

区启之自信满满：“这样吧，你随便说个数字，如果我能把乒乓球弹出超过你说的米数，就算我赢，可以吗？”

赵娜坏笑着说：“你到底想干什么？我如果说，你站在二楼的一端，我让你把球从这最这端弹到那端的墙根，你不就必输无疑了吗？”

区启之微笑道：“好，那我就如你所说，不过，我要从东面的201开始。”

赵娜看着区启之：“你在开玩笑吧……这中间隔着八个房间，二十多米将近三十米的距离，你能把乒乓球弹出二十多米？”

区启之不作理会，径直走到201门前，蹲在201的门口，把乒乓球放在地上，用左手按住，微笑着说道：“好了，我要开始弹了。”

赵娜深吸了一口气，心道：“不可能吧，他一定是在开玩笑，一个人再有力气，也不可能把乒乓球用手指弹出将近三十米的距离的。更何况，在102的时候，他已经展现了他的力量，并不是很大……”

区启之像弹脑壳那样，把手指在嘴里哈了哈，然后对着赵娜露出一个像小孩恶作剧一样的微笑，对准乒乓球用力地弹了一下，同时，左手放开，让乒乓球在他的指力的推动下飞快地滚出。虽然说乒乓球滚动的速度很快，但是撑不了多久，物体的惯性、摩擦力、初速度……除非在真空状态下，这个乒乓球才能无限制地滚动下去，一直滚动到最西面的墙壁前。

但是，这里不可能是真空，这个乒乓球滚动不了多远，就会停下来。

镜头紧跟着乒乓球的滚动，乒乓球滚动出一米远，速度没有慢下来，和最开始弹出的时候相比，反而更快了……

乒乓球滚动出两米远，速度还是保持不变，没有停下来的意思……

乒乓球滚动出三米远，没有“疲劳”的意思，还在不知疲倦地滚动……

赵娜不自觉地跟着乒乓球滚动走了起来，她的目光紧跟着乒乓球的滚动，脚步紧跟着乒乓球的步伐。就像是中了魔，被乒乓球吸引了一样。

差不多该停止了吧！乒乓球已经滚动出六米远！这个乒乓球被区启之弹出了六米！这是不可能的事情，正常人可以把乒乓球弹出六米远吗？好吧，我们假设真的可以，就是有人有那个力量把乒乓球弹出六米远，那么接下来……

七米！

赵娜：“骗人的吧……”

八米！

赵娜：“无法理解……”

九米！

赵娜：“谁能告诉我这倒是怎么一回事？！”

十米！十一米！十二米！……乒乓球一直滚动！直到撞到最西面的二楼走廊另一端的墙壁，乒乓球才停了下来。静静地躺在那里，像是失去了所有的力气。赵娜站在原地，望着乒乓球，陷入凌乱。乒乓球滚出将近三十米的距离……这种事情……她感觉自己的身体像是被掏空了一样。

“怎么样？我确实把乒乓球弹出了将近三十米……”区启之不知何时站在赵娜的身后，幽幽地说道。

赵娜忽然环顾四周，然后蹲在地上，不断抚摸着二楼的地面，喃喃自语："这怎么可能，二楼的地面……难道……"

区启之吸完最后一口烟，把烟头扔在地上，重重地踩灭："看来你已经发现了……"

赵娜不可思议地说："不可能，整个地面……不可能！"

区启之扬了一下头，示意赵娜看停靠在墙边的乒乓球："如果不可能，那个乒乓球被我弹出将近三十米的距离，怎么解释？"

赵娜陷入沉思：已经没什么可以隐瞒的了，整个二楼的地面是倾斜的！但是，倾斜幅度不大，因为大楼的楼层应该是水平的，这一个想法成了心理障碍，再加上参照物的关系，让我忽略了这份很小的倾斜！而这份倾斜，很可能隐藏着可怖的杀意！为什么我没注意到这一点？失误！原来如此，我知道区启之是怎么想到二楼的地面是倾斜的了。之前在大厅的监控里，那个每隔一段时间缓慢移动的纸篓，不是什么诡异现象，是二楼地面倾斜，它才缓慢移动的。但是，纸篓和乒乓球不一样，假设二楼的地面是一个斜面，纸篓滑行一段距离，因为自身结构、重力、摩擦力的缘故，达到平衡，所以停了下来。而乒乓球这样的球形物体，不好平衡，所以直接滚动下斜面……嗨？等一下！这里有失误！

"不对吧，区启之……"

区启之重新拿出一支烟，叼着嘴上，他的烟瘾实在太大了……

"我知道你想说什么？你要说的是二楼的纸篓的问题吧。"

赵娜："没错，地面倾斜，这确实是解开二楼纸篓诡异移动之谜的一个不错的想法，但是，如果二楼是斜面的话，纸篓应该会直接滑下来。而不是像监控录像里那样，整个滑行时间是十个小时还要多！所以，二楼地面倾斜是确定的了，但是，这份倾斜，却不是纸篓花了十个小时还多的时间去移动的原因。"

"啊啊啊……你的思维怎么也这么固化啊？我还以为你一点就通的呢。气死我了，你也是这样，不了解我的想法，不行我要抽支烟冷静一下。"

说着，就掏出了打火机，准备点烟。

赵娜有些生气，从区启之的手里夺过打火机说："行了，别抽了！别说整个案件，我们连纸篓之谜都没解开呢！我实话跟你说吧，今天下午拆迁队就会来把这栋大楼拆掉，到时候所有的证据全都会消失，这栋大楼发生的两起命案就会成为真正的完美犯罪，就算我们日后找出真凶都没有证据去指控他。我们只有半天的时间……"

区启之抬头，饶有兴致地看着赵娜，把香烟从嘴上拿下来。

"关我什么事？关我什么事？我自称侦探，但不是侦探，我破案是兴趣，却不是责任。把打火机还给我。"

赵娜："不许抽！"

区启之微笑了一下，把香烟放在摊开的手掌里，然后给他的手掌一个特写镜头，然后，他把手掌增大幅度，当着赵娜的面让香烟顺着自己手掌滚落到地上。

赵娜看着这一幕，望着区启之："你什么意思？"

"可以任由你去想。"说完，区启之径直走上去往更高楼层的楼梯……

大厅。

王子轩拨通他在云城的朋友的电话："喂，还没查到吗？"

"我这刚到档案室，放心，如果你说的那个区启之曾经在云城犯下案件，很快就会查出来的。"

王子轩："一查到就立刻通知我。"

"错不了，放心吧。"

王子轩挂掉电话，静静地坐在吧台里，看着监控器里正在二楼调查案件的区启之和王娜……嘴角挂起自信的微笑。

"尽可能地挣扎吧……一切都在按着我的剧本在进行，你们绝对想不到，最后给你们致命一击的，会是我，哈哈哈……"

四楼。

四楼的十几个房间，房间的门……没有刷着不同的颜色，赵娜不知道区启之之前上过四楼，说门刷着不同的颜色，只是为了让她的逻辑推理题更复杂一些。反推过去，区启之知道不是门的不同颜色，自然也就知道赵娜是出题测试自己的可能性更大。

当然，这些无关紧要，区启之凌晨潜入宾馆到四楼时，发现了一个怪异的现象，还记得吗？401、402、403、404……有怪异的流水的声音。那是整个手法的关键所在，所以，区启之一定要确认一下四个房间里到底发生了什么事情。他潇洒地走上四楼，随口哼唱着不知名的歌曲，手里摇晃着一串房卡，那正是赵娜随身携带的备用房卡。

二楼。

赵娜掐着腰板站在二楼走廊的尽头自言自语："气死我了！我真想瞪眼睛喘粗气撸胳膊挽袖子掐腰板啐吐沫跟他拼了！"

忽然，她的神色一变，她的手在腰上来回地摸……

"我的房卡钥匙呢？！"

回放：赵娜在跟着乒乓球走的时候，区启之在身后顺手偷走房卡钥匙的画面。

"区启之！"

第十五章 古怪的流水

四楼。

“哎？之前上来的时候怎么没注意呢？四楼房间的分布，和 123 楼的房间分布正好相反。”区启之站在四楼的走廊上自言自语。

确实是这样，简单地描述一下多瑞宾馆各个楼层房间的分布情况。

多瑞宾馆是坐北朝南建造的，三楼的房间分布是北面的房间由西到东 301、302……305，楼梯，306、307……310。然后，南面的房间是由东到西分别是……311、312……315，正对着楼梯的窗户，316、317、318……320。也就是说，楼梯是一个中轴线，正好把三楼的房间从中间分开，两侧各十个房间。一、二楼的房间分布和三楼完全相同。四楼到十三楼的房间分布和一、二、三楼正好相反，北面的房间由东到西是 401、402……这样。

“正因为是这样，才有机会出现二楼纸篓移动的诡异现象。”

区启之把房卡钥匙放在 404 的门上，他首先要检查的就是这个房间。因为根据赵娜的讲述，404 案发前一天曾经有人开了房间，但是之后就离开了。后来，还有人往上送了一次快递，是一个大纸箱，不知道里面装的是什么。当天，只有六个房间住着人，除了死在 302 的孙记者，剩下的全在四楼的401到405。之后，他们十二点之前就全部退房离开了，只有404的客人只是开房却没住。

区启之拿出一大串房卡钥匙，开始寻找404的钥匙。仔细看一下，这些房卡钥匙的制作很复杂，必须找当初定做房卡钥匙的地方才能在短时间内复制。

“等一下，这是……”区启之忽然发现了一个奇怪的地方：“404的钥匙怎么只剩下一份了？！”

多瑞宾馆的房间钥匙都是双份的，一份给客人，一份留在吧台的赵娜那里做备份钥匙。这里面，101、102、103、301、302、303的钥匙只有一份，那一份分别在钱库、周燕（死亡）、李云、王子轩、孙毅（死亡）、区启之的身上。这个很正常，他们在使用房间，当然要把钥匙给他们。但是，404的钥匙呢？哦，对了，如果那个案发前一天在404开房间的客人也交了押金拿了钥匙，他走的是时候，很可能把钥匙一起带走了……那就是说……404的钥匙流落在外面，其实是处于一个“空门”的状态……

“滴！”房卡刷过，传出悦耳的声音，房门打开。

“这个宾馆怎么回事？明明就是面对工薪的廉价宾馆，如果不出意外这应该是那种出租式的宾馆，所以才弄这么多装修简单的房间。但是，那又为什么花这个冤枉钱装电子锁？这个真奇怪。”

……

二楼楼梯。

“笨蛋！笨蛋！笨蛋！你要查四楼往上的房间你直接朝我要钥匙啊！犯得着偷吗？！奇葩！怪胎！另类！”

赵娜像一个小女生一样一边生气地走下楼梯，一边大骂区启之。虽然她很生区启之的气，但是，她还是把心思放在了案件上。四楼往上有区启之在检查，二楼已经检查过了，现在就是一楼，她要找机会去查看一下李云的房间。女人的直觉告诉赵娜，李云身上一定可以查出什么。但是……李云之前和她吵了一架，就一直躲在房间里。

一楼大厅。

王子轩脸上挂起一丝意味深长的微笑，他手里不断抚摩着他的手机，等候着他在云城警局的朋友的电话。

“一定要赶上啊，只要有这个电话，我的计划就可以行得通了。”

四楼。

“哎呀，这就麻烦了，四楼的房间每个房间的装饰全部都一样。这和三楼一个情况，三楼也是每个房间的布局都一样。但是，知道这点毫无用处啊……”区启之站在走廊上，陷入了沉思。他回想起自己五年前曾经谋划过的犯罪计划。那还是他在高中时代在图书馆里制订出来的呢。

“不可能的，我可以确定，凶手用的手法和我在云城的手法是一样的，即使有不同的地方也是大同小异。但是，这个手法，没有那个特别的道具，是不可能实现最后的步骤的。没有那个特别的道具，就无法完成那个不可思议的谋杀条件……我曾经听到四楼的房间里传出的流水声，水……是我制订的那个犯罪计划最主要的杀人道具之一。但是，需要很多水，需要足够堆满好几个房间的水！但是……水不是固态的，没有那个道具，是万万做不到的。难道……凶手不是用的我曾经的犯罪计划吗？如果是这样的话……我的天啊……那我可就麻烦了。”

大厅。

“嗡……嗡……嗡……”王子轩的手机一阵震动，这意味着，王子轩云城警局的朋友已经在档案室查到了区启之的犯罪档案。现在正在给王子轩致电，通知他区启之曾经的“光荣事迹”，告诉他这个天大的喜讯！

四楼。

“咚！咚！咚！……”区启之心脏跳动起来，心跳声像架子鼓的鼓点一样密集……

他知道，如果凶手使用的不是他曾经的犯罪计划，那就意味着，他从开始到现在所做的一切都是无用功，在白白浪费时间。而这，意味着他无法解开整个案件，将会被王子轩重新送回他居住了五年刚刚出来的“长期宾馆”——监狱。

“不！我不能再回去了！再回去我这一辈子就完了！不可能的！四楼没有，不代表其他的楼层没有，一定在某个楼层的某几个房间放着那个道具！案发前一天快递送来的就是那个道具！”

想到这里，区启之快步跑向楼梯，他必须尽快找到证据，证明凶手的密室谋杀的手法，把自己从重回监狱的困境中拯救出来。

“不可能！我不想再回去了！神啊！求求你了！救救我！”

区启之……陷入了恐慌，他开始感觉到了恐惧，这是他曾经没有过的感觉。哦，亲爱的读者，不要认为这个世界上真的存在无所畏惧的人。事实上，区启之一开始发现死人的时候，就已经考虑到自己会成为重点嫌疑人，那时他有解开案件的把握，才能压制住恐惧，自信满满地留在宾馆查案。但是，现在他发现，凶手可能并不是在用他曾经的犯罪手法，他……追查错方向了……他……有可能会成为真凶的替罪羊！

一个人，当然要有恐惧这种感觉，没有恐惧的家伙，不算是人类。五年前的区启之，那时的他只是一个喜欢制订犯罪计划的狂人，和他的混蛋大哥区晟之一样。但是，经过五年的牢狱之灾，和云城的典狱长一起解决无数的悬案之后，区启之了解了死亡带来的终结一切的绝望和恐惧……意识到人的生命的可贵……比起五年前那个疯狂的拥有犯罪天赋的犯罪天才，他的眼神变得温柔了一些，现在变得更像一个人了。从刚入狱时替监狱长破案换取减刑，到现在真真正正想为死者申冤，还死者一个公道……区启之变得胆子小了很多，但是这份胆小，来自于对生命的尊重……

“神啊！救救我！”区启之抓住了自己胸口的十字架，一边默默地祈祷，一边飞快冲上了五楼。

大厅。

“呦！我最亲爱的朋友！有什么好消息通知我吗？”王子轩倚在吧台的沙发上，双腿放在吧台上，脸上挂起了狂热的笑容，他仿佛看到了胜利的希望。

电话那边：“王哥，我查过了，区启之……啊咧咧……还真是不得了啊。和他素未谋面同父异母的哥哥一样，他们兄弟都是那种犯罪中的天才，智慧上的恶棍！即使是在犯罪率极高的云城，他也是最出色的罪犯之一，刚刚假释……你听说过轰动一时的‘毕业女鬼谋杀事件’吗？”

王子轩忽然打断对方：“我没必要听说，我只要知道是区启之干的就对了！谢谢你的帮忙……”

说完王子轩站了起来，挂断电话，整理了一下西装。

“好了，区启之……虽然你刚刚从监狱里出来，但是不好意思，为了我，重新滚回去吧！”

十三楼。

急促的呼吸声，呼吸与呼吸之间已经快听不出间隔。

区启之大口喘着粗气，他刚刚用自己最快的速度在奔跑，打开了四楼到十三楼的大楼左侧的全部房间的门。检查了大楼左侧的全部房间，右侧却没有检查，因为他知道，如果是他犯罪手法，证据一定是在大楼左侧的房间里。

“怎么会这样？为什么会这样？不可能的！”区启之的身体的力量像是被抽干了一样，踉踉跄跄地来到了十三楼西侧尽头的1320号房间。

“给我一次机会吧，我是一个罪人，我曾经犯下过弥天大罪，但是……我愿意用我的下半生去偿还这份罪孽！如果确实是用了我曾经的犯罪计划，证据一定就在这个房间里！整整一个房间的证据！证明我的清白！”

"咚！"1320号的房门被重重地推开，镜头从房间内部给到外面，一组慢镜头，随着房门缓缓打开，区启之的面孔缓缓呈现出来，他脸上的憧憬着希望的笑容缓缓逝去，取而代之的是绝望和恐惧。

"哈哈哈……"区启之踉踉跄跄地走进了1320，望着空荡荡的房间……忽然失去力量，跪在地上……

"怎么会这样？这么庞大的杀人手法，凶手怎么可能有时间来销毁证据！"

区启之，陷入了绝望！

哦，亲爱的读者们，相信我，这个世界不存在十全十美的人，不存在无所畏惧的人！不要嘲笑区启之，他不是神，他也是一个有血有肉的人！他有权利感到恐惧、绝望、无助……他也会软弱、胆怯、放弃……他已经做得很不错了，在自己百分之百会被认为是凶手的案发现场之中，他没有逃跑，扛着压力选择替两个和自己没关系的死者查案申冤，他已经尽力了。

哗哗哗……水龙头的流水声。

区启之缓缓爬起来，走进洗手间打开水龙头用冷水大捧大捧地扑在自己的脸上，让自己冷静一下。

然后，他攥紧胸口的十字架。

"我们若认自己的罪，上帝是信实的，是公义的，必要赦免我们的罪，洗涤我们一切的不义。天父，我愿用我的一生赎罪，请给我一次赎罪的机会。"

"哗哗哗……"流水声再次传入区启之的耳朵。

给洗手台的一个镜头，区启之在默默祷告的期间，因为没关水龙头，也没有打开水阀，洗手台里的水溢了出来。

"这是……我明白了……原来还可以这样，我这个笨蛋啊！"

"谢谢您！上帝！"

“犯罪过程重演完毕了……”区启之掏出烟，点燃……

“啊，烟瘾犯时抽上一支，就像重生了一样。”

第十六章 王警官华丽推理第二弹

四楼。

区启之站在洗手间中，深深吸了一口烟，然后把目光放在了洗手间的浴缸上。

“这么奇怪的浴缸，这么强大的违和感我怎么早没发现呢？我这个笨蛋啊……”

区启之当然会忽略浴缸，因为……浴缸出现在洗手间，这是再正常不过的事情，理所应当地存在。浴缸不出现在洗手间，难道还出现在厨房吗？然而，凶手就是利用了这个盲点，他最重要的犯罪工具，就是这个理所应当出现的东西！还有一个原因，区启之太着急了，他如果不解开案件，就有可能被王子轩送回监狱，这一点让他失去了冷静。现在冷静下来，自然也就发现了。承认吧，人一旦陷入危险，第一时间的反应都是不知所措！谁要说他一点都不慌乱，那是吹牛。区启之能调整立刻应对，已经很不容易了。

给浴缸一个特写镜头，让我们好好看看这浴缸吧，看看它带来的违和感……这个浴缸是一个大型号的浴缸，长、宽、高分别是 1850 毫米、1200 毫米和 600 毫米，带有定时自动放水的功能。这个浴缸市面上最起码也得八千起步……

第十六章
王警官华丽推理第二弹

区启之检查了其他房间，有一个更有趣的现象，四楼到十三楼的房间里，所有房间都有一个这样的浴缸！无一例外！

“违和感 1：这个宾馆为什么这么多房间？一到十三层已经两百多个房间，还都装潢这么简单？！”

“违和感 2：这么简单的房间里，为什么每个房间里都有一个八千起步的豪华浴缸？！非要放的话，放一个一千来块的不好吗？”

区启之蹲在地上，检查了一下浴缸的周围。

“这是……”

给浴缸一个特写，浴缸的一角居然还贴着标签，标签上的日期是 6 月 1 号！

区启之心声：

违和感 3：“浴缸安装了不到十天！多瑞宾馆马上就关门了！为什么一个马上关门的宾馆还要安装浴缸？！拜托！没有客人了！他打算给谁用？！不……他打算怎么用……用来干什么？

“区启之！”赵娜忽然出现在门口，大喊了一声区启之之后开始大口喘着粗气，喘了一会儿，才把接下来的话说出来：“不好了……”

区启之站起来，叼一支烟在嘴上：“说，怎么了？”

赵娜：“王子轩……他让我们去大厅，说是要解开整个案子的谜团……”

区启之：“没关系，还在掌控之中。”

赵娜：“你已经解开 302 密室的谜团了吗？”

区启之：“嗯，差不多了，但是还有一个问题不是很清楚。你说过，404 有人住宿，但是他中途离开了，然后，我发现你的房卡钥匙里少了一份 404 的钥匙，毫无疑问，就是他带走了。这个人是怎么回事？还有，那个送快递的……送来的是什么东西？”

赵娜：“这和案子有关系？”

区启之：“也许有，也许没有。你都干了什么，有什么别的线索吗？”

赵娜：“我没机会去查李云的房间……钥匙被你拿……偷走了，记得吗？”

区启之愣了一下：“赵娜啊，你既然已经了解了102的密室手法，还去查李云干什么……”

赵娜，陷入了沉默和恐慌……

区启之叹了一口气：“帮我一个忙，也算是帮你自己……”

大厅。

涉案人物：区启之、王子轩、赵娜、钱库、孙毅（死亡）、李云、周燕（死亡）。

未出面的人物：快递员、中途离开的房客。

四年前的死者：吴小豪。

人物全部到齐，开始王子轩的推理吧。

王子轩清了清嗓子说：“好了，既然人都到齐了，就让我来揭开这两起密室谋杀的真相吧，凶手……就在我们之中。”

“先等一下！”赵娜忽然大喊起来，然后走到王子轩身边，把一串钥匙放在吧台上，说道：“钥匙一直在我身上，我忽然想起来应该交给警方保管。”

王子轩皱起眉头说：“你早干什么去了？这都快结束案件了才想起来。行了，回去吧。”

“我们先从哪里开始讲起呢？对了，先从线索开始吧，你们也可以跟着我一起推理，看看能不能像我一样把案件推理出来。”王子轩说着，便把他找到的线索罗列出来。

“首先，我要说一下和多瑞宾馆谋杀案之前发生的两起案件！是两起盗窃案……一件发生在一所超市，另一起发生在一个手机店里。”说着，王子轩看了区启之一眼。

区启之面无表情，心声：“哦，他也知道这两起盗窃案。”

“王警官，我不是很明白啊，这两起盗窃案和两起密室谋杀有什么关系？”钱库站在一边问道。

王子轩斩钉截铁道：“有关系，而且关系很大，这些案子，都是同一个人做的！两起盗窃案非常奇怪，都没有丢失任何东西，相反，现场还留下了一些东西，那就是……”

“丁铃铃……”十三枚硬币被王子轩扔在吧台上，发出悦耳的响声，他微笑着说道：“十三枚硬币！两起盗窃案，不，不算盗窃案，现场都有十三枚硬币。”

赵娜轻挑了一下眉：“我知道……是区晟之的手笔，他每次犯案之后，都会在现场留下十三枚硬币。王警官，恕我多嘴问一句，那两起案件是你负责吗？”

王子轩：“先回答你的问题，不是我负责，我是听说的。再纠正你的错误，犯案现场留十三枚硬币确实是区晟之的手笔，就像是他的签名一样，但是，这件案子不是区晟之做的，我曾经亲眼看着区晟之跳楼自杀。试问，死人怎么犯案？”

李云：“王警官，我都糊涂了，两起疑似盗窃案到底和案件有什么关系。”

区启之叼着烟，心道：“愚蠢，这是一个再简单不过的推理了。赵娜刚才问的那个问题没听见吗？王子轩没有负责那两起疑似盗窃案，警方对证据管理的很严格，他接触不到那两起案件的硬币。现在拿出的这十三枚硬币，毫无疑问，就是在我们这两起谋杀案的案发现场发现的！回想一下，302 时王子轩说他发现了线索，但是没有告诉我，应该就是那十三枚硬币错不了了。”

王子轩：“这十三枚硬币是在 302 房间发现的。”

钱库惊恐道：“那不就是意味着，区晟之没有死！是他作案的吗？我想起来了！昨天有过一个送快递的人，曾经去四楼送过快递，然后又到了三楼的302去找死者孙毅，不知道做了什么？那个人会不会就是凶手啊？”

王子轩鄙夷地说：“钱老板，你不是警察也不是侦探，外行人就不要跟着瞎掺和，我亲眼看着区晟之跳楼身亡，你给我演示一遍从七楼跳下来还活着的场景我看看。”

钱库无奈地闭上了嘴。

王子轩：“我接着说，虽然不可能是区晟之，但是，随着我的推理，你们很快就能发现案件的真凶。”

区启之轻蔑地笑了一下，心声：“这就奇怪了，按302的密室手法，凶手没有机会把十三枚硬币送入房间里！但是，为什么会出现十三枚硬币？还有……周燕死去的102，为什么没有十三枚硬币？不对啊，太不对了……区晟之这类把犯罪当成一种艺术的人，怎么会允许自己出这种纰漏？哦……对了，送快递的……”

“还有一个线索。”王子轩拿出了孙毅的日记本：“这是我在302的死者孙毅身上发现的日记本，这里面有不少线索，正是因为这些线索，让我解开了302的密室之谜。总结一下孙毅日记的线索：线索一，孙毅是来调查李云的黑历史的。线索二，大楼质量有问题。线索三，因为建造不认真，三楼的地面有小幅度的倾斜，但其他楼层没有。线索四，孙毅在凌晨一点半之前还活着。”

赵娜大吃一惊，心道：“怎么可能？！不要胡说八道！明明二楼……这是怎么回事。”她看了一眼区启之，但是区启之没有任何惊慌。“区启之知道这一点？不可能吧，孙毅的日记里说除了三楼的地面倾斜，其他楼层地面正常，但是……二楼那个乒乓球怎么解释？”

王子轩：“我又检查了302的地面，发现地毯很厚，但是……放置大铁柜的那片区域的地毯，有些奇怪。后面的地毯很硬，前面的地毯很软，应该是定做时特意做成这样的。这样的地毯上放置一个大铁柜，后面硬，前面软，就会让大铁柜向前倾斜一点点的幅度，但是远远不足以让它倒下来。三楼其他房间的大铁柜就不是这样，地毯很平均，一般的硬度。大铁柜放上去没有倾斜。”

区启之心声：“不错嘛，还不算太废物，居然发现了这一点。”

王子轩：“孙毅的日记本里的线索是，三楼的地面有一点点幅度的倾斜，在倾斜的地面上，大铁柜本身又向前倾斜一点点，两段的倾斜加在一起，让大铁柜倾斜的幅度增加了。之后，就是整个手法最神奇的地方。我们知道，大铁柜很重，一个成年人也不容易把它搬倒，但是有了这两段叠加的倾斜基础上，再把它搬倒就很容易了。是不是……真凶就是你，区！启！之！”

区启之生无可恋地说：“好了，总算到我了！那么，王神探，我是怎么制造出 302 的密室的呢？”

王子轩：“我正要说这个手法，首先你潜入了宾馆，带着 302 的房卡钥匙，没错，你那个时候就有房卡钥匙。你进入房间，搬倒大铁柜，砸死熟睡中的死者并放下十三枚硬币。然后，你走出房间用房卡钥匙锁门，再翻窗逃出宾馆，假装入住，洗脱自己的嫌疑。”

赵娜：“拜托，1. 监控录像里没有看见区启之进入房间。2. 他是怎么拿到 302 的房卡钥匙的？”

王子轩：“哈哈哈……真是个傻姑娘，居然自己往枪口上撞！你害怕别人想不到你是区启之的同谋吗？！”

李云：“什么？区启之和赵娜是同谋？”

王子轩：“没有错！正是如此。他们是同谋，房卡钥匙是赵娜给区启之的，监控录像上赵娜做了手脚，她是吧台，有的是机会。至于为什么他们会合谋犯罪，那是因为他们其实是情侣关系！”

听到这句话，区启之右手在空中画了一个半圆，把右手放在心脏的部位，身体前倾，右腿后撤一小步，对赵娜做出一个邀舞的动作。说道：“我的荣幸……”

赵娜抬起头，四十五度角仰望着天花板，带着哭腔：“神啊，救救我吧……”

钱库有些吃惊地问：“你是怎么知道的？”

王子轩：“哈哈，我是无意间发现的，之前李云老板和赵娜有过口角，那时区启之为赵娜挺身而出，所以，我断定他们是情侣。”

区启之：“你是初中生吗？这就断定我们是情侣了吗？可以，我倒是无所谓，权当白捡一个女朋友。但是……我为什么非杀人不可？我的犯罪动机呢？赵娜为什么会帮我杀人？”

王子轩：“我就知道你会这么问。你的哥哥是区晟之，那个风城首席犯罪设计师，你是他的弟弟，你对他很崇拜，所以一直在模仿他犯罪！你追赶他的脚步，就这么简单。至于赵娜，她喜欢你，她爱你，愿意为你付出生命！这就是爱情，爱情总是让人盲目，爱情会让人失去理智。正所谓士之耽兮，犹可脱也，女之耽兮，不可脱也。”

赵娜忍不下去了：“我弄死你，你信吗！”

区启之：“好吧，证据呢？”

王子轩：“我已经问了云城警局的朋友，你根本不是什么侦探，而是刚刚出狱的罪犯！你五年前因为谋杀进入了监狱，现在，刚刚被释放出来……你和你的哥哥一样，是一个有犯罪天赋的混蛋！”

所有人不自觉地后退了一步，远离区启之。

赵娜看着区启之表情很复杂地说：“他说的是真的吗？”

区启之……站在原地，掏出香烟，叼着嘴上，轻轻点燃，深深允吸，吐出烟雾，半晌之后……

“不错，我确实就是一个罪犯……”

第十七章 密室，102，解决之章

大厅。

“但是……也就是说你没有证据！”区启之弹了一下烟灰，说道。

王子轩：“你是曾经坐过牢，是区晟之的弟弟，有犯罪的天赋，出现在犯罪现场，这还不算证据吗？”

区启之：“你不觉得你推理出的手法有一个致命的缺陷吗？如果我和赵娜合谋，确实可以解决密室的问题。但是……你说的两段倾斜的叠加，让大铁柜向前倾斜一定的幅度又不至于倒下来，然后，由我最后搬倒砸死死者。这里存在一个问题，那就是大铁柜倒下去之后，你把它重新搬起来，还是可以立住。恕我多嘴问一句，你们把大铁柜立住了吗？”

王子轩不知道该怎么回答：“这……”

一个警员忽然回答：“没有，很奇怪，立不住。”

王子轩呵斥道：“闭嘴！”

区启之：“那就对了，立不住的。好了，我们一项一项地解开谜团，先从 102 的密室开始吧。我们回顾一下，102 的密室之中，呈现出密室状态大概是一分钟左右，而死者惨叫之后我们撞破房门进入房间满打满算只有三十秒而已。也就是说，凶手在三十秒内逃出了房间，反锁了窗户。是这样吗？”

李云："确实是这样。"

区启之："有可能实现这种事情吗？"

赵娜："有可能！"

钱库："那……怎么实现？"

区启之："我们进入房间，房间里只有被砍掉头颅的周燕，看不到凶手的影子，没有暗道，没有藏身的地方，没有躲在门后混入我们。他就像凭空消失了一样，像一个穿墙而过的鬼魂一样。其实解开凶手瞬间消失的谜团很简单，那就是……他根本没有进入房间！"

王子轩、钱库、李云、警员都很震惊，赵娜却微笑着。

王子轩嘲讽道："哈哈哈……真是个天才啊，没进入房间，自然就不用逃走。这是个佛家的禅宗啊，不曾举起，何谈放下……但是！不进入房间会发生什么？我来想想……哦，对了！他就没法砍下周燕的头颅了！"

"没有办法吗？我看未必。"区启之很镇定地说道："我只是说凶手在周燕死的时候不在房间内，没说他一直不在房间内。而且，他不进入房间，也可以砍下周燕的头颅。提示一：密封的房间，门被上锁，我们看不到里面的情形。提示二：房间的灯坏了，周燕是醉酒状态。提示三：周燕的床位紧靠着墙壁。提示四：周燕的项链金心银链的金心的环断了，金心是铝制的伪造品，银链不在现场。提示五：周燕的床位下面的地毯是湿的。提示六：周燕的胳膊有被抽血留下的针孔。提示七：屋外隔着墙壁正对着周燕床位的地方有一辆车，车向后移动了十几厘米。这些条件全部出现过，那么我们来推敲整理一下，案件的手法自然而然就出现了。"

赵娜："对，这里应该先从提示五开始整理，周燕的床位下的地毯是湿的。"

李云："湿的？床位下面怎么可能是湿的呢？"

赵娜："因为外面在下雨。"

王子轩："外面下雨，屋内怎么会湿？你们这纯属胡说八道……等一下……”

区启之微笑道：“你终于想到了……那是因为墙壁有漏洞！屋外的雨水顺着漏洞流进屋子，把床下的地毯浸染湿润了。没有漏洞，地毯是不会湿的，这是很简单的反推。”

王子轩：“有漏洞，那也说明不了什么问题啊。”

区启之：“这还不说明问题吗？说明102不是完完全全的密室，它一个漏洞，可以让凶手自由出入杀死死者。”

钱库：“我的错，我其实早就发现那个漏洞了，是很久以前就有的，是老鼠打的洞，但是宾馆快关门了，就没有修补。”

王子轩继续嘲讽：“喂喂喂，老鼠打的洞，怎么让凶手出入啊，凶手能变身，变成老鼠，太聪明了你们。”

区启之：“那个洞不能让凶手出入，但是却可以让凶手的代替者出入。提示三，案发现场的死者周燕的项链是铝制的伪造品，金心银链中金心的环断掉了。而且，银链也不见了。李云先生，我听说那个项链是你送给她的是吗？”

李云有些惊恐：“是，但是我没别的意思。那个项链不便宜呢，得赶上周燕半年的工资了。千足金的心形吊坠串联银制的手工链，最近很流行的款式。花了我不少钱呢。”

区启之：“看吧，李云老板送给周燕项链时，是真货，为什么周燕死后我们检查时，却变成了假货呢？因为……凶手把项链调换了……”

王子轩刚要说话，就被区启之拦了下来：“我知道你想说什么，凶手杀人又想顺手拿走项链卖钱或者是周燕自己把项链卖了补贴家用，闭嘴吧！项链中的金心被换成了铝制品，那是凶手换的，因为铝这种金属质地很软，而银链被换成了合金的金属丝，那种可以割断人的头颅的合金金属丝。特种兵的装备里就有这种金属丝，不太好弄到，但是有钱就另当别论，是不是……钱库老板，你的‘钱库’应该很充足，足够买到你想要的所有犯罪工具吧。”

钱库后退一大步道：“你……你不要胡说，我用那个金心银链怎么杀人啊？”

区启之步步紧逼：“提示一：密封的房间，门被上锁，我们看不到里面的情形。提示二：房间的灯坏了，周燕是醉酒状态。提示三：周燕的床位紧靠着墙壁。我们回想一下，在大厅时，王警官让我们去叫周燕，那时钱库老板立刻向赵娜要了备用的房卡钥匙去开门。因为他必须去布置他的杀人现场。这时的周燕正处于醉酒的昏睡状态，你就可以把你制作的杀人两件套套在她的脖子上。哦，这里可能说不明白，还是先倒回去一点吧。王子轩警官，凌晨的时候，钱库老板是不是曾经出去过？”

王子轩：“对，他是出去到车里拿烟了。”

区启之：“这就对了，我就猜他一定会案发之前出去一次。他出去主要的目的不是拿烟，他做的事情应该是这样的。他把他的尼桑停靠在102大致是周燕床位的位置。那里有他提前打好的洞。首先，他把铝制的‘金心’和足够长度合金金属丝串联起来，然后把合金金属丝打结形成一个和项链大小的环形，组成他的杀人套装，顺着墙壁底部的洞顺进去。最后，把金属丝的另一端固定在他的尼桑车上。这样，凶器就完成了。”

“再说回到他去叫周燕，那时的周燕正处于昏睡状态，喝了很多的酒，那是昨天下午时钱库故意逼她喝的。一个初入职场的菜鸟，被一个老谋深算的老板灌醉这种事我就不多说了。他进入房间之后，捡起他之前顺着洞塞进房间的杀人套装，替换掉周燕的项链带着她的脖子上。接下来，钱库叫醒周燕，对她动手动脚，让她大叫，用来告诉我们周燕还活着。之后，他走出房间，把门锁上，为他的杀人魔术拉上黑幕，我们无法看到房间里的场景。由于周燕酒醉刚刚苏醒，再加上没有灯光，她没有注意到自己戴的项链是一个将会夺取她性命的凶器。但是，用合金金属丝勒断一个人的脖子，需要很大手劲，特种兵是经过训练才能把合金金属丝作为搏斗武器用的。钱库年过半百，不可能有那么大的手劲，这里就用到了提示七！”

“我想到这里大家就应该都明白了，钱库锁好门之后就立刻到了隔壁自己的房间，用他最快的速度顺着窗户冲出去，坐上他的尼桑，一脚油门踩下去，用车子的速度拉动合金金属丝。会发生什么事情显而易见，金属丝轻易地隔断了铝制金心，然后割断了周燕的脖子，最后顺着小洞被抽出去，现场不留凶器的痕迹，让周燕看起来像是被斩首一样。在估算了周燕被斩首之后，钱库立刻倒车把车停回原位，毕竟车子动过会被怀疑。但是……他没有想到神会揭露他的罪行，之前降过冰雹，让我发现他的车子曾经移动过。谁的技术能那么好？停起车来能一丝一毫都不差？他在停车的时候，向后多停了十几厘米！暴露了他的犯罪计划。对了，他房间的窗户是事先打开的，车子是第一次出去放置凶器组合时预热的，为的是尽可能地节省时间，因为他必须保证三十秒的密室，他的杀人计划是一个争分夺秒的过程。我去敲门找他要钥匙，他当时回答正在小便，我也确实听到了哗哗的水声。但是，那只是他刚翻窗进屋，屋外的雨声。我们进入房间，他隔了十几秒才突然出现的。因为他要脱下被淋湿的外套，以及躲避嫌疑。”

李云深吸了一口气说：“对啊，我说他怎么会突然换车呢？之前他开的是一个四平八稳的帕萨特，车的稳定性很高，开起来很舒适，被称为‘老年车’。但是，最近他换了尼桑，这种年轻人比较喜欢的车。因为尼桑比帕萨特提速快，一脚油门就能冲出去，倒车的性能也很优越。”

区启之：“那我不清楚，我对汽车不是很了解。不过确实有可能是为了杀人换的车。”

王子轩：“真是个奢侈的谋杀案啊，凶器之一居然是一辆豪车。”

区启之：“哈哈，这不算什么，真正奢华的是 302 的谋杀案，不过，我还是先把 102 的谋杀案讲完吧。提示六：周燕的胳膊有被抽血留下的针孔。我想应该是昨天吧，钱库拉着周燕去献血，然后又花钱从献血车那里买回了周燕献出的血液。有钱能使鬼推磨，只要钱到位，献血车一定会卖。他拿到周燕的鲜血之后，把血涂在一把菜刀上……对，就是那个床底的菜刀，用来把所有罪名推到黑暗中闯进102的人身上。而他是最后到场的，不可能实施黑暗中迅速冲过去杀人的手法。事实也确实如此，我差点就被王子轩警官定罪。”

王子轩：“就算你说的都对，那他是什么时候把菜刀放到床底下的呢？”

区启之：“问李云先生啊，他曾经看到过钱库从周燕的房间出来，那时他找了机会把菜刀放到了床底。”

“哈哈哈哈……”钱库忽然笑了起来：“区启之啊，你不去写小说真是可惜了，虽然你说得合情合理，确实可以用这种方法杀人，但是……证据呢？”

区启之：“哦？我本来想说从你身上搜索金心银链，你换了凶器，金心银链必然会在你的身上。还有，车上的合金金属丝。不过，你既然向我要证据，那就证明你已经把证据销毁了。之前，赵娜曾问过我你的去向，我想就是那时，你消失不见就是去销毁证据了。”

“不过我还是有证据证明——脚印！从102出来后我在地毯上发现了两串脚印，一串是王子轩的，那是因为他在床下的地毯上站过，鞋底是湿的。另一串就是钱库的，他曾经出去开车杀人，虽然大部分时间是在车中，但脚难免会踩在雨地上，所以脚难免是湿的，他来不及换鞋，因为时间拖得太久会被怀疑的。这就是你曾经外出杀人的证据。你如果一直在屋子里，鞋底怎么可能是湿的？！”

李云：“那个……打扰一下，我想到一个问题，你说他翻窗开车杀人，那摄像一定会拍摄下来啊……这不是自己往枪口上撞吗？不，第一次出去布置杀人套装的时候，就会被拍到。”

“不会的！”赵娜忽然冷声说道。

她的脸上有一丝痛苦的神情："他第一次出去布置杀人套装的时候，曾经支开我，说让我上三楼去睡一会儿。估计是像看我离开了才去布置，避免我从监控看到他。虽然说我不可能随时看监控，但是为了以防万一还是要支开我。本来我也打算上去的，但是王子轩下来发生了一点别的事，我们吵起来了。他看着这个机会，趁这段时间立刻布置完杀人套装！足够用了，因为很简单，只要打两个结而已。那之后，他又用替我看吧台让我上楼去睡当借口，我想那时，他已经对监控做了手脚，删去了证据。"

区启之："没错，就是这样，但是他准备调动监控时，发现了一个问题，不过这不在他的计划之内，是 302 的密室手法带来的异变。他没有调动摄像头，摄像头自己就一点一点地移动了。"

王子轩："你要说 302 的密室了吗？"

"没错，302 的密室，是一个更奢华、更烧钱的异想天开的犯罪计划！"

第十八章 倾斜的杀意

"呼……"区启之长舒了一口气，说道："开始吧，终于到达这个 302 的谋杀案了。"

他的心情有些沉重，302 的手法，他曾经……算了吧。

钱库："很好，那就让我听听我是怎么制造出 302 的密室的吧。根据你对 102 密室的推理，你不会想说我是开着飞机在三楼外面把大铁柜拉到砸死死者的吧。"

区启之："当然不是，开着飞机把大铁柜拉倒确实有些异想天开，但是，你用的方法比开飞机更加异想天开。首先，我们来分析一下一、二、三楼的房间分布和四到十三楼的分布正好相反。三楼的房间是从东到西分别是 301、302、303……然后绕回来。这样的结构，成为你密室的杠杆。哦，对了，王子轩警官，这个密室你要认真听，和区晟之的密室手法大同小异。"

王子轩明显一愣，没有说话，四年前的一切重新浮现在他的眼前。

"提示一：死者孙毅的日记。提示二：二楼无法停止滚动的乒乓球。提示三：诡异移动的纸篓和监控录像。提示四：大楼的问题，地基软。提示五：四到十三楼的浴缸。提示六：提前离开的房客。提示七：走错房间的快递员。"

赵娜："开始吧，302的密室，我确实没什么头绪。"

区启之："嗯，首先我得称赞一下王子轩警官，他发现了302的部分线索，就是提示一的孙毅的日记。我们已经知道了，因为建造多瑞宾馆这栋大楼时，出现了一些问题，导致了三楼的地面时倾斜的，倾斜的幅度不大，不影响正常使用也不容易被发现。这个问题我就不过多解释了，就是超市地面倾斜的问题。而且，为了隐藏这份倾斜，钱库还特意在三楼铺了地毯。因为他要避免一个意外。他害怕有什么圆形或球形的物品意外掉落，就会立刻暴露三楼倾斜的问题。如果纸篓什么东西受自身形状和摩擦力的影响，三楼那种小幅度的倾斜不会滑动。但是，球形或圆形的物品可就不一样了。所以，他铺上了厚厚的地毯，截住滚动的球形圆形物体。同时，增加302地面的摩擦力，让大铁柜暂时不倒下来，或者说让大铁柜在凶手需要的时候倒下来。这点很不错，但是这里他疏忽了，其他的楼层没有防范。作为罪犯，一定要处处小心，准备充分，他没有防范其他楼层，就是他致命的失误。"

王子轩："快说密室！"

区启之："不要着急，先说说四楼404消失的房客的问题吧。王警官，能不能把房卡钥匙给我。"

王子轩转身从吧台把房卡钥匙递给区启之，说道："这和案子有关系吗？"

区启之一边翻动着房卡一边说道："没太大关系，因为这个房客，扰乱了我的思路，我认为他和案子有关，但是，其实关系不大。就是因为这个人的捣乱，才让我差点以为自己的想法是错误的。"

说着，区启之把两张房卡拿了出来，是两张404的房卡。

"我的神啊！那个404提前离开的客人是王子轩？！"赵娜看着两张房卡大喊着。

王子轩神色骤变："你们别胡说，我不知道什么离开的房客。"

赵娜："钱叔把房卡还给我之后，我检查了一下，发现只有一张404的房卡，因为昨天404的房客提前离开，匆忙之下把房卡钥匙也拿走了。区启之从我这……拿走钥匙时，404的房卡钥匙也不在，然后，交到你的手里转了一圈之后，房卡钥匙又回来了。如果你不是404提前离开的房客，偷偷放回了钥匙，怎么解释这个问题？"

王子轩："我……"

区启之在四楼拜托赵娜的就是这件事情。

"我猜当时可能是这样的，王警官为了调查四年前的谋杀案，想到了区晟之可能是从401的天花板上打开一个突破口，用绳子绑好匕首，从上面把匕首扔下来刺死死者，然后用绳子把匕首拉回去。所以，你想去401看看，但401被租出去了，你就先入住404找机会去检查。但是，你上了四楼才发现……四楼的房间分布是和三楼是相反的。所以401正对着的是310，而410才是正对着301的那间。所以，你去了410，并没检查到什么奇怪的现象，你又重新出去，回来入住301，匆忙中带走了房卡钥匙。"

王子轩："是又怎么样？"

区启之："怎么样？因为你这个无聊的举动，差点让我找错方向！不过没关系，我最终还是确信了自己的想法。"

王子轩："哼！你就说302是怎么制造出一间密室的吧，凶手怎么进入并逃离房间。"

区启之："一样。"

王子轩："什么一样？怎么就一样了？"

赵娜："你怎么当上警察的？区启之的意思是，302和102一样，凶手同样不需要进入房间，在外面谋杀了死者孙毅！听明白了吗？"

王子轩嘲讽道："我还以为你们能说出什么呢，别告诉我真是开飞机拉倒了大铁柜。还有，凶手不进入房间，十三枚硬币是怎么放入的？"

区启之："提示七，走错房间的快递员，他不是走错了，而是去放硬币的。他在交谈时偷偷把硬币放进了孙毅的口袋里。我想这个快递员应该就是钱库装扮的。”

王子轩：“这……确实是可以……”

区启之：“按着王警官的推理，凶手在302把两段倾斜叠加在了一起，让大铁柜变得容易倒下来。这样，随便一个人，就能不费力的弄到铁柜砸死死者。但是，这需要凶手进入房间，然后还要逃离房间。在密室的状态下，这是无法完成的。那么换个思路考虑，能找一个什么样的办法，让大铁柜自己倒下来，于是凶手想到了最基本的办法……”

李云：“我知道，在隔壁301的墙上打一个洞，像102的密室那样，用木棍把大铁柜捅倒。你说了，两段的倾斜叠加在一起，大铁柜很容易倒了。”

区启之：“不，不是那么无脑的方法，再说，墙壁上没有漏洞。其实凶手采取的方法更加简单粗暴，那就是在原有的两段倾斜上，继续加大倾斜，第三段的倾斜！”

王子轩、赵娜、钱库、李云吃惊地睁大了眼睛。

赵娜：“还继续增加倾斜，怎么增加。我知道，把倾斜分成三段，让人看不出来，确实是行得通，赌场里转盘就是用的这种方法骗赌徒的钱的。但是……第一段，大铁柜的倾斜，第二段，三楼地面的倾斜。第三段，没有可以倾斜的东西了。”

区启之：“是吗？我不这么认为，当然还有其他的东西可以倾斜，用作第三段的倾斜。提示一：死者孙毅的日记。提示二：二楼无法停止滚动的乒乓球。提示三：诡异移动的纸篓和监控录像。”

赵娜：“对，就是这里，我刚才就想问你了，这里出现矛盾了。根据孙毅记者的记录，大楼的二楼没有倾斜，但是根据我们之前在二楼用乒乓球做的实验，二楼明明是倾斜的。是孙毅记者弄错了吗？还是我们出现了错觉……还有，我之前问过你，纸篓是一点一点移动的，如果二楼的地面倾斜，他应该是直接滑下去的。”

区启之：“孙毅和我们都没错：1. 二楼的地面确实不是倾斜的。2. 相对于纸篓，它确实是处在一个倾斜面上。至于你说的关于纸篓一点一点移动的问题很好解释，因为纸篓处在一个渐渐加大的倾斜面上，所以它才一点一点地下滑。就像之前我给你演示的香烟从我的手掌滑下去一样。”

赵娜脑海里闪过一丝灵光，她捂住嘴巴，脸上是一种不可思议的神情：“难道说……”

区启之：“没错，确实有第三段倾斜，而且，这第三段的倾斜还是一点一点加大的！这一点一点加大的第三段倾斜，从昨天加大到今天，每隔一个小时才加大一点点，为什么？因为第三段倾斜的本身是一个非常庞大让人意想不到的倾斜。不是说这段倾斜很大，而是说想把这第三段倾斜施加上很不容易，凶手倾斜了意想不到的东西。但是，正是这意想不到的第三段倾斜逐渐地增加，直到凌晨将近四点的时候，第一、第二、第三段的倾斜叠加在一起，让大铁柜倒下来砸死了死者。”

王子轩：“你们到底在说什么？什么第三段倾斜啊？还有，这第三段倾斜到底是什么？”

区启之：“提示三：诡异移动的纸篓和监控录像。这一点一点加大的第三段的倾斜，我之前说了，钱库的原意确实是想通过改监控录像来防止自己被拍摄到。但是当他看到监控录像时，他震惊了，他发现自己302的密室手法早就替他完成了这个步骤。外面的监控的边缘地带，正好是在102附近，这是一个巧合，不在钱库的计算之内。因为第三段的倾斜是渐渐加大的，所以，外面的监控器也跟着一点一点地向上移动。因为视角的问题，虽然监控器移动了一点距离，但是却足够丧失掉102前面的那一片视角了。如我所言，这是一个巧合，钱库都没想到这一点，如果他想到了，就不会特意去替赵娜看吧台，来换取修改录像的机会了。摄像头一点一点向上移动，纸篓一点点滑行……还不明白第三段倾斜来着哪里吗？”

王子轩:“你快说吧，别卖关子了，第三段的倾斜到底是什么啊？我彻底糊涂了，孙毅说二楼不是倾斜的，你们说二楼的地面上的乒乓球处在一个倾斜面上。我算服了，多瑞宾馆这个案发地点真是太牛逼了。”

区启之微笑着说:“你说错了，多瑞宾馆不是案发地点。”

“不是……”

“嗯……应该说不仅仅是案发地点，多瑞宾馆这栋大楼作为案发地点的同时，还是一个重要的作案工具……”

“难道说……”

区启之站在门口，狂风涌入，吹动起他的风衣，风衣随风摇摆。他张开双臂，镜头拉远，从区启之一直拉到多瑞宾馆这栋大楼的全景。

区启之的独白:

如果二楼楼层本身没有倾斜，但乒乓球确实在二楼滚动，那说明，第三段倾斜的本质就是……大楼本身……在！倾！斜！

第十九章 奢侈的谋杀

“大楼在倾斜……”当这几个字从区启之的口中说出之后，大厅陷入了死一样的沉寂。每个人的表情都不一样，区启之镇定自若，赵娜恍然大悟，王子轩的一脸茫然，李云的迷惑不解。随后，伴随着一行警员七嘴八舌的讨论声，最让人瞩目的是钱库脸上的惊恐万分……

“区启之……”半晌之后，王子轩忍不住说道：“是我听错了还是你说错了？第三段倾斜是什么的倾斜？！”

区启之转过身，环顾四周：“你没听错，我没说错，整个大楼在倾斜……”

“开什么玩笑！”

区启之的脸上终于再次挂起了他招牌的灿烂笑容，笑得像一个完成了恶作剧的孩童。

“哈哈哈哈……没有错，我再重复一遍，大楼在倾斜，这份倾斜就是第三段倾斜，而且是一点一点增加的倾斜！充满杀意的倾斜！”

赵娜深吸了一口气：“虽然有些不可思议，但是，我们最好相信他。就像福尔摩斯说过的，当你去除掉其他可能，只剩下的唯一可能，无论多么不可思议，你都要相信他。因为，除此之外，再没有其他可能了。

想想看，孙毅检查过所有楼层，二楼不是倾斜的，但乒乓球确实在二楼滚动了，只有大楼本身倾斜，才会出现这种现象。但是……大楼倾斜了多少度？”

区启之：“这个不好说，我只能说是一个不大的幅度，太大了我们就感觉出来了。我们思维里把大楼是垂直水平的这种想法认为是真理常识，所以，就忽略了那一点倾斜，具体理由参照一下超市地面倾斜，就不再解释了。总之，302的密室就是通过把倾斜分成三份隐藏，然后第三段倾斜逐渐增加的形式砸死熟睡中的死者，来达到密室谋杀的目的，不进入房间也能杀死死者的效果。这个方法非常巧妙，每一份倾斜都倾斜一点点，让我们看不出来，而三份倾斜叠加在一起，却可以让大铁柜倒下来……王子轩警官，这就是你们把302的大铁柜重新扶起来却立不住的原因。地毯带来的第一段倾斜，地面带来的第二段倾斜，大楼带来的第三段倾斜，三段倾斜的叠加让大铁柜住在一个无法保持平衡的状态上。如果你们换一个地方去立，就可以把大铁柜重新立起来了。”

王子轩：“一派胡言！真像你说的，其他房间的铁柜为什么不倒？”

赵娜看不下去了：“拜托你啊，大叔，302的大铁柜地下的地毯前面软后面硬，造成了第一段的倾斜，这是你发现的。而其他房间的大铁柜下的地毯是软硬程度是平均的。明白这意味着什么吗？其他房间只有来着地面的第二段倾斜和来自大楼本身的第三段倾斜，少了铁柜本身的第一段倾斜，自然不会倒。”

王子轩：“那还是不可能，如果大楼是倾斜的，那大铁柜怎么之前不倒，要到凌晨四点左右的时候才倒呢？”

赵娜：“你真是什么都没听啊，大楼一开始是正的，是被凶手时候凭借一己之力搞倾斜的！这么说明白吗？”

王子轩：“那更不可能……把大楼倾斜？十三层的大楼倾斜？！”

赵娜:“区启之，快讲吧，到底是怎么完成把大楼倾斜这个宏大的诡计的。”

区启之看了一眼李云:“首先我要问一下李云老师，您是搞建筑的，我们建造的大楼，会不会倾斜。如果可以倾斜，需要什么条件。”

李云:“别问我这种问题，我老人家好歹也是建筑学院出来的。首先，大楼没我们想象中的那么坚不可摧，如果受到外力或者其他因素的作用，比如地震、地下水层，也会出现倾斜的状况。这么跟你说吧，就是台风，都有可能把大楼刮倾斜。”

区启之:“嗯，如果没有台风，在大楼的重量失去平衡呢？比如说，我想建造一个大楼，左边的大楼比右边的大楼的重量重一百吨，会怎么样？”

“唉，这就对了，我是专业干这个的，你问我算问对人了。是这样的，大楼建造要根据情况选择不同的建筑方式。举个例子，假如你要建造大楼的地面高低不等，这个时候你就不能像建筑正常大楼那样两边平衡去建造。你要根据地面的情况，特意地让两边的重量不一样，让这栋大楼去达到一个平衡。”

区启之:“很专业，但是如果地面高低相近，我非要把大楼建造的一边比另一边重呢？”

“我得说你是个傻逼！”李云展现出了他专业的建筑学知识:“这样的建筑建造他有什么意义？你听明白我的话没有，大楼建得一边比另一边重，是在地面高低不等的情况下才那么建，是为了让它达到平衡！你在平地上那么建造大楼，我告诉你，这大楼日后的倾斜要是超不过十度，我搭你一个人头。”

区启之:“好了，既然得到了专业人士的肯定那就好说了。各位，凶手就是利用了这种方式，把多瑞宾馆弄倾斜的。”

“等一等，等一等，你说的在一边施加一百吨的重量，确实可以让大楼倾斜，但是，那不是一天之内就能达到的。除非是……”李云说到这里，忽然停住了。

“怎么了？”

李云深吸了一口气：“区启之说得对，如果能有一百吨的重量，凶手确实可以在短时间内把大楼倾斜！”

王子轩：“我的天，李老板，你也站在区启之这个罪犯的身边了吗？”

李云：“相信我，我是专业的，一百吨加上那个条件的话……可以做得到！我终于明白为什么四年前这个大楼会突然倾斜了。”

王子轩无奈道：“你们在说什么呢？我怎么听不明白呢？”

赵娜冷声道：“提示四：大楼的问题！地面软！恕我直言，李老板，这样的地面上，可不该建筑大楼啊。你是搞建筑的，应该知道会有什么后果吧。”

李云：“我当然知道，地面如果太软的话，就会导致大楼倾斜，不用你提示我。这是建筑业者最起码的知识！看看新闻就知道，曾经在别的城市，有因为地下水管漏水导致地面变软的情况，最后大楼倾斜十几度的事情发生。但是……我告诉你，我做质检员的时候，这里的地面没有问题。是五年前的一场地震，导致了地面出现问题……当时我检查过，虽然有问题但是不大。多瑞宾馆起码撑个三四年没有问题。”

赵娜：“那为什么你检查过一年之后多瑞宾馆就倾斜了，倾斜到了不得不采用地基矫正的办法才能继续使用的地步？”

区启之：“这不怪李老板，因为四年前区晟之用了同样的办法，把大楼倾斜，用来实施犯罪计划了。我想多瑞宾馆倾斜，就是在区晟之杀人不久之后被发现的。而真正倾斜的时间，就在区晟之杀人当天！”

钱库：“适可而止吧！李老板是专业的建筑业者，他的话我相信，一百吨的重量偏差再加上地面软，这样的条件下可以让大楼倾斜，但是……一百吨你知道是一个什么概念吗？举个例子，你能搬动两百斤的沙袋吗？我算你能！这是一百公斤、一百吨的重物，需要来回往返一千次！如果照你说的，我真是在当天把大楼倾斜的，这一百吨的重物我是怎么运送进多瑞宾馆的？！”

区启之：“不用沙袋！因为重物老早就放在宾馆里了。记得我是凌晨三点多潜入的，那时候，我听到四楼的几个房间里传出哗哗的声音，那时在下雨，但那不是雨声……”

钱库打断区启之：“一百吨的重物，如果老早放在宾馆里，那宾馆不早就倾斜了吗？”

区启之：“不，这个重物要取出来，放在一起才够一百吨，不取出来，不会对大楼的重量产生影响。”

王子轩：“你别打哑谜语了行吗？”

赵娜：“笨蛋，多明显了，是水！举个例子，如果我用塑料水箱盛水，摆满四到十三楼的某几个房间，会产什么什么样的后果？”

王子轩：“对啊……而且，水要多少有多少，只要水管往里面灌水就可以，不用什么搬运沙袋一千次。这样的话，案发前一天，那个快递送来的不就是可折叠式的塑胶水箱吗？这种水箱压扁了体积很小，装满水撑起了大概是一立方米的体积，也就是能盛一吨的水。有这样一百个，那就是一百吨。楼上那么多房间，还放不开一百立方米的水箱吗？302在大楼的右侧，重量要施加在大楼的左侧。四楼左侧的401到405，415到410，十个房间，每个房间轻松放开十立方米的折叠水箱，这些水箱放满水就会变成一百吨的重物。这样的话，左边的重量比右边多了一百吨，把大楼比作一个天平，左边的砝码是100000000g，右边是0g！100000000：0！哦……可以的，行得通！”

王子轩迫不及待地说：“那还等什么？上楼去找哪个屋子有水箱啊？”

区启之："不用了，我挨个屋子已经查过了，没有水箱。"

王子轩："不可能，一百个水箱压偏大楼这种大招不是一时半会儿就能把水箱清空的。想放满水箱，最少也得是昨天上午十一点到今天将近凌晨四点，也就是二楼纸篓移动的时间！不，应该从四楼的监控被破坏开始算起。应该是那个时候，水箱就被布置上了。"

区启之："很不幸，钱老板没有用那样的小家子气的手笔。如果是我来策划这场犯罪，我也会用那种折叠式的塑胶水箱。因为便宜……但是，我后来想了一下，就算是水箱折叠起来，一百个也是不小的体积，一个纸箱是装不下的，所以扮成快递员的钱库不是在送水箱，仅仅是为了装成快递员而拿的空箱子，目的也仅仅是往 302 送十三枚硬币，顺便，他上了四楼破坏了监控，为了误导我们，让我们认为猫腻就在四楼，凶手需要在四楼的房间放置水箱不想被发现才设置的。其实他根本没有在四楼放置水箱，这是他为自己布置的最后一道防线！"

王子轩："那他怎么用水组成一百吨的重量啊？"

区启之："哈哈，既然钱库把倾斜分成几份隐藏了，那重量为什么不可以分成数分隐藏呢？楼上四楼到十三楼每个房间都有浴缸，浴缸的规格是 1850mm × 1200mm × 600mm，这样的浴缸怎么算都能盛一立方米的水。最主要的是，这个浴缸能定时放水排水。这种浴缸，放在市面上最少也得八千块起步，还得说是看在你一口气购买这么多的份上。"

钱库后退一大步说："你什么意思？"

区启之："多瑞宾馆总共加起来得有 260 个房间，每个房间的装潢都很简单，甚至为了增加房间数量缩减房间面积，你采取这样的经营模式是为什么？为什么你把宾馆开在繁华地带，却没什么人入住呢？"

钱库虽然知道这是为对方提供论据，但也只能如实回答："多瑞宾馆本身就是主打出租的宾馆。"

区启之继续质问："你很诚实，你的多瑞宾馆确实就是出租式的宾馆，那么问题来了，出租式的宾馆的房间里为什么要装一个八千块的浴缸？非要装得话，装一个一两千块的不就可以吗？你如果是星级宾馆，我绝不过问。但是，主打出租房间的宾馆为什么四楼到十三楼每个房间都装一个这样的浴缸，就太不符合情理了吧。而且，这些浴缸居然是6月1号到6月6号之间赶工快速装完的！这是为什么？一个快关门的宾馆，居然还要装浴缸，这种奇怪的事，你给我个合理的解释吧。"

钱库咬牙硬撑："我有钱，我乐意，不行吗？"

区启之胜券在握："真是完美的解释啊，你当然有钱，没有钱你也完不成这样华丽的谋杀案！"

钱库失去冷静："你什么意思？我要找律师起诉你！"

区启之步步紧逼："我的意思是，四楼到十三楼这十层，以走廊为界，每层左边的1、2、3、4、5、15、16、17、18、19、20这十个房间。总共一百个房间，一百个浴缸，全部设置定时为放水排水！每个浴缸装一吨甚至还要多的水，总共一百吨，够不够！这些房间全部在大楼的左侧，而302在大楼的右侧。"

钱库彻底失去反抗的能力："你……"

区启之最后一击道："你想说什么？！想问我要证据是吗？好！楼上已经多久没住过人了？一百个房间，每个房间的浴缸的内壁都是湿润的，间间都是如此，我看你怎么解释！"

钱库像是全身的力气都被抽干，倒退了几大步，瘫坐在地上……

所有人倒吸了一口凉气，这是一个疯子才能制订出的计划……作为谋杀案件，它太过于奢侈了……

杀死102的周燕，主要作案工具，特种兵军用合金金属丝、特意换的尼桑汽车；杀死302的孙毅，主要作案工具，赶工装上的一百个浴缸、倾斜一座大楼。总共作案需要金额，呵呵……

这个故事可以作为一个反面教材，犯罪是个烧钱的行业，咱玩不起，咱就乖乖当个合法公民。

第二十章 结束了？才正要开始

钱库：“区启之侦探，你说我是凶手，那我为什么要杀那两个人？”

区启之：“第一，我不是侦探，我是一个刚刚出狱的前任罪犯。第二，既然我不是侦探，我管你为什么杀人？这种事交给警方就可以了。我所做的仅仅是找出真凶，洗刷自己的嫌疑，不让王子轩这个糊涂警官把我抓起来就可以。我的目的已经达到了。如果你非要让我说的话，我可以大致猜测一下，但是没有什么证据证明你的杀人动机。你是一个出色的商人，能让你花费那么钱去犯下谋杀案的话，只可能是两个原因：第一，为了赚更多的钱继续充实你的钱库。第二，为了守住你自己现有的钱库。你是哪种？”

钱库：“哈哈哈……真是服了……两者都有，这栋多瑞宾馆确实是不合格的豆腐渣工程的建筑。而建筑者，就是我！当年建筑大楼时，我知道地基会带来问题，但是那时正值房地产繁荣的时期，寸土寸金，我还是冒险在这建筑了大楼。大楼验收的时候，我花钱得到了李云的帮助，让大楼通过。上天保佑，大楼并没有出太大的问题。之后，因为地震的缘故，导致了大楼倾斜，倾斜很严重，本来应该拆除的，但是，那时我的生意刚刚起步，我不能让大楼就这么拆除，我贿赂了上一任风城的某位官员，又拜托了李云帮我悄悄进行地基矫正延续了大楼的使用寿命。最先知道这件事的是周燕，她不断地对我进行敲诈，那个金芯银链不是李云送给她的，是她自己买的，用我赚来的钱！我下午去她的房间，就是给她送封口费去了，顺便，为我的计划打下基础。”

区启之：“哦，明白了，前段时间，有一个风城官员因为贪污受贿下马了，就是你贿赂的那个官员。记者孙毅根据他查到了一些蛛丝马迹，知道了大楼的事情，但是他误以为这件事全部是李云做的。你不能让人翻出你的黑历史，你要把他完美地隐藏起来。所以，你不惜一切代价也要杀死孙毅，阻止他继续追查。虽然他查错了方向，但是，继续查下去，谁也说不准，所以他必须死。这些是为了守住你的财富，那么赚取财富呢？”

钱库：“李云帮我联系了一个外地的富商，我们打算把这栋大楼卖掉，把这个烫手的山芋扔给他。但是孙毅那个小记者，居然犯贱地去提醒那个富商说这栋大楼可能有问题！于是，富商请他帮忙调查，孙毅就入住在这里。无论我赶不赶他走，这笔买卖都黄了。要么是赶走他让富商知道我心虚，大楼有问题，要么是留下他，让他查出真相，更加确定大楼有问题。他毁了我赚钱的道路！还不该死吗？！如果不是你误打误撞进入，今天下午我就能把这栋大楼拆了，到时候就什么证据都没有了。是你毁了我的犯罪计划。”

区启之：“虽然我一个前任罪犯说这种话不合适，但是，如果你们当初建造一个合格的大楼，你就没有污点，不担心被敲诈。如果大楼合格，你完全不担心卖不出去，同样你倾斜大楼杀人的方法也不可能实施成功。”

王子轩：“好了，都不要废话了，该上哪上哪，区启之我不管，钱老板，跟我们走吧。”

多瑞宾馆前门。

区启之垫着一块泡沫板坐在台阶上，静静地吸着烟，从监狱出来已经快十天了，他找不到在这个世界一点一滴的归属感。五年的光景，这个世界走得太快了，快到让区启之来不及追赶。

“想什么呢？”赵娜从背后走过来，拿着两罐可乐，递给区启之一罐，说道。

“没什么，你没事吧。”区启之接过了可乐。

赵娜蹲在地上，扬起头，大口大口地把可乐灌进口里，一口气喝了大半瓶：“啊——好爽啊——啊？你说什么？”

区启之思考了一下：“我是说，你在想什么？多瑞宾馆已经关门了，你以后打算怎么办？”

赵娜：“这有什么，我早就知道了，还有你提醒吗？其实我老早就听到钱叔打算拆了这栋大楼的事情了。还记得吗？我在二楼跟你发脾气，让你赶紧破案，就是我意外听到钱叔打算拆掉大楼这件事。我知道，一旦大楼被拆，所有证据就都没了。倾斜，墙上的洞，赶工的浴缸，全都没有了。至于以后有什么打算，以后再说。”

区启之不知道该怎么说下去，他不擅长和女孩交谈：“啊。”

赵娜：“行了，我知道你刚才什么意思。你问我有没有事，其实是想问我会不会因为钱叔是真凶受到打击。我其实没事的，他对我来说又不是多重要。”

区启之苦笑了一下：“说的是啊。”

赵娜则在一旁，低着头，不说话。

区启之明白，赵娜只是在装成一副没心没肺什么都不在乎的样子，事实是钱库是真凶的事情对她多少还是有点儿打击的。很明显不是吗？赵娜自己解开了102的密室，当时外面有两辆车，一辆是李云的，一辆是钱库的。李云的车没有移动过，钱库的车移动过，这就意味着钱库就是那个翻窗出来开车杀人的人。但是，之后赵娜执意要去检查李云的房间，这是为什么？她抱着最后一丝希望，她希望是李云偷了钱库的车钥匙，用钱库的车杀人……

“有了！我有一个想法！”赵娜忽然大喊起来。

区启之：“什么想法？”

“我和你组织一个侦探社吧，你也看到了，我自己解决了 102 的密室，你又比任何人都了解罪犯的犯罪心理。我们联手，一定能破解好多好多案件。”说着，还用双臂在空中比画了一个大圆圈，示意好多好多的案件。

区启之：“你大学生活没过够吗？还侦探社，我是前任罪犯，你不知道吗？没听说过罪犯当侦探的，老鼠变成猫的。”

区启之说的没错，他在云城监狱坐牢时，曾经用他的犯罪天赋帮助照顾他的监狱长破过不少案子。因此，云城警局给他一个戏称——“监狱里的名侦探”！这个戏称是对他的肯定还是嘲讽，谁也不知道。不过，这些不重要，正如区启之自己所说的那样，老鼠永远变不成猫。

赵娜：“老鼠变不成猫，这是事实。但是前任罪犯如果改过自新的话……谁说不能变成侦探？你就是一个例子。仔细想一下的话，你当初完全可以直接跑，但是你冒着危险回来查案，很让人佩服。”

区启之仰起头，给天空一个镜头，太阳从乌云里爬出，让我们想起，现在是清晨。

“也许吧。”

警车上。

“哈哈哈哈……”钱库突然不知道为什么大笑起来，他捂着肚子，笑得很厉害，像是听到了世界上最好笑的笑话。

王子轩：“喂，你笑什么？”

“哈哈哈哈……”钱库还是继续大笑。

王子轩：“你知道自己难逃法律的制裁，疯掉了吗？”

钱库强行忍住笑声：“并没有……我是在笑，区启之那个家伙虽然看透了一切，但是，有一件事他分析错了。”

王子轩饶有兴致地问：“什么事？”

钱库：“他说我装扮成快递员把十三枚硬币送入 302 的事情。”

王子轩:“难道你没有吗?”

钱库:“当然没有,我从来没出现在302过。”

王子轩:“那是十三枚硬币怎么自己出现了?你不要说谎,说谎对你没有好处。”

钱库:“对,说谎对我没有好处,我为什么要跟你说谎?再说了,杀人罪我都认下来了,送硬币是我做的,我会不认吗?”

王子轩:“那十三枚硬币……是怎么回事?”

钱库望着车窗外,语气有些痛苦:“谁知道呢?你们以为一切结束了吗?也许,对他而言,游戏才正式开始……”

第二十一章
新的征程

多瑞宾馆前门。

赵娜："问你一个问题可以吗？"

区启之："问吧。"

赵娜："你说过，你和区晟之是同父异母的兄弟是吗？"

区启之："对，但是从没见过面。很神奇，不是吗？两个兄弟，素未谋面，接受着不同的教育，接触着不同的人，生活在不同的环境里。我们唯一相同的地方，就是继承了我们共同的父亲的百分之五十的一串基因，我在想，也许就是这百分之五十的遗传基因，让我们擅长制订犯罪计划，也让我们不约而同地走上了犯罪的道路。"

赵娜安慰道："你不能这样想，你和他还是有区别的，我所听说的区晟之是一个犯罪天才，是一个疯子，把犯罪当作一种艺术，并且扬扬自得。他可不会用他的犯罪天赋破案，替死者申冤。但是你就不同。"

区启之忧伤地说："也许吧，但也不好说，说不定哪天，我也会变成他那样。"

赵娜霸气地回答："那我就打死你，我以后跟着你身边，我看你敢？"

区启之："你跟在我身边？"

赵娜脸红了：“你别瞎想……真是的，我的意思是……我们是搭档，以后在一起破案。就像我们联手解决多瑞宾馆的两起密室一样。”

区启之：“哦，我没钱雇你当助手。”

赵娜：“你想什么呢？不是你是老板，是你跟着我干，我说了算。OK？”

区启之：“我工资是多少？”

赵娜：“看你表现吧。对了，我有两个问题想说一下……先说第一个，我觉得钱叔装扮成快递员在302的死者身上留下十三枚硬币这件事，值得商榷。我见过那个快递员，戴着口罩，把自己捂得严严实实地看不到脸。但是，他的身材很好，不是钱叔那种中年发福的体型。还有，在聊天中把十三枚硬币放进孙毅的口袋里，孙毅不会被发现吗？”

区启之：“先说会不会发现的问题，只要身手好，就不会被发现，我从你身上偷走房卡钥匙你就没发现，所以送十三枚硬币的人身手很好。再说是不是钱库……我想了一下，很可能不是他！送那十三枚硬币的人，另有其人，一个没出面的人！”

警车上只有三个人，驾驶座上一言不发只管开车的警员，后面的王子轩和钱库。

王子轩：“钱老板，十三枚硬币的问题无关紧要，送没送进去，有没有办法送进去，是不是你送进去无所谓，我们只要知道是你干的且有证据证明是你，能治你的罪就可以了。两起谋杀，两起盗窃，有你好瞧的……”

钱库：“什么两起盗窃？”

王子轩：“我之前说过吧，就是在风城的两起盗窃，虽然没丢东西，但是现场留下了十三枚硬币。一起是一间超市，一起是一个手机店。”

钱库：“你凭什么怀疑我？就凭案子之间都有十三枚硬币吗？那你怎么不怀疑区晟之呢？犯罪现场留下十三枚硬币当签名，这是区晟之的手笔。”

多瑞宾馆前门。

区启之面色凝重地说："我会来到多瑞宾馆，是受到一个神秘人的密码的指引，密码之中指明了多瑞宾馆，以及部分和案件相关的房间。在那之前，还有两起盗窃案件，就是王子轩说得那两起。这些案子绝对有联系，但是不全部是钱库干的。至少那两起盗窃案和给我送密码的人不是钱库。他打算杀人犯罪，不可能叫一个知道案件手法的人来，那和自首没有任何区别。"

赵娜吃惊道："你什么意思？你从一开始就知道两起谋杀案的犯罪首手法？"

区启之："不，我只知道302的手法，和我以前制订过的手法大同小异。102的手法不在我的曾经制订过的犯罪计划里面。前面的两起没有偷东西的盗窃案再加上宾馆的密室谋杀，这是我高中时期制订过的犯罪计划，有人在模仿我曾经的犯罪计划犯案。钱库，可能只是一个傀儡，或者是和那个神秘人属于合作关系。"

赵娜："那个神秘人别告诉我是区晟之，他已经死了。"

区启之："不好说啊，看到的，不一定是真实的。总之，不管他真的是区晟之，还是打着区晟之的名号，都不是一个容易对付的对手。"

赵娜："等一下，就算你说的这个疑似是区晟之的人再厉害，也不可能会掌握你高中时代的犯罪计划。太可疑了，如果说你是犯过的案件，他根据案件推理出你的手法，很正常。但是……如果你没用你制订的计划犯过案，先不管你的计划高明不高明，他怎么可能凭空知道你的手法？"

区启之："不光知道，连顺序都一模一样，也就是说……"

赵娜："你曾经对那人说起过你的构思，然后，这个人很值得怀疑。"

区启之："吴娜娜，我曾经对这个人说起过。"

赵娜："那你们的关系应该很近了，犯罪计划这种事都能对她说，说明你对她百分之百的信任啊。"

区启之眼神中闪过一丝哀伤："啊……"

警车上。

王子轩："唉？怎么停车了？"

开车的警员："哦，没事，我要下车方便一下。"

王子轩："破事儿真多，快点儿。"

忽然，王子轩感觉到事情不对劲，他发现警车开到了一个小巷里，如果是想方便一下，应该找个公共厕所。但是，可能他只是太急了，所以才找了这个小巷先解决。等一下，不对啊……

"喂，你叫什么名字，警员编号是多少，别低着头，把脸转过来我看看见没见过你！"王子轩意识到事情不对，把手放在腰间的配枪上对驾驶座上的警员说道。

"还有，刚才那个公共厕所为什么不停，停到小巷里？"

"闭嘴！"冰冷的声音从驾驶座的警员口中传来。

一组慢镜头，王子轩多年刑警的本能让他感觉到了危险，缓缓把配枪拔了出来。与此同时，驾驶座上警员头也不回，不知道什么时候，已经把手伸向了王子轩的脑袋，一把抓住了他的头发。而这时，王子轩的手枪还没有举起。

镜头快速恢复，警员用力抓住王子轩的头发，用力把他的头拉向了自己。同时，一旁的钱库从袖子里滑出一只手术刀，他早早就准备在袖子里了。现在，正是这把手术刀发挥作用的时候，钱库两只手握着手术刀，用力地刺向王子轩的肚子，然后拔出，再次入，重复了七八次……鲜血染红了他的双手……

下一个镜头，钱库的手哆嗦起来，手术刀掉落在车座上，他倒退着靠着车门上，倚在那里大口地喘着粗气。他之前虽然杀死了两个人，但是，他都没有正面去杀人，现在，近距离的凶杀，带来的罪恶感和恐惧感，让他无法承受。这个世界上没有那么多冷血的杀人犯，把杀人当成乐趣，大部分人面对生命的逝去，还是会感到不适的。

“哈哈哈哈……”驾驶座上的警员开心地大笑起来，像是一个疯子：“漂亮，钱老板，不愧是我的搭档！我要称赞你，多瑞宾馆的谋杀案，你完成得十分出色。”

钱库声音颤抖，流着眼泪说：“我求你了，你说的我都照着做了，你要我花多少钱杀多少人都无所谓，我只求你别伤害我的女儿。罪名你放心，我全部自己扛下来了，我编了那两个人是敲诈我、阻挡我财路的谎话，警方绝对不会怀疑你的。我会替你坐牢，我替你去死，只求你放了我的女儿。”

“什么？！”警员转过身大喊一声，转过身来，给他的脸一个特写，他的脸上戴着一个京剧脸谱用来隐藏自己的面容。

“你这个混蛋，我……气死我了，我废了好大的力气才把区启之引到多瑞宾馆，又是盗窃又是装成快递员送硬币的，你居然把这个华丽奢侈的犯罪计划全都自己霸占了！是，资金是你提供的，但谋杀犯罪的过程全是我策划的，好不好？！这个犯罪作品你居然没把我算入进内！现在全世界的人都会知道是你的犯罪手笔，我不是白忙乎了吗？！我……”

京剧脸谱的男子从怀里掏出一把消音手枪，对准钱库不断地开枪。这里像《黑客帝国》里的子弹时间，子弹在空中划过美丽的直线，刺穿钱库的胸膛。钱库的身躯在子弹的冲击力下，慢慢“起舞”，他其实就像一个可怜的提线木偶，被京剧脸谱的面具男子用子弹操控着“翩翩起舞”。各种意义上，无论是现在，还是多瑞宾馆的谋杀案。但是奇怪的是，钱库发福的身躯，在这时居然有一种扭曲的美丽……血浆缓缓浸透白衬衫，双眼渐渐失去活气，那就是所谓的死亡的凄美……

面具男子一口气打光了全部子弹，像一个疯子一样冲下车，拉下钱库的尸体，对着尸体继续鞭尸。

“你这个混蛋！气死我了，你没能把十三枚硬币放在赵娜身上，让我的犯罪作品没能圆满成功，我就挺来气的了！即便如此，我还是冒险杀了警员截了警车救你！因为我把你当成犯罪伙伴！可是你，你把全部功劳都自己抢了！那是我的犯罪作品！”

“什么人啊？多好的犯罪作品，居然连我的名字都不提，全都自己署名了。就这样还打算让我放你女儿？做梦吧！”

后备箱打开，里面是一个死去的警员，警服被扒了下来。他才是真正的驾驶员。同时，旁边还有一个被黑胶布缠着嘴不能发声的二十出头的女青年，正在不住地哭泣，那就是钱库的女儿。

“姑娘，我也不想这样，你爸爸太过分了，他把功劳自己全占了。你说是不是太气人了。明明是我和他搭档做的案子，他出钱我出主意……唉……”

面具男换好一个新的弹夹，面对着后备厢扣动扳机，鲜血迸溅到他的京剧面具上，样子十分可怖。

他拿出手机：“喂？美女，是我。在哪呢？还在云城啊。开始下一步计划吧，我就跟你合作得愉快，这个老板不行，胆子太小，近距离杀人就哆嗦，还把案子风头自己占了……你先准备着……我这就回去了。”

面具男帅气关上后备厢，他把面具脸谱摘下来一扔，大踏步走出小巷，但是，镜头只给他的背影，不给他的脸。

给一个镜头，警车里的王子轩手指动了动……他还活着……

忽然，面具男子停住脚步，像是想起了什么。他手持手枪重新走回到车边……

多瑞宾馆门前。

赵娜：“不管怎么样，你说的这个女人值得怀疑，她知道你的计划，就算不是她的幕后老板，也和她脱不了干系。我们就去查她。”

区启之：“这是又和你没关系，你也得不到什么好处，为什么这么感兴趣。”

赵娜站起来：“我是最狂热的侦探迷，我当然要查案了！你说什么也不好使了。你说吧，从哪里开始调查。”

“云城，是一个杂志的编辑，编辑的名字叫狐小妖。”区启之说道：“先从这个女人开始调查。”

赵娜跳起来：“OK！ 云城，犯罪顾问区启之和美女侦探赵娜来喽！”

区启之看了一眼兴致满满的赵娜，心道：“其实关于钱库的杀人动机还是有点牵强，为了那种理由就进行了那样的奢侈的谋杀案。一定还有别的原因的……很可能他是被要挟被迫那么做的……不过，这事还是不要和赵娜说了。”

给天空一个镜头，太阳只是短暂露面，又马上害羞地躲回了云层里。用此象征，一切都没有结束，黑暗还没有战败，区启之还要继续追踪下去。

好了，123度谋杀案告一段落，最后的独白给我们主角区启之吧……

好在现在是清晨，不是很热，我紧一紧身上血红色的风衣，像这样的风衣我一共有十三件。

我拥入没有阳光的清晨，打算破坏掉清晨的明媚，我嘴角上挂起一丝嘲讽地坏笑，打断草丛里蝈蝈的鸣叫。朋友，我们最好放聪明一点，这样，在爬出地狱之后才不会被人嘲笑。归根结底，我只是孤单一人。非说不可的话，谁会发疯到把与我为伍当成一种乐趣。

镜头给到赵娜，她快步跟上区启之，画面定格，画面上区启之叼着一支香烟，歪着头帅气地去点燃香烟，赵娜低着头小鸟依人地侧身站在区启之身边，把一楼秀发撩起顺到耳朵后。

区启之最后一句画外音：呃……你打算加入吗？

雪山斩首者

序幕

过去……

时间：2009年12月22日。

场景一：

风城，大大小小的学校有几十所，我们选择其中的一所高中学校。这个学校有一模一样的教室近百间，我们选择其中的一间。这间教室有四十几个座位，我们选择一列，靠着窗边那一列。这一列九个人，我们选择最中间的那一个座位。座位上是一个小男孩，他正单手托着下巴，望着窗外雪地，看着几个小孩在雪地上追逐打闹。他的眼神很清澈，身体一动不动，不知道在想什么。现在就算有小鸟把他当成雕像落在他身上也不奇怪。

一个调皮的粉笔从讲台上飞向这个小男孩……粉笔在空中划过一道美丽的抛物线，在二又十三分之一秒后打中男孩的脑袋。

“哈哈哈……”免不了哄堂大笑。

镜头给到座位在第一排的一个女生，一般来说坐在这里的女生学习成绩一般非常好。

女孩的心声："这件事没什么好笑的，粉笔打人，实在得不到什么笑点。只是一个老师计算好角度、用力、重力、分力、初速度、时间、位移……打中一个思想溜号的同学。然后，这群白痴就开始笑……好吧，我错了，我错了还不行吗？是我不对，正常人都会笑。但是……正常就是平庸委婉的说法。相比之下，我倒是觉得区晟之比你们这群平凡人更有意思……我能够感觉到，他专注的眼神……就像是艺术家在构思自己作品的眼神那样清澈……"

语文老师："区晟之，你知道我刚才在讲什么吗？"

男孩缓缓站起来，没错，他就是高中时代的区晟之。对于他的长相怎么说呢，你认为他成什么样子帅他就长什么样。什么漂亮的五官如刀削一般，双眸温润如玉，眉如柳剑……都去一边去吧。每个人对于美的理解不同，心中的帅哥的形象也就不同，所以说，你认为区晟之怎样帅，他就是什么样。

作为日后的首席犯罪策划师，他的眼神太过于清澈，同时又有一丝懒散和闲适。他提不起一丝一毫的干劲，觉得自己的人生无聊透顶，他渴望像沸腾的开水一样的人生，见证生存与死亡的修罗场，徘徊在理智和疯狂的分界点。

"老师在向我们介绍《呼啸山庄》这本小说。"

"嗯，《呼啸山庄》想表达的主要思想是什么？"

"一种压抑、痛苦、对世界的厌恶……作者塑造出了邪恶的美丽！"

"胡说！《呼啸山庄》表达的明明是一种奋斗精神！"

"哦，那就是我理解错了……"

区晟之再次望了一眼窗外，心声："世人总是愚昧的，盲目地去相信各种各样的定理，为什么就不能自己思考一下？不在雪地上留下脚印，就不能走过雪地吗？有人说过那是奋斗精神，他就是奋斗精神吗？一枚硬币，为什么要存在两面，一面正面，一面反面，只要正面可以不可以？一个世界为什么要有世人认为正确的想法，还有被认为错误的我的想法？！只留下你们不就好了吗？我是错误的世界干吗留着我？我就是硬币的反面！存在，即是合理！”

现在！

小巷。

京剧面具男走到警车里，来到王子轩身边，伸出两根手指搭在了他的脖子上。

“哦？还有一口气，是吗？但是失去了意识……杀一个失去意识的人，他也不知道是我杀害了他，好没意思啊。”说着，面具男子从口袋里掏出了一枚硬币。

“你们是正面，我是反面，让世界决定你的生死吧。”

“叮！”

硬币飞向天空，在半空不断地旋转，几秒钟后，硬币落在面具男子的手中。摊开手掌，硬币是正面……

“看来世界选择了你。”面具男子把硬币放在王子轩的手心里，又掏出十二枚硬币扔在警车上，转身离去……

“很有意思的一个警察，虽然没什么本事，但是，很执着……不是吗？整个风城，只有他自己赌上了性命在追查曾经的案件，四年过去都没放弃，执着的笨蛋和聪明的普通人，相比之下，还是这个警察显得不那么平凡……先别着急去死，活下去吧……王子轩……用不了多久，我们就会再见……”

“当然！还有你！区启之！”

第一章 您好，这里是妖精的遗书

时间：2015 年 12 月 23 日，23：13。

地点：云城，类似于花火的主打言情的《妖精的情书》杂志社，杂志社里只剩下两个人。

“辛苦了，让你自己忙到现在，明天平安夜都有什么活动？”

镜头给到说话的人，狐小妖，杂志《妖精的遗书》的主编，一身劲爆的黑色皮衣，涂成黑色的指甲之间夹着一支细细的比牙签粗不了多少的女性香烟。化了重重的哥特妆，苍白的面孔，重重的眼影……总结一下，她的气质属于那种墓地里盛开的黑色紫罗兰，给人一种癫狂的哥特式御姐的感觉，透发着一种接近于死亡的美丽……

“没关系，我是新人，多忙一点也是应该的。没活动啊，就等着老大你给我们找乐子呢。”

给到镜头，我们的女主角赵娜，她成功混进杂志社当上了实习编辑。她也掏出一支香烟，是黑将军牌子的香烟，一种雪茄型香烟，有些冲，女性抽的人不多。

狐小妖饶有兴致地看了一眼赵娜说：“哦？看不出来，你还喜欢抽这种烟啊。”

赵娜回想起区启之“帮”她点烟的场景道：“我第一次学着抽烟就是这

种牌子。”

狐小妖眼神有些忧伤：“嗯，我以前也认识一个喜欢抽这种牌子香烟的混蛋……”

赵娜试探地说：“前男友？”

狐小妖微笑道：“前妹夫！别问了，我有一个朋友新开了一个滑雪场，就是云城的莲花山滑雪场，听说过吗？”

赵娜：“哦，听说过，不是下星期才开业的吗？”

狐小妖：“都说了是朋友了，他给了我提前玩的机会，允许我带一个人去，你要去吗？要去我带你去。”

赵娜心道：“好机会，这么努力果然没有白费，我把大部分工作都揽到自己身上总算是得到回报了。她对我有好感了，之后，我在把关系拉近一点，就能好好调查她了。”

“谢谢老大，我当然想去了……”

狐小妖：“你在云城都没有一个朋友吗？平安夜自己过？”

赵娜想到了区启之，他……算朋友吗？够呛吧。

狐小妖：“唉，不容易啊……你住哪？我开车送你回去，云城的治安不好，比风城差很多呢。”

赵娜：“不，有些远，和你不顺路。”

狐小妖开玩笑道：“那你怎么回去？抢一辆车自己开车回去？”

赵娜尴尬地笑了一下：“我打车回去。”

狐小妖：“云城？开玩笑的吧，在云城晚上将近十二点打车回去，还不如抢一辆车呢。还是我送你回去吧。”

确实是这样，虽然狐小妖说得有些夸张，但云城的犯罪率确实有点高。

赵娜再次婉拒：“真的不用了，我还是自己回去吧，这么晚了，你也回去早点休息吧。”

狐小妖："怎么回事啊？我这么要求送你回去，都是女人你害怕什么？你家里藏着男人吧？"

赵娜心道："我靠！你猜对了！我还真一直住在区启之的侦探事务所里！"

是的，区启之回到了云城，他在云城开了侦探事务所，一个前任罪犯开的侦探事务所。事务所的名字叫《妖精的遗书》，目的再明显不过了。事务所开了半年，就没有过什么正经生意，天天帮富太太调查丈夫的婚外恋。收入连房租都交不起，还要赵娜在杂志社的工资来交。赵娜仔细想了一下，我交的房租我自己还在外面再租房？凭什么？我也要搬进去！

于是……

赵娜："不是，我有一个合租的室友，他是个怪人。"

说是合租，基本上是赵娜自己付房租。

狐小妖："好吧，那你路上小心……"

狐小妖离开。

"好险啊，差点就让她发现我的秘密，要是让她知道我跟区启之在一起……住在一起……在一起当侦探……指不定会出什么事呢。"赵娜拦下一辆出租车，心里想着。

一个角落里，狐小妖把车开出来，看了一眼车租车，小心地跟着后面……

妖精的遗书事务所。

"丁铃铃……"电话响起，区启之把双腿搭在办公桌上，任电话铃声去响，也不去接。他知道。这个点打电话来的一定又是某个曾经拜托他调查老公出轨事件的阔太太。原因是半夜了，老公还没回家。就这样看着电话那边因为失去耐性而挂掉电话。

"赵娜怎么还不回来啊，我都快饿死了……死哪儿去了？这都几点了？平时再晚也就十点……我又不能当着狐小妖的面去找她，电话、短信、QQ都不回，气死我了。”区启之自言自语。

“我回来了！”赵娜无精打采地推开房门，并没有出什么事情。但是，她很累，每天各种各样的稿件查看、修订、排版，联系作者，催稿件，发稿费，还要暗中调查狐小妖的秘密。

“你还知道回来呢？我还没吃晚饭呢，赶紧做饭。”区启之拿起《呼啸山庄》，假装看书等晚饭。是的，赵娜也要负责为区启之做饭。

赵娜：“我中午走的时候没给你做饭吗？”

区启之：“米饭焖得太硬了，我要吃软一点的。”

赵娜生气道：“不管，你自己做。”

区启之振臂高呼：“我才不管呢！我要吃软饭！”

赵娜无语的表情说：“你要脸不要脸……”

区启之：“不要了！你怎么不回电话？”

赵娜：“我要工作，每天都累得要死，回来还得给你做饭，我欠你的啊！”

区启之：“活该，云城五十多家地下赌场，哪间赌场不放现金？他们那钱也不干净，我属于劫富济贫。我已经策划出盗窃这些赌场的完美犯罪了。随便盗一家咱们三年之内想买什么买什么。你拦着不让，非要拿那点可怜的工资不可，我有什么办法？”

赵娜：“你是侦探，已经不是罪犯了，不能做犯法的事情。”

区启之：“那是你说我是侦探，我自己没承认过。”

赵娜：“有我在，你别想！”

“丁铃铃……”电话铃声响起，打断了两个人的谈话。赵娜赶紧来到电话前：“您好，这里是妖精的遗书。请问有什么能帮助您的？”

“唉？我是不是打错电话了？”电话那边的声音很小，似乎是和身边的人说：“接电话的是个女的，不是那个暴躁的大叔了。”

“是妖精的遗书事务所吗？”

“她说是。”

“那就错不了了，接线员呗。”

听声音，另一个人也是女孩，两个人应该是闺蜜关系。

赵娜：“请问，有什么帮助您的吗？”

电话那边：“哦，我前些天找过那个穿血红色风衣的大叔帮我查我男朋友的事，我想问一下怎么样了，因为实在太奇怪了。”

“大叔？！”区启之转过头望着赵娜。

赵娜莞尔一笑，看了一眼区启之，意思是，你到底查了没有。区启之掏出一支香烟，叼着嘴上，这事他还是印象很深的，因为事情比起那些阔太太拜托调查丈夫婚外恋的事情还算稍微有点意思。

当事人是一个叫小樱的女孩，他有一个男朋友，是在微信上认识的，后来在现实中见面，他男朋友长得很帅，人也很坦诚。别的男友会把自己曾经的恋人偷偷藏起来，而他男友则坦诚把手机里照片拿出来，告诉小樱照片里的美女都是她曾经暗恋或者是恋人关系的女人，虽然最后没能在一起，他也不想删掉，不是念念不忘，而是和平分手还可以做朋友。

因为这份坦诚，再加上他很风趣，小樱渐渐喜欢上了他，两个人的感情也一直不错，但是也有两个不足之处。第一，他男友很忙，是毕业于某高校土木系的高才生，负责高铁建设。不能经常在一起。手机里全是工作上需要联系的人……“省领导”“工程部”“项目部”“事务局”……在一起的时候，也经常接到这些人来的电话，可见真的很忙。第二，她男友的烟瘾很大，在小樱家的时候，他男友经常说出去吸烟或者下楼。

但是，前几天，她给男友打电话，接通后响了一声就挂了。然后，男友就不和他联系了，怎么找也找不到。后来终于接到了电话，原来是她男友出了车祸。她去看他时，他男友确实是住在医院里，但是，脸上却有被人打过的痕迹，明显不是车祸留下的痕迹。而且，这些伤痕有新有旧，不是一天留下的。所以，小樱怀疑是不是工程上出了什么问题，被竞争对手雇打手打伤或者工程款没到位，手下工人不干打的。去问医生，医生说她男友确实是车祸住院，但是伤得不重。

“拜托了，麻烦你们帮我查一下，他到底怎么了？是不是遇到了麻烦事，前几天很着急地跟我借钱。”

区启之拿过电话：“你借给他了吗？”

小樱：“借了，他一定是遇到了……”

区启之：“闭嘴吧，姑娘，你真是个（消音）！你去报警把钱追回来。我来告诉你到底发生了什么？”

“我下午链接到了一个不知道是谁发给我的电子邮件，是一个链接。打开链接，是云城交通网的信息，前些天在云城外环确实发生了一起车祸，车祸并不严重。车是一辆夏利，最便宜的那种。我看了一下新闻网上的照片，又对比了一下你发给我的你男友的照片，身形和衣服都很像。最主要的是，我放大了云城信息网的照片，发现当时车祸现场除了他，他的副驾驶上还坐了一个女人。最要命的是，我放大照片，两个人带着情侣戒指。”

“那是他姐姐，他走的时候说过，是去接他姐姐。”

区启之：“你真是没抓住重点啊，姐姐弟弟会戴情侣戒指吗？还有，他既然是高铁这种大项目的负责人会开夏利吗？还是最便宜的那种？而且，我发大照片，发现了和他在一起的那个女人是一个女交警。应该是刚下班，他去接她。他没跟你说他姐姐是交警的话吧。不过这不是重点，重点在于，你在他开车时打了电话，他想接，但是他身边的交警美女不让他接，然后替他接。交警最注重的就是交通安全，开车打电话是一件危险的事。我要点个赞。对了，你打电话当时第一句话不会是喊的老公吧。”

小樱：“是……是啊。”

“哈哈，猜猜当时发生了什么？交警发现打电话来的是一个女人的声音，还喊自己的男友老公，她顿时生气了。爱情使人盲目，但是，警校学的分析让她立刻明白了一切。她拉他问个明白，然后，争吵中汽车打滑撞上了路边的护栏，两个人都受了轻伤。他脸上明显是被打的伤痕，就是被女交警和后来他的其他女友所赐。”

“我只能确定女交警是他的女友关系的人，至于其他女友不能太确定。但是，想一想，如果他不是负责高铁开发的，那他手机上的什么‘项目部’之类的名称，又是什么？应该就是他的一个个女友了。这样就可以解释他被打伤痕为什么会是新旧不一的了。因为他的女友们先后去‘探望’了他。他很忙，不经常和你在一起，那是要周旋于不同的女友之间。他很爱吸烟，不，那是因为在你的小区内碰巧就有一个他的女友。他在你的小区说出去吸烟或者下楼，就是去了他另一个女友家里。”

小樱：“这，这不可能，如果像你说的那样，他真的同时交了很多女友，那他其他的女友怎么可能知道这种事，我为什么不知道呢。”

区启之：“没什么不可能，你忘了发现他劈腿而且当时能拿到他手机的人是谁了吗？是一个女交警。她受的伤不重，很快她就把云城交通网的车祸的信息挨个发到了你男友手机、QQ之类的通信工具里每个女友那里。让这些女孩认清你男友的真实面貌。因为车祸不大，不可上云城交通网的首页，正常来说你们不可能凑巧发现，也不可能有耐心挨个寻找，然后又凑巧看到了那个车祸信息发现他的劣迹。”

小樱：“那为什么我没收到？”

区启之：“把鸡蛋放在不同的篮子里，他已经考虑到如果有一天不幸被发现，那个时候，他只会失掉一半的女友，还有另一半的女友。所以，他把女友的联系方式分开放了。你可能是在另一个号上，女交警不知道，自然联系不上你。美女，该说的我都说了，信不信由你，你可以找他对质，如果说对了记得把佣金打给我。”

说完，区启之就挂掉了电话。

“好厉害啊。”

“不，还有一件事我想不明白。”

“什么事？”

“那个女交警，直接告诉那些女友不好吗？”

“你不了解，女孩很注重誓言和承诺的，直接告诉女孩她深爱的男友背叛了她，只是在玩弄她，这种话我是没有办法直接说出口。”

区启之：“理解不能，真麻烦。相比较之下，我觉得还是那个男人追女孩的天赋比我的天赋有用，我倒是想和他换换。女孩在想什么，我真是一点想不通女孩在想什么。哦……对了，那突然给我发匿名消息的不就是小樱一边的那个闺蜜了吗？理由就和你说的一样，她特意向我提供信息，借我的口告诉小樱。”

赵娜：“对，她是她的闺蜜，说不出口。而且，她是那个渣男另一个篮子里的鸡蛋……”

区启之站起来走到窗边：“睡吧，这些天就这个委托还有点意思。不过话说，我什么时候能碰到一个难一点的犯罪。”

赵娜：“我的天啊，你怎么回事？碰到就意味着要死人了！你真是个恶魔。”

区启之独白：“对我而言，我很佩服那个渣男，爱情，比犯罪更难安排……”他把窗帘拉好，把自己挡在窗帘后。

事务所不远处，狐小妖站在一个角落里，攥紧拳头，望着刚刚拉好窗帘区启之的身影。

“错不了，就是你！区启之！赵娜吗？你居然和他混在一起……”

第二章
狐小妖的终极计划

时间：2015 年 12 月 23 日上午。

“王警官，有你的快递，快签收一下。”

“谁寄来的？”

“我看一下，上面写着……区启之……”

“区启之？这个混蛋为什么寄快递给我？是从云城寄来的吗？”

王子轩接过并拆开快递，里面是两张莲花山滑雪场的入场券。

“怎么给我两张？”

还有一张纸条：“一个人，两张票，明天早上八点准时到莲花山滑雪场，不要对人声张，我找到有关区晟之还活着的线索了。”

“区晟之？！”

王子轩小心翼翼地把纸条收起，拿着两张入场券，陷入慌乱：“应该去看一看，我不知道区启之到底是什么样的人，多瑞宾馆的谋杀案确实是拜他所赐才解开的，但是……这不意味着他是一个好人，他还是有可能像他大哥那样……区晟之的线索吗？冒险去一次吧。说区晟之活着？如果是以前我不信，但是，那天我在警车里手里放着一枚硬币被发现，车里散着其他十二枚，一共十三枚，这是区晟之惯用的签名。没有监控的小巷，不留指纹，没有脚印，一个假死的凶手，虽然没有华丽的不可能犯罪手法，但是没有任何线索，这才是最完美的犯罪。如果区晟之还活着，操控钱库犯罪，杀他灭口，就意味着最后的线索也没有了。留下我这个活口，让我活着向世人通知区晟之还活着，所有的案件都是他干的，但是就是抓不到他！这确实像区晟之会干出来的事情。区晟之的死亡是一个姓秦的有名的法医验证 DNA 确认的，如果现在说他没死，那是对司法界最大的讽刺！没人会愿意承认区晟之还活着的。还有……区启之发来的包裹……他和他大哥不是一路人吗？管不了那么多，这是唯一的线索，赌上性命也要去！”

云城，妖精的遗书。

12 月 24 日早上。

区启之从床上爬起来，一张纸条掉在地上，捡起来：“饭菜昨天我就提前做好了，放在冰箱里，你自己热一下。我要去莲花山滑雪场和狐小妖大人滑雪了，三天之后才能回来。饭菜不够就自己出去吃吧……我是不管了。”纸条的最后，是赵娜的签名，又画了心。

“笨蛋一个，莲花山滑雪场在郊外的莲花山。”区启之爬起来自言自语：“你自己号称侦探，居然还敢去住郊外深山里的别墅，真是够胆啊。古往今来，那个侦探出现在深山山庄里，哪个不会被困在里面然后卷入谋杀案？这就是所谓的暴风雪山庄模式，死不够三个人都对不起创造出暴风雪山庄模式的阿加莎老奶奶！”

打开电视，区启之一边吃早餐，一边看电视，正好赶上今天早上的天气预报。

“今天夜间到清晨，云城会迎来大范围的暴雪天气……”

区启之一愣：“不会这么邪门吧，赵娜真的自带侦探迷吗？”

“嗨，想多了，她就是去滑雪的，下雪才好呢。不过，赵娜这个丫头不听话，又把米饭焖这么硬。我要吃软饭！”

莲花山滑雪场。

狐小妖开车来到云城郊外的莲花山山前，她把车停下，没有着急下车，反倒是悠然地拿起一支烟，悠然地点燃吮吸着补充体内的尼古丁，然后，悠然地问赵娜："有男朋友吗？"

赵娜靠在车窗上，闲适地望着窗外，淡定地回答："没有。"

车内十分安静，传来外面乌鸦的叫声："哇！哇！哇！"三秒钟后……

"啊？！"赵娜瞬间端端正正地坐好，笑脸变得通红："没……没有……我的神啊，你怎么突然问这种问题！"

"唉，还跟个小孩似的。"狐小妖深吸了一口烟，缓缓吐出说道："看你也不笨，相反，倒是有点小聪明的样子，但是，你怎么就解决不了什么时候长大的问题呢？我就问你这么个闲聊的问题，你就表现得像初中生一样。一点也不像二十多岁的样子。"

赵娜委屈地说："别这么说，好过分啊。我才不想被比我大不了几岁的人这么说呢。"

汽车的后视镜里，狐小妖微笑了一下："我可不是比你大几岁啊。"

赵娜："哈？"

狐小妖："过完年，我就三十八岁了……唉，时光飞逝啊。"

"哈？！"

狐小妖："很吃惊吗？"

赵娜心道："是看着不太像，虽然有些吃惊，但不至于太吃惊。还不是做了拉皮打了玻尿酸，哼！但是……我要和你尽可能地拉近关系，然后调查你……以及你背后的最终老板！"

赵娜夸张地说："哇塞！主编大人！你三十多岁，看起来居然像我姐姐一样年轻，不！比我还年轻呢！"

狐小妖："哈哈哈……你还有一个姐姐吗？"

赵娜心道："好！再加点力度！"

赵娜："我没有姐姐，但是，主编大人就是我大姐！"

狐小妖眼神中闪过一丝无法掩饰的痛苦和忧伤："好……好啊。"

赵娜："哦，对了，我记得昨天晚上下班时你偶然说起过你有一个妹妹，没见过她到过咱们杂志社来找过你啊。我冒昧问一句，你们关系很不好吗？"

狐小妖拿出手机，点亮屏幕，她的屏保是自己和另一个女孩的相互搂着肩膀站在一起的照片。但是因为太阳光线的原因，画面上看不清楚女孩的面孔。

"关系很不好……她不听我的劝阻，喜欢上了不该喜欢的人……"

妖精的遗书。

区启之整理着自己的东西，偶然之间从日记本中翻出一张照片，照片上是自己和另一个女孩站在高中校园门口的合影。只不过，那个女孩的面孔被区启之用刀刮掉了，不知道是为什么。区启之叼起一支烟，掏出打火机把照片点燃，然后把香烟凑到照片缓缓燃烧的火苗上，深深吸了一口。最后给照片一个镜头，火苗缓缓缓把两个人的吞噬。

莲花山脚下。

狐小妖锁上手机屏幕，把香烟扔出窗外，说道："下车吧，咱们先进山脚下的农家乐去，然后等着和其他被邀请的人一起进莲花山滑雪场，门票带着吗？没门票可不让进啊。"

"带着呢，能忘吗？这么重要的事，笨蛋才会忘呢。"

狐小妖回过头，很认真的表情："所以我才问你……"

赵娜："……"

狐小妖瞬间变脸："开玩笑的。"又看看赵娜的着装，"你怎么穿着这么厚的羽绒服啊？我就忘了嘱咐一句穿得漂亮点……"

赵娜不解道："什么意思？滑雪又不是选秀，穿好看了给谁看啊？"

狐小妖："要么说你单纯呢？别以为这是一个简单的滑雪，你以为莲花山里的别墅就我们两个人去住吗？实话说吧，我那个开滑雪场的朋友，为了做宣传，发放了十五个名额免费提前体验滑雪场。也就是说除了我们还有十三个来滑雪的人。为了达到宣传效果，他选的都是一些微博上有一定人气又不是大咖的人，既能得到不错的宣传效果，又能不花很多的钱打广告。”

赵娜：“对，如果我们帮他在杂志上打广告，所有看《妖精的情书》的读者都会知道这个滑雪场。真有他的啊，都有谁啊？”

狐小妖：“因为我这个朋友是我大学时一个美术系的同学，虽然后来改行从商了，但是美术这个圈的他还是联系着。除了我们，还有一个漫画网站的一群小有名气的漫画作者。其他的就不清楚了。我偷偷像我朋友打听过了，那些漫画作者大部分是男的，不算鼎鼎大名，也算是小有名气，漫画的收入也都算不错。个别的漫画作家本身就像是漫画里走出的帅哥……”

赵娜：“你什么意思啊？主编……”

狐小妖撸胳膊挽袖子：“这要是让你勾引过一个来？啊？哈哈哈……让他给咱们杂志画个画什么的，美得很！美得很！”

赵娜无语地说：“这不是让我牺牲色相吗？咱们杂志社那么多编辑，你怎么让我完成这个大任啊？”

狐小妖：“废话不够你说的了，别人都结婚或有男朋友了，就你单身狗，不找你找谁？别废话，招子给我放亮点，今天是平安夜，雪山、别墅、滑雪……全都有了，你要是不勾引到一个两个漫画作者回去别指望拿奖金了！”

赵娜站在莲花山脚下，望着阴霾的天空，感觉这个世界人和人之间似乎不存在信任了。

狐小妖把赵娜揽过去，拍着她的肩膀：“放心，我会帮你助攻的，你年轻有活力，又有魅力，绝对可以的。拿出你百分之百的魅力，拿下一个两个整天猫在画室画画，除了母猫看不着雌性生物的漫画作者，还不是手到擒来？再说，还有我的助攻呢？”

赵娜生无可恋地说：“你怎么助攻？”

狐小妖：“忘了咱们杂志社叫什么了吗？妖精的情书啊！妖精，是一种靠着美丽去诱惑落魄书生，然后一口吃掉的生物。当妖精发来情书，就算明知道会有危险，他们还是会忍不住想打开。为什么？因为妖精代表着未知和谜团，秘密，让女人更有魅力。”

赵娜：“说得跟真的似的。”

狐小妖：“放心，我有终极计划，听说过吊桥反应吗？”

赵娜知道什么是吊桥反应：曾经有心理学家做过实验，让男生走过危险的吊桥，去要站在吊桥对面的女生的电话号码。在做过大量的试验后，心理学家发现，这些走过吊桥的男生……最后爱上女生的概率高得离谱。因为男生把走过危险吊桥后的心跳的感觉和对女生心动的感觉错误地归属在一起。这种心理反应也叫作情感错误归属。

狐小妖：“没错，我的计划是在莲花山的别墅里，我会找机会把大家聚在一起，你要瞅准机会坐在一个帅一点的漫画作者身边。然后，我再找机会讲莲花山的鬼故事。在这过程中，你就假装害怕往那个漫画作者怀里扑！抱着他不放！我就不信了，拿不下他！哇哈哈哈……”

赵娜阵亡……无力吐槽……

“莲花山的鬼故事？你还会编鬼故事呢？不愧是主编。”

狐小妖：“谁说是编的？莲花山里确实有闹鬼的传说，你不知道吗？哦，对，你是风城来的……不知道莲花山斩首幽灵的故事。”

赵娜：“闹鬼？！”

在多瑞宾馆时，死了两个人，她也没太害怕。但是，对于鬼怪这种事情，就算是明知道不存在，但心里还是难免有些不舒服。

狐小妖：“别怕。”

赵娜嘴硬地说：“谁……谁说我害怕了，鬼魂什么的，不存在的。”

狐小妖意味深长地微笑，心道：“那可不一定……”

第三章
圣诞节的谋杀案

2015年，12月25日，清晨，昨夜一夜的暴风雪，清晨才停……

莲花山脚下。

一辆警车缓缓驶过雪地，停靠在一件旅店面前，车门打开，区启之身着一身血红色的风衣从警车上下来。下来之后的第一件事就是赶快掏出烟，点燃了补充自己体内的尼古丁。在悠然地吸了小半支之后才开始办正经事。

“嗯……让我来捋一下思路。”区启之从风衣里掏出自己的十字架，在把自己拉来的警察面前晃了晃，说道：“我是正经的天主教信徒，今天是圣诞节，基督的生日！你们把我叫来干什么？我已经放出来半年了！别什么事都怀疑是我干的！”

警察靠在警车上：“相信我，如果有办法，我绝对不会找你！我姓郑，区启之顾问……”

“顾问？”区启之看了郑警官一眼，明白了事情的始末。

郑姓警官称他为顾问，指的是他在云城监狱里做犯罪顾问的事。而他做犯罪顾问的那段日子，主要是帮监狱长冯天赐办案。那个时候，冯天赐还不是监狱长，是一名正处在人生低谷的警探。

区启之吸了一口烟，缓缓说道：“是冯大监狱长让你找我帮忙的吧。”

郑警官："对，我刚入警局是他带我，这次案件，我觉得很蹊跷，找他商量一下。"

区启之："他已经是监狱长了，是看守犯人的，你要是想审问犯人什么的找他，破案不归他管了。"

郑警官："所以，他让我找你帮忙。"

区启之："啊咧咧，这个大叔真爱使唤人啊。我现在是自由职业者，不是当初职业的犯罪顾问了。实话实说，以前做犯罪顾问的时候，我解决案子有钱拿有刑减，现在可不一样，我破了案功劳都是你的，我什么好处都没有，是，可能会有个别看热闹不嫌事大的报纸报道一下，但是……那玩意儿能当饭吃？你找别人吧。"

郑警官："监狱长说，只要把案件的情况说一下，我不让你管，你也会上赶着管的。"

区启之弹一下烟灰，轻蔑一笑说："哈哈哈……我怎么就不信呢？"

郑警官："灵异、无足迹、意外、暴风雪山庄，以及……一个你意想不到的犯人！"

区启之靠在警车上，吸一口烟说："说说看吧。"

郑警官："你知道莲花山里的传说吗？就是有关于雪山里的斩首者的传说……"

关于这件事，区启之还确实有所耳闻。

莲花山，位于风城和云城交界处，关于雪山斩首者的传说，发生在靠着云城这面的莲花山里。

故事要追溯到民国军阀混战的时期，一个陈姓的军阀逃到这里当起了土匪，他带来了很多黄金，在莲花山的山顶建起了一栋别墅，自己居住。这个军阀是正规的留学回来的军阀，就算落草为寇都和别的土匪不一样。别的土匪是建造山寨，但是他建造别墅。正是因为这样，他才展示出最大的弱点。他认为自己掌握了从国外学回来的战术和策略就可以打好战争了。纸上谈兵，这个成语完美地形容了他。他没有任何经验，也不懂得活学活用，比如他在国外学习的特种兵作战的战术，他就用到了实战里，而且直接让他兵败如山倒。理论上来讲，任何战术都可以用，但是要结合自身使用。一是他的军费不足以去为一个特种部队装备远远压制住敌人的武器。二是他的士兵百分之八十是拉壮丁拉来的和刚放下锄头的农民，连正规的士兵的军训都没完成，硬让这群士兵组特种兵去打特种部队的战斗……结果可想而知。不出意外他惨败逃走，落草为寇。

当了土匪之后，他还是不像个样子，土匪建造山寨不是为了住，是为了占山为王。有了山寨这个防御工事，守卫起本身就易守难攻的山地来就更轻松了。但是他认为自己特别，从国外留学回来，就应该和别的土匪不一样，他建造了别墅。当地的保安团去剿匪几乎没遇到什么太大阻碍就攻进了他的别墅。别的土匪绑人拿了钱就放人，一个是不伤人命不逼着保安团非得剿灭自己不可，一个是打出一个“做生意守诚信”的名号，以后绑人让被绑的家属知道，只要交钱一定能换回人。但是，我们陈土匪是个例外，收不收到钱他都撕票，而且采取很可怕的斩首！不仅如此，他还上了瘾，酷爱斩首，有了“雪山斩首者”的称号。也正是因为他的凶残与无知，才决定了他被保安团消灭的命运。

在保安团攻破山寨……攻破他的别墅后，陈土匪逃进了深山。保安团在当地村民的引路下，进入深山搜捕。但是找了好几天也没找到。由于云城地处东北海拔又高，冬天山里的温度低的不像话，一个人在山里几天不被冻死是不可能的。更何况，他没有食物早晚被饿死。于是，保安团就放弃了对他的搜捕。

接下来有意思了，几天后，村民进山打柴，无意间发现了陈土匪的尸首。雪地之中，他的衣扣全部解开，敞胸露怀，还紧紧地抱着一堆碎石块。他是死不瞑目，二目圆睁，夸张一点说，眼角险些被睁裂。他的嘴里含着一些捡来的松果和一些不知道什么动物的粪便……

村民的老人们说，他逃进深山里时可能是带了一些干粮和水，但是干粮有限，水用不了多久就结冰。他在恐慌之中往山里跑，饿了就啃一下干粮，渴了就抓一把雪含化了解渴。这样的情况下，他能撑得住多久？最终还是迎来冻饿而死的结局。在死亡之前，他出现了幻觉……不知道谁说的，被冻死的人死之前会看到石块冒火。现在想想不无道理：他不是心甘情愿就想死，他渴望活下来，在寒冷中要死亡的他渴望用火焰来取暖，饥饿将死的他渴望食物来拯救自己的性命。然后，这种渴望在死亡即将到来时出现在他们的脑海里，压倒他的理智，让他觉得自己其实就拥有这一切。这是死神的宽厚！让他在美好的幻觉之中死亡，逃开了死亡那一瞬间的恐惧！然后，留下让人觉得他死得很可怜的凄美的错觉！

再接下来，就更有意思了，村民出于人道主义把陈土匪的尸首草草埋了起来。七天之后，正好是 12 月 25 日。这天，几个村民去想为他烧点纸钱，这是村民特有的淳朴和善良，不管他生前怎么样，就没必要和死人计较什么了。这晚，那几个村民没有回来。第二天，村民在雪山之中发现了几个村民的尸首，雪地中央，这些村民全部是身首异处，被什么人斩首的样子。而雪地上没有行凶者的脚印，也没他们自己的脚印，没有动物路过的脚印，雪地平整且洁白，平整、洁白得让人觉得有一丝恐惧。莲花山中积的雪是前几天下的，不是当天下的，如果说是先杀人后下雪没脚印那正常。但是，先下雪后死人，怎么可能没有脚印？！

而陈土匪的坟墓被挖开，里面什么都没有……这时，人们才想起，陈土匪生前有“雪山斩首者”的称呼。

区启之吸完最后一口烟，把烟头扔在地上：“这有什么？不过是以讹传讹地民间传说而已，不足为信。”

郑警官：“不能全信，也不能全不信，我去云城的博物馆查过，这里历史上确实存在过姓陈的土匪，他的一生确实就像传闻中的那样。而且，莲花山的山顶确实有一座别墅，就是他建造的，多次易主，现在在莲花山滑雪场的东家手里。”

区启之：“你想说什么？”

郑警官：“听我说完，去年，一群大学生在莲花山里取景时，他们看见了陈土匪的尸首。”

区启之：“看见了？”

郑警官：“据当事人回忆，他们是进莲花山取景的，但是，突然之间有一个朋友消失了。他们四处寻找，他们远远看见了他们的朋友，那个朋友趴在地上，那时他已经死了，身上衣服被扒光。他的身上站着一个身高八尺的壮汉，那个壮汉里面穿着和老的棉袄，外面套着从那个学生身上扒下来的衣服。他拿着一个斧头，正在砍着那个大学生的脖子，想把他的头颅砍下来，斧头很钝，那个壮汉一下接着一下地砍着。这样就说得通了。为什么斩首？因为他生前是雪山斩首者；为什么扒衣服？因为他生前是冻死的……”

区启之：“你认定就是陈土匪变成了厉鬼？”

郑警官：“不，我只是如实把我听到传说原原本本地讲述给你，希望能帮到你。”

区启之：“你给我讲这个干什么？”

“实不相瞒，现在就发生了一起命案……就发生在莲花山脚下的一个小旅店里。”

区启之深深吸了一口气，他有一种不好的预感，因为，赵娜就是要到莲花山滑雪场去玩的。那之前，她很可能会在莲花山脚下的小旅店里暂时暖和一下……

“带我去看看……”区启之冷静地说道。

郑警官：“哦？监狱长果然没有说错，我把案子相关的事情讲给你，你一定会感兴趣。”

区启之阴沉着脸，脸色很恐怖：“闭嘴！带我去现场！”

“这……这边。”

郑警官和区启之前往了那件小旅店，区启之远远看到周围已经被警员保护起来，雪地上有两行脚印，直通旅店。

“喂，郑警官，那两行脚印该不会是……”

郑警官深吸了一口气，点了点头：“没错，那是发现者和我的脚印，在那之前，雪地上没有任何脚印。”

区启之：“里面的死者呢？不会是被斩首了吧？”

郑警官：“不仅被斩首了，头颅都找不到了！”

区启之忽然停住脚步：“死者是男的还是女的？”

郑警官：“是女的……”

“哦……是女的啊……”区启之刚刚才把烟扔掉不到两分钟，他就又重新点燃一支，深深吸入，哆哆嗦嗦地把烟气吐出。

“你这么冷？怎么哆嗦了？”

“有点冷。”

“穿着风衣还冷？刚才怎么没冷？”

“快跟我来！”区启之快步走向旅店：“有线索了吗？”

“不仅有线索！”郑警官快步跟上：“连嫌疑人都有了，嫌疑人就在现场！”

“什么？！那还用我干什么？！死者身份确定了吗？”

“死者的身份没法确定，但是嫌疑人的身份确定了！”

说这句话的时候，两个人正好走到案发现场。

郑警官打开房门，房门缓缓打开，里面坐着犯罪嫌疑人，他的身躯也渐渐映入区启之的视线里。

嫌疑人缓缓抬头，看到区启之轻蔑地一笑：“我就知道跟你有关就没好事！”

区启之：“王子轩！！是你！”

第四章
让区启之束手无策的案情

雪，风。

寒雪，冷风。

寒江雪，冷山风。

皑皑寒雪，瑟瑟冷风。

皑皑寒江雪，瑟瑟冷山风。

渔翁独钓寒江雪，耕夫自收冷山风。

雪阻八千路，然，渔翁独钓寒江雪；风通五百桥，罢，耕夫自收冷山风。

雪阻八千路，然，渔翁独钓洋洋洒洒寒江雪；风通五百桥，罢，耕夫自收惨惨戚戚冷山风。

雪阻八千路，然，渔翁独钓洋洋洒洒寒江雪，钓雪雪不断；风通五百桥，罢，耕夫自收惨惨戚戚冷山风，收风风无痕。

我们这里下雪了，很大的雪，北方的城镇，有些偏远，但并不秀气，并不怕雪压。反倒是我，不忍心在白雪上留下我的脚印……你那里，下雪了吗？

莲花山脚下。

“王子轩……你怎么会在这里？”区启之吸了一口烟，问道。

王子轩抬头轻蔑地看了区启之一眼，然后又低下头不再看他，讽刺道：“少来这套，这不是全在你的意料之中吗？真是个完美的计划，你杀人了，然后让我这个警察替你背黑锅。真是个大胆的计划啊，我为你感到骄傲！”

区启之：“我的计划？我刚到这里，不信你问我身边的郑警官。”

郑警官：“是的，我可以作证，他平安夜整晚都是和我们云城的冯监狱长家里过的，今早我们接到报案，认为案件不是那么简单，所以请他这个之前名动一时的犯罪顾问来帮忙。”

“哼！他和他大哥一样，最擅长的就是制定犯罪计划！”王子轩从怀里掏出了他之前收到的两张门票和署名区启之的邮件夹，狠狠扔在地上：“自己看！一定是什么不在场证明！”

区启之捡起门票和纸条看了一下内容，深吸了一口烟，然后把门票交给郑警官保存，因为这也是证据，虽然对他不利。

“纸条上说我有区晟之的线索，然后你就来了，这倒是符合你做事不走脑子的风格。也正是因为这样，给你纸条的人才能这么完美地控制你，让你卷入这个案件。你又把案子弄得复杂了。”区启之认真地说道。

“真是完美啊，你是想说不是你给我消息让我来的？那还能是谁？往你已经死去的哥哥身上推？真有你的！”王子轩冷冷地说道。

区启之：“哦，我明白了……你们说这件案子棘手，不是案件有多难解开。而是最大的嫌疑人，居然是隔壁风城的警督——王子轩。作为云城的警局的人，怎么能真破案把兄弟城市的同行定义成嫌疑人呢？为了避免这个结果发生，你们找了我来，我不是风城警局的人，不管我是私家侦探也好，是犯罪顾问也好，让我替云城警方做他们不方便做的事情！是不是这样？”

郑警官：“话不能这么说，我们是真的束手无策了，区启之顾问，这边来。额……王警官，麻烦你起来一下，你虽然在风城是警督，但是现在是嫌疑人。作为警察你应该明白，王子犯法尚且与庶民同罪。相信你也办过不少案子，你见过哪个嫌疑人大摇大摆、舒舒服服地坐在案发现场的？”

王子轩深吸了一口气，咬着牙强忍怒火，站起来规规矩矩地站在一边。

区启之看着郑警官说：“哈哈哈……你要这么干我还真愿意白帮你破这个案。”

郑警官微笑一下说：“区启之顾问，这边请。”

镜头给到地面上，一个盖着白布的死尸正放在那里，那就是这个案子的死者。

郑警官：“准备好了吗？区启之顾问？尸体可能有点恐惧。”

区启之面色凝重道：“准备好了，是个女的吗？”

郑警官蒙得掀开白布，快速几个闪光镜头，然后区启之把目光扭到一边：“我靠，真狠啊。”

郑警官：“嗯，就像您看到的这样，尸体摆在这里，脑袋被人生生斩首了，就像我之前跟你讲的雪山斩首者的故事那样。”

区启之：“尸体身上有没有什么特别的东西。”

郑警官：“特别的东西？指的是什么？”

王子轩冷冷地说：“比如十三枚硬币！”

郑警官：“你说什么乱七八糟的……”

区启之严肃地说：“有没有？”

郑警官：“哦，这个倒是没有。”

区启之的脸上表情很复杂，说不清是失望、惋惜还是别的什么。

郑警官：“不过……”

区启之：“有别的东西吗？”

郑警官：“是王警官发现的，他说他醒来的时候就看见这具尸体躺在地上，因为警察的职业，他先检查了尸体，发现了一个线索……”

郑警官掏出一张莲花山的入场券，给区启之看。

区启之：“我刚给你的，还拿给我看干什么？难道说……”

郑警官：“对，一共三张。”

区启之：“你这张是从死者身上发现的？嗯……恐怕不仅是三张，据我所知起码得有十五张。那是莲花山滑雪场的东家做的活动。对了，有没有搜到别的东西……我记得死者是女的，她屁股上有没有一个玫瑰的文身？”

郑警官：“你……你怎么会知道这种事情？”

区启之：“我有一个……朋友，她就是十五个名额中的一个。”

王子轩：“不会是赵娜吧？123度谋杀案的时候那个跟在你身边帮你忙活的女孩？！”

区启之：“就是她！她也到了莲花山滑雪场……”

王子轩看了一眼女尸说：“我的天！那这个女孩？”

区启之：“别那么早就下结论。”

王子轩：“我的意思是……你怎么知道她屁股上有玫瑰的文身的？”

区启之：“我说的是另一个女人的屁股上有玫瑰的文身，和她一起的那个女人。”

王子轩：“不知道你说什么。”

区启之走到尸体前，指着女尸的手说道：“我从一进来就注意到了，当时虽然有白布盖着，但是女孩的手却露在外面，这个女孩的手指甲涂的是红色。”

郑警官：“这和案件有关系吗？”

区启之：“没多大关系，我认识的那个出现在莲花山滑雪场的女孩她不涂指甲油。”

王子轩：“那不一定，她想和一起滑雪的帅哥搭讪，突然想起来涂了呢？”

区启之:“但是她昨天剪了指甲，但是这个女孩的指甲还很长，指甲油可以现涂，指甲不能一夜之间长出来吧。”

王子轩:“果然和案件关系不大，你就是来确定是不是死者是赵娜的?有这时间，还不去查找真凶?”

区启之坏笑道:“呵呵……不好意思，这个案子我无能为力，并没有什么特别的手法，也就是说……”

郑警官微笑着说:“雪地上没有脚印，下雪之后没有任何人到过这个房间。房间里的人也没有出去，那么，也就是说凶手还在房间里。没有其他人出现在这个房间的情况下……”

区启之:“房间里原本就有的人，一个是被砍掉头颅的死者，一个是王子轩警官……”

郑警官:“死者和凶手!”

王子轩:“你们……区启之!”

区启之继续坏笑着说:“不好意思啊，王警官，我也不是警察，我也不是职业破案的人，我真对这个案子束手无策了。”

第五章 一氧化碳

时间是2015年12月25日，星期六，天气晴。

“我就知道，果然是你在陷害我……”王子轩看着区启之，恶狠狠地说道。

区启之：“随你怎么说吧，你还真是分不清自己的情况啊。”

王子轩：“不要装蒜了！半年前我押送钱库的时候，在小巷里截杀钱库，然后打伤我的也是你吧。”

区启之：“你说什么？钱库被截杀？我怎么不知道？”

郑警官：“警车押送犯人被截杀，发生这种事风城警局的面子往哪里放？不被压下来才怪呢，只要他们想，就算基督再临这种消息都能压下来不见报。”

王子轩：“那不是重要的，重要的是，我怀疑就是你干的。区启之，你打着你大哥区晟之的旗号四处犯案。我曾怀疑过，区晟之还没死，直到今天这起案子，我才确定就是你，你才是幕后的黑手！”

郑警官：“王警官，到底发生了什么？就当是为了洗脱你的嫌疑，你也应该把你知道的一切原原本本地告诉我们。”

王子轩：“好！我是接到了区启之的包裹，他把我引导到了这里，我在一个农家乐的旅店住宿。就是这个，这个条件差到不行的旅店！但是，我也没计较太多，毕竟莲花山脚下不是城内。但是……条件还是太艰苦了，居然是烧的炉子，没有暖气，我差点一氧化碳中毒，你们知道吗？我昨天晚上喝了一点旅店老板送来的奶茶，忽然困意袭来，就睡了，但是今天早上醒来时……”

切换，回忆。

清晨。

“我这是怎么了？”王子轩自言自语，摸着自己的脑袋，感觉脑袋很痛，发现自己正盖着一床厚厚的被子躺在床上，很奇怪，明明生着炉子盖着厚厚的被子，可还是感觉冷。而且，竟然还感觉到一些恶心。他虽然已经醒了，但还是头晕，眼前的一切都影影绰绰，看不清晰。他看到门窗都打开了，心想，难怪这么冷。

“你……你不要动！”旅店老板是一个中年妇女，手里拿着菜刀，对着躺在床上的王子轩说道。

王子轩：“你要干什么？我是警察，你还想袭警不成吗？虽然这是在云城没在风城……”

旅店老板拿着刀颤颤巍巍地说：“闭嘴，你这个杀人犯！我已经报警了！”

“杀人犯？”王子轩陷入了迷惑：“这位大姐，你能不能看清情况再说话，我好端端地躺在这里，是你拿着刀恐吓我，怎么我成了杀人犯了？真要有凶杀案的话，我才是那个被杀的，你才是杀人犯吧。”

旅店老板：“我是属于正当自卫，谁知道你会不会连我一块杀了？”

王子轩不耐烦地说道：“别废话，把门关上。这多冷啊？你们这连个暖气都没有吗？”

旅店老板：“我们这比不得城内，因为靠着莲花山脚下的一个小村庄，因为我看莲花山滑雪场快开业了，所以想沾沾光，才把几个房间改成了旅店，给滑雪的旅客暂时落脚的地方，赚点外快。没有那么好的条件，对不起了，杀人犯先生。”

王子轩：“别废话，我乐意听你瞎说啊？关门！”

“好吧，估计一氧化碳也散得差不多了。”

一氧化碳……王子轩忽然一愣，一氧化碳……

“这是你让关的，别后悔，门后藏着好东西呢。”旅店老板狠狠地把门摔上。

一组慢镜头，随着门缓缓关上，视线一点点增加，门后“藏”着的东西渐渐烙印在王子轩的视网膜上。这间东西让王子轩不自觉地捂住嘴巴，同时，他感觉自己的心跳瞬间飙到了每分钟一百二十下。门后有一个穿着女士羽绒服的身体……不！尸体！没有头颅的尸体！

“是你干的吗？”王子轩半晌之后说出这句话。

“别反咬我一口，我来叫你起床交房费的时候，我就发现你一氧化碳中毒在床上昏死状态，而门后就有这个死尸。真是报应啊，杀人了还不走，在这睡大觉，老天爷都看不下去了，让你一氧化碳中毒，报应！”

王子轩苦笑道：“哈哈哈……是你干的吗？”

“哈？”

“只可能是你了，昨晚你送来奶茶，我喝完就睡着了，现在想想，你是在里面下了安眠药……然后杀人栽赃给我。”

旅店老板：“我要是想你死，你就活不了，你知道吗？”

王子轩：“你这算是恐吓我吗？”

旅店老板：“你怎么想的？我是说，你一氧化碳中毒，是我出现在这里救了你。我要是不来打开门窗保持通风，你就死了！”

王子轩：一氧化碳中毒？对，没错，我刚醒来时感觉很冷，还恶心，这确实是一氧化碳中毒时的表现。

王子轩：“你打算让我跟你道谢？”

“那倒不必，我只想等着警察来，然后把你交给他们。”

“我就是警察。”

“哈哈哈……别跟我说，你杀人了，我不管那些。”

……

“嗯……大概就是这样。”

区启之：“那个旅店老板说得也不算错，王警官被她当成杀人犯也正常，我可以证明，雪地上在来之前确实没有其他的脚印。也就是说，在下雪之后到发现案件之前，没有任何人进出这个房间。那么，房间里有一个死尸，房间里在睡梦之中的王子轩确实就是最大的嫌疑人。”

王子轩：“你……”

区启之：“听我说完，你的嫌疑最大。不过，如果你没杀人的话，那很明显就是那个老板。当时雪地上没有脚印，她之前端来的奶茶里有安眠药。为的是让你在屋子，把所有嫌疑都推到你的身上。死者的死亡时间是在下雪之后的话，那就彻底地推干净了她的嫌疑，因为她不可能在雪地上不留下脚印把死者的尸体凭空运进你的房间！哦……我燃起来了！果然，这个案子很有意思啊，放心，我一定解开她不留下脚印就能杀人把尸体运进一个密室的手法！”

郑警官：“额……不是这样的，不是什么无足迹杀人。”

区启之：“不是？”

郑警官：“这个案子不是无足迹那么悬疑的案子，你有犯罪天赋，老想一些不可能犯罪的计划。但是，这个案子真没什么不可能的犯罪。我检查了一下尸体，虽然不能精确到具体时间，但是，我可以保证，这具女尸是在昨天晚上八点到九点之间死的。具体是多少不清楚，要有专业的法医工具才能测试出来。不过，凭借我查案的经验，昨晚八点到九点的这个死亡时间，绝对错不了。而且，房间的钥匙保管得不是很严格，谁都有可能接触到。”

王子轩：“不是，我根本没锁门。”

区启之：“那个时候还没下雪呢，我记得是昨天晚上九点下的雪。王警官，你喝下奶茶是什么时候？”

王子轩：“七点刚过，不一会就睡了。”

区启之无奈地说：“那不就是明摆着王子轩睡着之后，下雪之前把无头死尸搬进来的吗？这还有什么好查的？不是密室！没有不在场证明的手法！也不是不留脚印的无足迹杀人！什么不可能犯罪的手法都没有！就是一个给王子轩下安眠药让他当替罪羊的想法，这个罪犯真废物！警察来了只要一检查王子轩的血液里面有安眠药的成分，他的嫌疑立刻就会被洗清。对，你们查了吗？”

郑警官：“我已经抽血去检查了，结果还没出来，不过，明摆着是王警官被下了安眠药。”

“那就追查安眠药啊……等一下！不，这个案子还是有点意思的，我忽然想到了，王子轩，你一氧化碳中毒了……对不对？”

王子轩：“对，太倒霉了，被人下了安眠药，又一氧化碳中毒，如果没被旅店老板叫我起床要房费，我百分之百会死。想想就后怕啊，她要是不来，我……”

区启之：“哈哈，你觉得你一氧化碳中毒是意外，还是人为制造的？”

王子轩：“应该是意外吧……不！是谋杀！凶手绝对是打算杀死我！错不了……把我引到这里，然后给我下安眠药，再然后等我睡着之后把尸体搬运进来，最后让我一氧化碳中毒……”

郑警官：“那不可能，王警官一氧化碳中毒，凶手怎么确定他一定会中毒？封死门窗，让空气不流通？如果是那样的话，他昨天晚上就死了，根本等不到今天早上。也就是说，他一氧化碳中毒的时间很短。除非是今天早上的时候，有人进入房间阻碍房间的通风，让房间的一氧化碳含量积累起来，这样才能靠一氧化碳杀死王警官。但是，雪地上没有脚印，不可能有人今天早上进入房间封死门窗阻碍通风。”

王子轩："除非是旅店老板，她之前假装来叫我，然后阻碍房间通风，最后再去报警。这样的话……"

区启之："这样的话，她又为什么救你？闲疯了吗？她到底想不想杀你？"

王子轩："那……"

区启之："我的意思是，凶手不用踩过雪地进入房间，甚至不用出现在附近就能确保你一氧化碳中毒，甚至可以说，他在千里之外就能杀死你的远距离谋杀。我不得不说，凶手是一个很关心天气的人，他利用了这场大雪，来为他做不在场证明。因为，在下雪之后，他是无法接近这里的……"

郑警官："他是怎么做到的？"

区启之："他有帮凶……而且不是人……这个帮凶可以走过雪地，却不留下脚印……"

给区启之调皮地眨了一下眼。

第六章
面具男出品

时间，2015 年 12 月 24 日。

狐小妖打完电话，对赵娜说："我刚才问了一下莲花山滑雪场的接待人员，他们已经到滑雪场了。本来是打算所有人先等着这个村子，然后所有人到齐才一起去的。但是，咱们到得太晚了，他们就先去了。不过没关系，这个村子离莲花山不远，走吧，咱们也去吧。"

赵娜："就剩咱们没到了吧。"

狐小妖："哪儿啊？原定不是十五个人吗？这回数下来，结果少了好几个人呢！这什么世道啊，不花钱白玩都没人玩。"

时间，2015 年 12 月 25 日。

王子轩："帮凶？能走过雪地不留痕迹的帮凶？"

区启之："你说错了。"

王子轩："我不是重复了你说的话吗？怎么还说错了呢？"

区启之："你再好好查看一下现场，倒回去想想就发现错在哪里了。"

王子轩："怎么倒回去想？我想来想去最大的嫌疑人就是旅店的老板！我是喝了她给我的奶茶才服下安眠药的。我一氧化碳中毒，明摆着是今天早上才产生了大量的一氧化碳，否则我昨晚就死了。这样的话，就只可能是凶手今早才对炉子做的手脚。很明显了不是吗？踏过雪地就只有三个人，旅店老板、郑警官、区启之。”

区启之：“不一定旅店老板，还有其他的可能。”

王子轩：“什么可能？那就是你干的！”

“先查看现场吧。”区启之无奈地看了一眼屋外，说道：“这个案子不算是一个案子，或者说，很可能只是这次案子的一部分！如果我没猜错的话，凶手是在莲花山滑雪场的那群拿到免费滑雪名额的人里！赵娜，也是这些人中的一个……”

王子轩：“哦，对了，如果倒回去想的话，其实……我和赵娜也算是有过节。在123度谋杀案的多瑞宾馆里，我和她有过争吵，原因是我知道她过去不光彩的事迹。她在青春期的时候，曾经害死过一个同龄女孩。”

给王子轩一个特写镜头，他说话期间，还小心地观察了一下区启之的神色。

区启之站在门口：“嗯，那就说明她有了谋害你的动机！不过，先查看一下凶手到底是如何加害你的吧。”

郑警官：“对，先把眼前这个案子解决掉，很奇怪不是吗？王子轩警官一氧化碳中毒，凶手怎么在不接近房间的情况下完成这次谋害呢？”

区启之：“郑警官，你说你刚进警局的时候，是冯监狱长带你的，是吗？”

郑警官：“对，他是带我的师傅。”

区启之：“嗯，我在做犯罪顾问的那五年，就是和他共事。虽然他还原犯罪手法和罪犯的犯罪心理方面不如我，但是他的思维很缜密，洞察力很敏锐，经常发现一些我忽略掉的线索。我不得不承认……就这两点而言，我其实也算不错，只是，他确实比我更出色。”

郑警官得意地道：“当然了。”

区启之微笑道：“那么，你这个徒弟从师父那里学到了多少？把这个案发现场的线索罗列一下吧。”

郑警官：“一、女尸的尸体没有头，她的头找遍屋子也没有，是扔在外面了吗？这个不清楚，已经派人四处寻找了。无论找不找得到，这是一个很大的疑点。女尸为什么会没有头？如果是杀人，为什么会选择这么极端的方式？仅仅是推给凶手变态有点太不负责任了。我认为凶手自有他的目的，可能是为了隐藏什么也说不定。二、女尸的死亡时间只能推测出是在24日晚八点到九点之间，因为温度低的缘故，又没有仪器帮助，只能大致推测，所以死亡时间很模糊，不过这个定论还是很靠谱的。三、王子轩曾经被下了安眠药沉睡。关于这点，我询问了旅店老板，她说她会去送奶茶是她的习惯，每个客人她都送。这个确实是真的。”

对了，这里补一句吧。这里的奶茶不是优乐美，是那种茶砖煮的奶茶。更合理一些。

区启之：“哦，想起来了。关于王子轩安眠药的问题，我很费解，似乎除了老板，没人可以指定王子轩服下安眠药了。凶手到底怎么指定让王子轩服下安眠药的呢？”

郑警官：“哦，这个我已经确定了，我进行了一些不太光彩的审问，老板说实话了。他是拿了一个神秘人的钱，特意在王子轩的奶茶里放了安眠药。”

区启之：“我猜不会知道那个人长什么样吧。”

郑警官：“你猜对了，那个人打扮得看不到他长什么样子。老板说他出手很大方，钱给得很多，还有，带着一个京剧脸谱的面具，真有够奇怪的，哈哈……这个谎话编得够离谱的。如果实在没办法的话，就只能把旅店老板抓回去了。毕竟她下安眠药的事证据确凿，而且，以雪地上的脚印上来看，时间上只有她有机会让火炉产生一氧化碳。”

镜头给到王子轩，他的脸色很难看，像是见到了魔鬼一样……心道：“京剧脸谱的面具……那就说明老板不是陷害我的人，他虽然给我下了安眠药，但想用一氧化碳中毒杀死我的人却是那个带着京剧脸谱的混蛋！半年前就是他截杀钱库差点杀死我……"

"不，既然买通了老板下药，那样谁都有机会不靠近房子谋害王子轩了。"

区启之走到旧式的火炉前，打开火炉盖子："看一下，这个炉子放的煤炭是不是太多了一点？有人填过煤炭吗？"

郑警官："没有过。仔细看一下，炉子里的火已经快灭了啊。"

区启之："但是，还有很多煤炭。也就是说，这个路子被人填了很多的煤炭，看看炭灰的量，大概是昨天晚上被人填了正常用量将近两倍的量。这是我补充的条件，为的是让煤炭在今天早上将近八点的时候产生一氧化碳毒死王子轩。"

郑警官："还是那个问题，如果产生一氧化碳王子轩昨天晚上就死了，他还活着，就证明凶手可以控制一氧化碳的产生，让一氧化碳在他想要的时间产生。如果不踏过雪地进屋对炉子下手脚，这是不可能的。"

区启之："昨天晚上下雪了，条件二。"

郑警官："所以，这场雪证明了凶手不可能控制一氧化碳产生。"

区启之："可以，雪地出卖了他，他有帮凶，帮凶可以不留脚印，但是却做不到不留痕迹。"

郑警官："……"

区启之掏出一支香烟，站在门口静静地吸了起来。寒风涌入屋子，吹动区启之的风衣，让风衣在寒风里舞动。同时，烟气被吹了回来……

"咳咳咳……"郑警官被寒风吹回的二手烟呛了一下。

王子轩看了一眼郑警官说："你不吸烟吗？"

郑警官："不吸。"

区启之微笑道："王警官，你关注一点正常的事情可以吗？从我的二手烟里，就分析出郑警官不吸烟吗？"

王子轩："你什么意思？"

郑警官："等一下……难道……"

区启之转身看着郑警官说："没错，如我所言，这个案子很简单，你差不多也该注意到了吧。"

郑警官恍然大悟的表情。

"原来是这样，我知道了……"郑警官快速冲出屋子，然后转身看着这个屋子的面貌，"果然，屋子是坐北朝南的！"

之后，他又跑到房子西面，看到了那里的雪积得确实比东面的雪厚一些。

"原来如此，居然这么简单……凶手确实不用出现在现场……"

屋内。

王子轩看着匆忙跑出去的郑警官说："他这是怎么了？"

区启之："我只能告诉你，他想到了让你一氧化碳中毒的原因。一个很简单的原因，不算是什么大问题。现在最大的问题是，死者的头颅哪里去了？"

凶手确实是没踏过雪地就可以用一氧化碳谋害王子轩，大致的方法区启之也复原了。但是……

"为什么只留下尸体的身子，却没有尸体的脑袋，我想不明白。当然，我可以硬说凶手就喜欢收藏人的脑袋，把所有不合理全都用凶手心理变态来解释。"

王子轩："我知道……你是认为凶手拿走了死者的脑袋，并且一定会另有用处！"

"恐怕就是这样，但是，他能有什么用呢？"

屋外。

"郑警官……郑警官……"一个警员忽然跑过来。

郑警官："怎么了？"

警员："刚刚发现了一个坏消息，我们发现进入莲花山的吊桥断了，而且，缆车似乎也不能动了。”

唯一进入莲花山的就是那个吊桥，现在断了就没法进入莲花山了。而且，莲花山唯一能住人的别墅建造在山顶，如果缆车坏了，所有人都会被困在别墅里。

郑警官深吸了一口气：“电话能联系上吗？”

“有信号，无人接听……”

莲花山顶的别墅里，现在的情况怎么样了？

最后一个镜头，莲花山脚下，带着京剧面具的男子像一个疯子一样开心地又蹦又跳：“外面才死了一个，里面死的人可就难说了，区启之，你怎么想的？居然会当侦探？你在外面怎么拯救里面的人？”

第七章
案发现场

京剧面具男站在寒风之中。

“好吧，区启之，王子轩的案件并不在原本的计划之中，只是一个简简单单的前菜，这样的前菜，就不要吊胃口了，你刚刚进入现场就复制了整个犯罪吧。”

案发现场。

区启之：“算了吧，我直接说吧，关于你的案子其实很简单。我就不给你思考的时间了。关于凶手如何运用帮凶达到定时产生一氧化碳谋害你的犯罪过程，现在就解开吧。提示一，下雪的时间；提示二，奇怪的雪层；提示三，火炉中过多的煤炭；提示四，房子的方向。”

“我们知道没有头颅的女尸的死亡时间大致和下雪的时间相近，凶手赶在下雪之前杀死死者，然后悄悄运送进你的房间。在这种小村子里大家一到晚上没有什么夜生活，村民都在自己家看电视或者早早睡下。所以，不必担心被发现的问题。那个时候你已经服下安眠药，尸体运送进你的房间也不会把你惊醒。你的房间没有上锁，就更方便凶手运送尸体了。就算你上了锁也没关系，凶手之前曾经买通了旅店老板给你下安眠药，从她那拿把钥匙也不是什么大问题。凶手把无头的尸体送进你的房间里，在炉子里填入很多的煤炭，让煤炭足够燃烧到今天早上。因为煤炭烧完了就没法产生一氧化碳了，提示三。”

王子轩：“还是那句话，要产生早就产生了，我一整晚都没事。”

区启之：“我早就说过了，一氧化碳是今天早上才产生的，昨天晚上，火炉一直静静地燃烧，没有任何问题。提示二，奇怪的雪层。我之前发现，但是没说，这个房子西面墙壁的雪层积得比其他地方要厚很多。这是为什么？”

王子轩：“那是因为昨天晚上的风向是由西向东，雪被刮到了西面的墙壁，积累在那里。”

区启之：“没错，郑警官刚才跑出去，就是去看这个现象了。如我所言，凶手的帮凶可以跨过雪地不留脚印，但是绝不是不留痕迹。没错，就是风。昨晚风向是由西向东，可这个房子是坐北朝南，提示四，火炉的排气管是探出墙壁指向北方的。所以，昨天晚上无论风多大都无所谓。然而，今天早上，风向变成了由北向南。风直接灌进排气管，炉子的废气排出变得非常困难，通风不再顺畅，接下来，产生一氧化碳就会变成必然的。而你因为服下安眠药在睡梦之中，基本被宣判死亡。不过，你命大，死里逃生了。本来，火炉的排气管要么是垂直从房顶开出去，要么是从墙壁开出去的 L 形的排气管，目的就是为了防止风向正对排气管。这个火炉的排气管应该就是 L 形的，但是凶手应该是把 L 形排气管的前端拿掉了，目的，自然是为了让风毫无阻碍地灌进排气管，谋害你。”

王子轩：“就这么简单？”

区启之：“对，确实很简单，因为凶手知道，越是复杂、华丽的手法的漏洞就会越多，而越是简单的手法，漏洞就会变得越少。比如这个案子的漏洞，就是多填的煤炭和风向的改变。而这两个漏洞都是凶手完成犯罪必备的条件，他无法避免。”

王子轩：“我还是有一个问题，凶手既然那么聪明，能想出一大堆不可能的华丽犯罪，为什么不想办法消除这些漏洞呢？”

区启之：“我他妈弄死你个傻逼！一个犯罪手法一点漏洞没有，你怎么破？！我们所做的工作不就是寻找凶手的漏洞把凶手揪出来来吗？凶手要真把所有漏洞都补上，警察和侦探不都失业了？有病吧你。凶手留下的线索越多，我们这些破案的人才应该越开心。我还是第一次见你这种奇葩。”

王子轩：“是吗？这里还是说不通，如果他买通了旅店老板来给我下安眠药，这就等于留下了致命的缺陷，警察询问的时候，旅店老板一定会被逼问出来，相信我，我是警察，我有一百零八种方式让犯人招供。”

“他不怕旅店老板招供，甚至可以说……他巴不得旅店老板招供。”郑警官突然走进屋子。

王子轩：“这话怎么说？”

郑警官：“我们假设一下，凶手是进入莲花山滑雪场的人……怎么说？”

区启之：“很简单，如果是我，我事先把死者绑架藏起来，然后和其他人一起进入莲花山滑雪场，中途趁别人不注意偷偷溜回来杀死死者，完成栽赃王子轩的把戏后返回去。今天早上，让同行的人给我做不在场证明。”

郑警官：“没错，如果利用风向改变谋害王子轩的手法没被破解的话，那谋害王子轩的人就只能是下雪后进入房间的旅店老板，即使不是，也应该是在旅店附近的人干的。而凶手在莲花山滑雪场并且王子轩中毒的时候又认证他不曾离开，之前离开又没人发现。无论如何都怀疑不到他。”

区启之：“嗯，你派人上莲花山滑雪场去取证了？”

郑警官：“没有，事情比我们想象得更严峻，莲花山进不去了。凶手采取的方式更极端，他昨晚返回去的时候，把唯一的吊桥弄断了。这样的话，莲花山滑雪场就变成了一个无法进入的封闭空间，也就是所谓的暴风雪山庄模式。呵呵，不用人证明，所有的人现在都出不来了。”

区启之立刻掏出手机，给赵娜打电话，声音确实“嘀嘀嘀嘀嘀嘀……”

“手机开机、有信号、但是……就是无人接听。”

郑警官：“没错，我的人联系了莲花山滑雪场的东家，从他那里要来了那些顾客和接待人员的联系方式。结果也是一样……”

区启之远远望着远处的莲花山，很空旷的一座大山，他的面色有些焦虑，因为很可能有一个杀人犯混进了顾客里。

里面，现在发生了什么？

第八章 十二还是十三

2015 年 12 月 24 日，傍晚五点。

“啊……饿死我了。”赵娜扛着滑雪板，用脚推开莲花山山顶的别墅：“什么时候开饭啊？”

“这位女士，我们是六点的时候准时开饭。我们的厨师，陈大厨已经开始准备了。请放心，他的手艺绝对有保障。”

给一个镜头，说话的人是褚天佑，这次莲花山滑雪场负责接待的员工，年龄二十六岁，一身黑西服。

赵娜紧握双手，歪头说：“太好了，有米饭的话能不能做得硬一点？”

褚天佑转身对着正在准备晚饭的陈大厨说：“陈哥，拜托你了。”

陈大厨做一个 OK 的手势，没有说话。陈大厨，三十二岁，很胖，总是一身厨师服，即使不做饭也穿着。

“喂喂喂……我要吃软的！”

给镜头，魏二贝，女，二十三岁，漫画作者，平头，假小子，是另类风格漫画《十四妹》的作者。讲述的是叛逆女青年打架斗殴的故事。

“算了吧，二贝姐姐，没关系的。”

给镜头，蒋三妮，女，二十二岁，漫画作者，眼镜妹，眼镜片比酒瓶底都厚。是一个腼腆的女孩，著有《干巴爹！可爱桃》等少女恋爱漫画。

陈大厨：“没关系，我把电饭煲里的大米放得一边比另一边高，这样焖出来的米饭就会一边硬一边软。这是厨师的常识，难不倒我。”

“他们呢，怎么救你回来了？”

给镜头，一个拿着《呼啸山庄》的男子，一身蓝色的西服，戴着一副眼镜，样子很帅，最起码得有电视剧里男主角的颜值。看上去二十出头，却有一种与年龄不符的成熟。

赵娜忍不住搭讪道：“这位帅哥是……”

男子微笑道：“叫我欧阳肆正吧，我是侥幸获得了门票到这里来的，我不会滑雪，但是对那个军阀很感兴趣，因为我本身的工作就和历史有关，最近在研究军阀混战时期的历史。我听说这个别墅就是一个战败的只会纸上谈兵的军阀建造的？”

赵娜：“历史？”

欧阳肆正：“我是云城某大学历史系的一个讲师。”

“欧阳哥哥……我要吃糖……”

给镜头，一个看上去十岁出头的很可爱的小女孩。

“乖啊，小五，咱们在这等你姐姐，姐姐回来就带着糖来了。”欧阳肆正温柔地摸着小女孩的头说道。

赵娜心道：“怎么还有一个小女孩？”

褚天佑仿佛看穿了赵娜的心思：“哦，听她说，她姐姐和她早就到了，但是到了之后才发现少带了自己的门票，所以暂时把他放在村子的旅店里赶忙回去拿了。但是，一直没回来，我们快上山时，欧阳先生觉得她很可怜，就把她带上山了。”

欧阳肆正灿烂地笑道：“我对这么可爱的女孩没有抵抗力的，她很希望能滑雪，但是姐姐又不在身边。我一时……就冒昧地把她带了上来。”

赵娜：“啊？那她姐姐回来，不会担心吗？”

小五奶声奶气地道：“没关系，我给姐姐留下字条了。因为……我把她手机号给忘了，那一大串数字……我最讨厌数学了。哈哈哈……”

赵娜看着小五，心都快被融化了，她对这么可爱又古灵精怪的小女孩也没有抵抗力。

2015年12月25日。

区启之心急如焚，但是却没有办法进入莲花山，进山的吊桥被人破坏了，他无法进入莲花山，他也无法得知山内的情形。只能再次搜寻村子里的小旅店，希望能找到什么有用的线索。

终于，他在案发现场的隔壁找到了线索，是一个字条，字写得很漂亮。

姐姐：我是小五，我和欧阳肆正哥哥一起进莲花山里玩了，你拿着门票回来后，也要尽快赶上来哦。

“这个房间在案发现场隔壁，还没被打扫，老板是每天早上一起打扫房间，但是被王子轩那个房间的案件一打扰就耽搁了。纸条上说，姐姐拿着门票……证明这个姐姐事先把门票忘记了。这张纸条还在这里，证明她没回来看。隔壁凑巧就一具死尸，怀里有一张门票……”

2015年12月24日，傍晚五点。

欧阳肆正：“其实，我来的时候和她姐姐正好擦肩而过，她问我是不是也是去莲花山滑雪的，然后就拜托我这个陌生人来照顾她妹妹了。所以，我才会带她妹妹上山。”

赵娜感觉不对劲，心道：“这么容易就把妹妹托付给陌生人，心眼儿太大了吧。不过，倒也符合会把门票丢下的情况。但是……两张门票，怎么会单单丢下一张呢？”

欧阳肆正打断赵娜的思考说：“刚才问你你还没回答呢。他们怎么还没回来，只有你先回来了？”

赵娜：“哦，我主编狐小妖和漫画社的那几个人还在滑雪呢。我也试着滑了，但是我发现我怎么滑都滑不好，气死我了，干脆就坐缆车先回来了。反正我又不是来滑雪的。”

欧阳肆正："哦？那你是来干什么的？"

赵娜这个女孩很聪明但是没有心机，这并不矛盾，聪明是聪明，心机是心机，取决于一个人做人的方式。不对别人设防对谁都用全心去交际，这就是没有心机。

"我啊，我是奉了主编的命令来勾引……"赵娜忽然想起这种话不能乱说，连忙一挥手："引进漫画界的创造理念的，我们是《妖精的情书》杂志社的，算是一个交流。"

欧阳肆正："是啊。不过，我觉得我们可能明天就得离开了，因为我刚刚查了天气，今天晚间会有暴风雪，弄不好会被困在这里。"

赵娜："什么？"

"哈哈哈……"褚天佑忽然笑起来："欧阳先生多虑了，我来解释一下吧。这个别墅是民国时期的军阀建造的，不过保存得不错，请相信我，中国以前的建筑就算放一个世纪都比现在的建筑靠谱，更何况，这个别墅还重新维护过。说句不该我说的，现在的豆腐渣工程……"

褚天佑这点没有说错，回想一下123度谋杀案，那个案件之中，如果没有一栋豆腐渣工程的大楼，犯人核心的诡计就不可能实施成功。

"民国那个军阀建造别墅时，也修建了往山下去的路，为的就是防止暴雪封山被困在别墅里。但是……哪条路因为年久失修，有没有都是一样。实在太崎岖了，晴天没雪走都得小心翼翼的。如果暴雪封山被困在这里，还不如安心等待救援，走那条路，和找死没区别。"

赵娜："如果真的暴雪封山我们怎么办？"

褚天佑："那有什么大不了的？暴雪三日，拥毳衣炉火，在这个有将近一个世纪的别墅里，聊聊天，喝喝茶，不是别有一番滋味吗？如果实在不想待，我们还有缆车啊。当初建造缆车就是为了更方便进入和离开山顶别墅。也是有了缆车，才放弃重修原本的山路的，因为建造缆车不但方便，还比重建整条山路省钱。”

别墅的大门打开，外面的风有些大，夹杂着几片雪花涌入房间，一股刺骨的寒意袭来。外面的六个人立刻争先恐后地冲进屋子，然后用最快的速度把大门关好。

“哎呀呀……飘雪花了，快把壁炉升起来，我们滑不了雪了，山庄茶会走起来吧！”狐小妖一边搓着双手让双手暖和一点，一边兴致勃勃地说道。

赵娜：“你回来了，主编，滑雪滑得开心吗？”

狐小妖：“滑雪也没多大意思，相反，外面下着大雪，我们一群人围坐在一起，打打牌，讲讲故事，我觉得还是这样更有情调。几位帅哥，你们说呢？”

“是，我也这么认为。”

“对对对。”

“你说了算。”

“那就开始吧。”

“先吃饭，吃完饭咱们就开始。”

没救了，这五个来自漫画网站的漫画作者已经彻底被狐小妖俘虏了。这是真的，狐小妖天生丽质，只是简单地化一下淡妆，也就是描一下眉毛，擦一下粉底，整个人就会变得非常耀眼以及妖艳。同时，她又有一种亲和力，就像是邻家的大姐姐一样。举个不恰当的例子，假如和她在一起，就像是宁采臣路宿深山古寺，遇到来敲门的聂小倩那样的感觉。绝对担得起“妖精的情书”这个称号。

“哦，对了，赵娜。”狐小妖转过身，看了一眼赵娜，给她使了一个眼色：“我来给你介绍一下这几位小帅哥，你们多交流一下，虽然我们是搞文字的，他们是画漫画的，但时都是从事的艺术行业，有很多共同语言的。”

赵娜一副“无所谓”的表情，伸出手：“我叫赵娜，是主打言情的杂志《妖精的情书》的实习小编。”

“哇……主编，你们杂志社招聘的时候是不是都把颜值算作一个标准啊？”

这个人和赵娜握了一下手：“我叫沈六合。”

沈六合，男，二十五岁，代表作《未来战记》，热血 yy 漫画的代表性人物，科幻题材，讲述了地球保卫战。网站是按张给钱，不管能不能卖钱，只要他画一张，网站就给他一张的钱。

“我是，韩七公，画武侠漫画的。”

韩七公，男，二十四岁，代表作《血雨》，画风和故事风格明显是师承古龙特有的一种意识流，有一定的艺术性，但是销售远远不如沈六合的漫画。两个人的关系不是很好。因为相比较之下，韩七公的漫画要销量好才能赚钱，而沈六合完全不用考虑。就当是韩七公单纯的嫉妒吧。

沈六合不由自主地、轻蔑地笑了一下，他也很看不惯韩七公。

韩七公：“你也差不多该拿出一点成绩了吧，你的成绩远比网站给你报酬要低，你不觉得羞耻吗？”

沈六合转身离开，用不屑的表情和语气道：“切！”

赵娜很尴尬地看着这两个人：“额……”

“没事，别管他们，他们就这样。我是他们的编辑，和你的狐编辑任务是一样的，就是催这群画家交稿，你叫我杨八戒就好了，都是这群让我催稿催怕的家伙给我起的外号。就拿朱九妹来说吧，他那次气急了还说要杀我呢。”

杨八戒，三十岁，漫画网站编辑，人有些胖，长得有些抱歉。人倒是也不能算太坏，但是和手下的读者关系都不怎么样。

镜头给到猪九妹，是一个长得很委婉的男孩，二十出头，怎么看怎么像一个女孩。所以大家叫他朱九妹。

朱九妹留下一个白眼说：“真讨厌……”说完，边转身离去了。

杨八戒：“看吧，他就是这样。”

这时，赵娜注意到最后一个不知道姓名的男孩，他看上去只有十七八岁，这个男孩会偶尔偷偷看赵娜一眼。现在，又偷看了赵娜一眼，正好和赵娜看他的目光相对。男孩立刻把头转到了一边，低着头一句话不说。

赵娜很亲和地说：“我叫赵娜，你叫什么名字啊？”

“秦十明月……”

赵娜：“哈？”

杨八戒：“这都是我们笔名，哪有真名凑巧按着数字起名的？我们一直是一个团队，一起很久了，所以我们想个性一点，就全部按着数字起了笔名。我们同心协力，就组成了我们团队的‘唯一’！小秦是高中专门的美术班的人，是今年新加入在我们这儿学习的。”

赵娜：“原来如此啊，但是……你们似乎没有四和五这两个人啊。”

杨八戒：“笔名是四那个人不画漫画从商了，就是这个莲花山滑雪场的东家，要不然我们怎么会全体被邀请呢？至于五，不方便……”

韩七公阴沉着脸说：“有什么不方便的？笔名里有五的那个男人，被他们害死了。”

杨八戒脸色有些难看：“小韩，别胡说，他的死是意外，和我们没关系！”

韩七公：“他是我见过最有才华的漫画作者，但是……”

杨八戒大喊道：“住嘴！”

韩七公针锋相对道：“好，我住嘴，但是，事实不会改变！就是你们害死了他！”

“不要吵架，小五来当你们的五。”这时，古灵精怪的小萝莉前来救场，因为她的出现，大家都不好再发作了。

接待人员褚天佑很圆滑，连忙岔开话题，把几个人分开：“哦，既然人都到齐了，就先回房间稍稍休息一会儿。我想大家滑雪也滑累了……待会饭好了我去叫大家。”

赵娜：“等一下，到齐了？”

来统计一下吧，现在所有人加起来，算上接待和厨师一共是十三人！

褚天佑：“哦，是这样的，虽然门票是十五张，但不意味着客人是十五位。两张门票在我和陈大厨的手里。总共的客人是十三人。但是，有几个客人没来，所以现在在场的人，就是我们这次滑雪全部的人员了。”

赵娜：“那就是少了两个客人？”

褚天佑：“对，我检查门票时，确实是少了两张门票，只有十三张门票。”

2015 年 12 月 25 日。

区启之仰望着莲花山：“现在里面到底是什么情况？我们这里有三张门票，王子轩手里的两张门票，他没有进去。还有一个无头女尸，她身上有一张门票。一共这三张在外面，我听赵娜说，他们发出了十五张门票……”

第九章
平静的夜晚

2015 年 12 月 25 日。

区启之："到底需要多久才能进到莲花山里把人救出来，假如这些人没被团灭的话。"

郑警官："这个不清楚，如果有登雪山的装备的话，虽然有些危险，但硬爬上莲花山的山顶也不是不可能。但是现在，我们吊桥断了，我们连冒险爬上去的机会都没有。"

区启之："有爬雪山的装备还得说冒险爬上去？"

郑警官："对，像山里那些人，贸然往下爬……不敢想象后果……我们只能等吊桥修好了。"

区启之："需要多久？"

郑警官："那就不好说了，最起码得今天下午吧。"

区启之："或许还有其他的办法……"

2015 年 12 月 24 日，晚七点。

莲花山顶别墅。

随着太阳落山，气温骤然下降，立刻降低到冰点之下。零下十二摄氏度的寒意，就会在不久之后转变为杀意！在第二天的太阳升起之后，寒意会被驱散，但是，这份杀意，却不是阳光能驱散的。它，比寒冷更能让人颤抖。

壁炉被烧得通红，里面偶尔发出噼里啪啦的声响。

围成一圈的众人坐在地毯上，准备在冬季的长夜里找点事情做，不然就太无聊了。

狐小妖拉着赵娜："准备好了吗？你选一个帅哥坐在他身边，然后，我就开始执行吊桥心理的终极作战。"

赵娜："不合适吧。"

狐小妖："不想要年终的奖金了，是吧？"

赵娜："好吧好吧，那我坐到欧阳肆正身边。"

狐小妖："不行！"

赵娜："为什么？这不是你说的吗？这里就他最帅，已经达到电视剧男主角的水准了。"

狐小妖："可他不是漫画部的人！"

赵娜："……"

狐小妖："不是漫画部的人你勾引他有什么用？他一个搞历史的对我们的言情杂志有什么帮助？我们是《妖精的情书》，不是《妖精的史书》！"

赵娜无奈地说："唉，我算是倒了八辈子的霉了。"

狐小妖："别得了便宜还卖乖了，全世界打听打听，有哪个上司这么操心下属的终身大事？"

2015 年 12 月 25 日。

区启之："把门票给我，我立刻赶往风城，从那边的莲花山过去，从那里爬上去。"

郑警官："这……太冒险了吧，你自己？即使有爬山的装备，爬上山顶还是很吃力的。"

区启之："那也比在这里干等着强。"

郑警官："那也不行，案子发生在咱们这边，你真上去了，面对真凶，不知道他携带没携带武器……况且，这个案子说到底是归云城警方管，如果让风城那边的警方介入，过度手续更麻烦。你必须要一个能制伏凶手的人。”

给王子轩一个镜头：“不需要过度，不需要风城警方介入，只要我这个风城警局的人员就可以。我和他一起去。”

郑警官：“你现在是嫌疑犯的身份，不能放你走。”

王子轩终于耍了一回帅：“郑警官，配合一下吧，拜托你了，你会是那种墨守成规的人吧，从这么借助区启之这个前任罪犯的犯罪天赋来看，我相信你不是。”

郑警官转身掐着腰板不断踱步，像是下决心的样子，五又十三分之一秒之后：“妈——的！打轻一点！还有……出事别把我供出来。区启之顾问，我师傅相信你，我才相信你……别让我失望……拜托了……”

切换到郑警官的第一视角，区启之和王子轩对视一眼，同时突然帅气地向郑警官出拳，画面一黑……

2015年12月24日。

“各位，这是我们组织的一项活动。”褚天佑拿着一摞调查问卷挨个发给众人，说道：“这个问卷上面的是一系列的知识问答，如果能答对百分之八十的题目，滑雪场会有大奖相送。”

“无聊。”沈六合给了一个白眼：“真他妈有病，谁会去做，你去死吧，傻逼。”

褚天佑很无奈地说：“额……这不是我非要让你做的，这是公司吩咐我做的活动，是为了搞宣传。我也是拿了工资正常办事。我拿枪逼着你做了吗？你不愿意做就不做，骂人干什么？”

沈六合挑衅地看着他：“管我什么事，我就不做，我就骂人，哈哈，你怎么样我。”

韩七公：“适可而止吧，工作人员惹着你了吗？有点素质可以吗？”

沈六合："大爷就这样，你怎么样吧？"

小萝莉小五站起来，拉着沈六合的手臂一边摇晃一边说："叔叔，你就帮一下忙嘛，谢谢你了叔叔。"同时，她一双水汪汪的大眼睛可怜巴巴地望着沈六合，我见犹怜。

"滚！"沈六合一把推开小五，没好气地骂道。

魏二贝怒气冲冲地指着沈六合说："你怎么能这样？！有病吧！以我以前的躁脾气弄死你了，你信吗？我知道自己也是个女流氓的胚子，但我不会欺负一个小孩！"

蒋三妮上前扶起小五，把她抱到怀里，瞪着沈六合，故意很大声道："没事啊，小五，这种人渣咱们不理他！"连蒋三妮这样本身很柔弱的女孩都开始发泄自己的愤怒。

杨八戒还是和事佬的角色："大家都是出来玩的，万事和为贵。"

朱九妹则一边玩着手机，一边轻蔑地笑着："真没素质。"

沈六合一挥手道："你们玩吧！明天我就走！"

说着，他就气冲冲地往房间走。看着他离开，褚天佑笑了一下，整理了一下调查问卷继续给大家发。

"给我，既然讨人厌的家伙走了，继续我们之前的话题。因为被他打断了，我没有说完。我们奖品是价值一万元的摄像机一台。不要惊讶，只要答对百分之八十以上的题目，我们就会送出。前三名还将分别获得其他的奖品，就算没答对百分之八十，也会赠送参与奖，是云城游乐园的门票和高级西餐厅五百元的代金券。"

狐小妖："真的假的？你跟我们开玩笑吧。"

褚天佑从西服口袋里掏出一沓门票和代金券，挨个发给众人："我确实是开玩笑的。"

赵娜结果拿到门票和代金券，餐厅代金券是八百元的。

褚天佑："怎么可能是五百元代金券呢？我们送一回当然是八百元的

代金券了。”

狐小妖：“这么丰厚的奖品，是不是有点太过分了……”

“过不过分我不知道，我只是拿钱办事……”褚天佑甩了甩手里的门票和代金券，走到壁炉前：“唉，多出来这一份，也不知道是哪个笨蛋啊，人家也不屑要，请不动人家做问卷，还是烧了吧……”

给一个沈六合的背景特写，他站在那里，不知道在想什么。

韩七公笑着说：“唉，别啊，你们可以用啊。”

“我们有，老板给过我们了。这个就是给他原来的同事的……”褚天佑说着还看了沈六合一眼：“沈爷，怎么样，你到底要不要啊？”

韩七公：“四哥？哦，四哥果然混得不错啊。”

莲花山滑雪场的东家原本也是漫画团队的一个成员，笔名带有四的那位，后来他改行经商成了富商。所以，韩七公叫四哥没有错。

“不要了！”

沈六合深吸了一口气，大步朝自己的房间走去。

赵娜：“那个……虽然我这么说可能有点过分吧，不太合适……沈六合的那份他不要了，能给我吗？我可以做两份的。”

狐小妖：“哇，你也太贪心了吧。”

赵娜：“不是我要，是我有一个朋友要，我做饭一直做不好，老是把米饭焖得特别硬。我想……呵呵。”

“什么朋友啊？”魏二贝大大咧咧地靠在墙边，上手插在口袋里，嘴上叼着一支牙签：“还得你做饭？是个带把的吧……啊？”说完，她还邪邪地笑了一下。只不过，现在她的笑不是那种挑衅的笑容了，是一种女流氓特有的和朋友开玩笑的那种笑。

赵娜：“没有，我们只是室友。”

魏二贝：“嗯，把和男人的关系称为室友，我很喜欢你，你也是性情中人啊。”

赵娜："额……你爱怎么想怎么想吧。"

"开个玩笑而已。"魏二贝走过来，拍了一下赵娜的肩膀，给一个特写镜头，魏二贝靠近赵娜的耳边，在她耳边用只能她赵娜两个人听到的分贝说道："我只能说……不愧是风城女子团体 BlackRose 的第二代当家的。"

名词解释：BlackRose，风城的女子团体，已经解散，第一任番长不明，第二任由赵娜接任。怎么说呢？就是高中时代一群不良少年混在一起整天和其他学校女生打架的群体。赵娜听到这话时，脸色明显一变。她不知道魏二贝为何这么清楚自己的过去。他不由自主地转过头，看着魏二贝，女流氓的装扮，一抹邪邪的笑容。

"你……"

魏二贝摊开手掌，向赵娜眨了一下眼睛："我也要回房间了。"

"等一下。"褚天佑走过来拦住魏二贝："我还没说完呢。"

魏二贝："说什么？我都听明白了，我很感兴趣，照相机嘛，我正想要一个呢。我这就拿上试卷回房间去答题了。我知道，你们会把题目出得难一些，但是，站在你们的位置上考虑一下。毕竟是一万多块的奖品，出些白痴题和白送没区别，虽然你们是搞活动，赔本好赚吆喝，但是凭什么不把题目弄得难一些。我已经有心理准备了，真做不出来也不会怪你们的。"

褚天佑："是这样的，题目实际上还是很适中的。但是，我们这次想让参与者通过知识的积累量来获取奖品，如果你们回到房间，用手机搜索答案，别说百分之八十，百分之百也是正常的。所以……"

魏二贝："哦，我们把手机暂时交给你保管。"

褚天佑向魏二贝点了一下头："大家同意吗？"

众人："可以理解，交吧。"

众人把手机交给褚天佑。

"陈大厨？你想参加吗？"

陈大厨吃惊道:“我也能参加?”

褚天佑:“当然,你不是我们公司的,是临时请来负责饮食的,凭什么不能参加。本来就有你的那份,这里面有不少烹饪方面的知识呢。”

陈大厨在围裙上擦了擦手接过试卷和参与奖:“谢谢啊,我也试试。”他手上没有油和水,但是职业习惯让他每次带着围裙接东西的时候都忍不住想擦几下。

褚天佑把沈六合的手机收进自己的皮包里,说道:“好了,大家都回自己的房间做题吧,但是不许交头接耳商量答案。最后,还要祝大家都能获得奖品。这是真心的,也不是我花钱买的奖品,你们能拿到我当然会替你们感到高兴。”

“好嘛,又回到学生时代了,做试卷不能交头接耳。”

“行了,别得了便宜还卖乖了。”

“就是说,学生时代得了八十分能奖励照相机?”

大家拿着试卷边说边往自己的房间走。

中途,褚天佑把原本是沈六合的参与奖给了赵娜:“诺,给你了,给他还不如扔了呢。”

赵娜欣喜若狂:“谢谢你。”

褚天佑:“没事,反正也不是我花的钱,做个顺水人情呗。”

“褚叔叔……”小五跑上来:“我……我觉得还是和沈叔叔说说吧,他可能只是一时间抹不开面子,这么就不让他参加,我觉得有点不合适啊。”

褚天佑满脸无奈:“哎哟喂,我的小公主、小天使、小奶奶,我已经尽力了,他那一副鬼样,我是真没办法。我不明白,你怎么还想着给他呢?唉,真是搞不懂你这个小鬼头在想什么?行了,我回去睡觉了,明天见。”

运用评书里常说的一句话:有话则长,无话则短,一夜无书,次日天明。

等一下！这个夜晚结束之前还有书！

时间八点半，给一个特写镜头，别墅走廊尽头的窗户被人扔过来的砖砸碎。然后镜头切换，月光的照耀下，这个人的身影被拉得很长很长，夸张一点说，几乎可以从走廊的这一端延伸到走廊的那一端。

第十章 欧阳肆正的消失

2015 年 12 月 25 日早上九点整。

莲花山顶的别墅。

“啊……哈……”赵娜已经起床好一阵了，虽然是在山顶建筑的别墅，但是取暖设施很给力，睡了一夜，居然没有感觉到冷。她有些无聊，手机被褚天佑收走了，问卷调查也做完了，题目很简单，但是有些多。她很有信心做到百分之八十的正确率。现在，没什么事可以做。滑雪？她已经放弃了，昨天已经试过了，滑不了。反正她也不是来滑雪的，当然，也不是来钓凯子的，是拉近和狐小妖的关系调查她的。不和她拉近关系就无法调查她，这个女人几乎没有任何污点，怎么看怎么像一个正常、合法的杂志社的主编。除了做出让下属勾引漫画作者为自己的杂志画插图这点有待商榷。

赵娜站在窗前望了窗外一眼，看到了窗外的皑皑白雪。

“好大的雪啊。还真让欧阳肆正说对了，天气预报还是很靠谱嘛，不过没关系，这样挺好的。不过，我感觉有点饿了。”

昨晚睡觉前，负责餐饮的陈大厨曾经到房间问过，说是其他人都说要好好睡一觉，不到中午不起床，早餐就不吃了。他问赵娜要不要吃早餐，如果吃的话，他单独为赵娜做一份。赵娜不好意思麻烦陈大厨单独为自己做，就说自己也不吃了。回想一下，时间大概是九点左右，再具体就不太清楚了。不过那个时候正好开始飘雪花。虽然下午五点的时候也飘了雪花，不过终究是没有下起来。晚上的雪花过后，就是一整夜的大雪，今天早上才停。

“赵娜！赵娜！起床了吗？”房间外传来狐小妖的声音。

赵娜连忙回复：“哦，起床好一会儿了。”

狐小妖：“起床这么久还关着门？怎么这么保守啊？”

赵娜苦笑一下，自从认识了区启之之后，她了解，就算是房门反锁，窗户紧闭，也不代表着这个房间是完全不可以逃脱和进入的。

“老大。”赵娜打开门放狐小妖进来：“你有什么事吗？”

狐小妖：“你饿了吗？”

赵娜：“还真有点饿了。”

狐小妖：“都是我太心软啊。”

赵娜：“怎么了？”

狐小妖：“昨天晚上，就是刚要下雪那会儿，你知道吧。那时候，陈大厨到我房间找我，说其他人都要睡到中午不吃早餐了，我要吃可以单独帮我做一份。我一听说单独帮我做一份，多不合适？也就没好意思麻烦他，我就说我也不吃了。”

赵娜：“哈？他也是这么和我说的，我也是没好意思麻烦他，就说我也不吃了。”

狐小妖：“好家伙，这个陈大厨，看着挺老实的一个师傅，怎么还耍这种心眼啊。靠，看见他我非得好好损损他。”

赵娜：“算了吧，不至于的，咱们去看看昨天晚上有没有剩下什么，或者别人有没有零食，好歹垫补一下，太饿了。”

狐小妖：“嗯，问问那个接待咱们的褚天佑吧，我看他人不错，我觉得他对你有意思。小赵娜啊，虽然你没替我勾引到那些漫画作者帮我给杂志画画，但是钓到褚天佑也不错。你看那个小伙，长得也挺精神的，收入估计也不错。挺好，可比你的那个混蛋室友强多了……”

赵娜轻轻挑眉道：“我的……室友……你见过吗？”

狐小妖尴尬道：“没……没有啊。我的直觉而已，你们合租在一起，经常吵架，有什么意思。你看人家褚天佑多温柔，你说要那个参与奖，人家就给你了……”

赵娜追问：“你怎么知道我和我室友会争吵？你见过吗？”

狐小妖匆忙弥补过失：“咳，这还用见到吗？你想啊，你一个女孩家家的，和一个男的住在一起，本来就……”

赵娜继续追问：“你怎么知道我室友是一个男的？我没说过啊。”

狐小妖岔开话题：“哎呀呀，是男的有什么了，我猜的，这有什么大不了的。你又不是小孩了，和男的住在一起也很正常嘛。但是……我想说你和他又不是男女朋友的关系。能离开他就赶紧离开。”

赵娜最后一句追问：“你又是怎么知道我和他不是男女朋友关系的？”

狐小妖：“额……”

赵娜满脸笑容：“哈哈哈……和你开玩笑的，我知道，你是关心我才这么说的。放心吧，我有分寸。咱们还是先去找褚天佑吧，他应该也起床了吧，都九点多了。怎么还没来叫咱们组织滑雪的事呢？”

看着走出房间的赵娜，狐小妖一跺脚，叹气：“哎呀！我这张破嘴啊！”

走出房间赵娜，笑容一瞬间消失，变成凝重的表情，心道：“她怎么知道的？那天晚上……还是什么时候……她跟着我到了我的住处吗？”

……

前往风城的汽车上，王子轩在开车，区启之坐在副驾驶的座位上。他把手肘搭在车窗上，脑袋靠着手，手还抓着自己的头发，目光紧紧地注视着前方，看着不断向后快速闪过的路灯。另一只手时不时把香烟放在自己嘴上，也不点燃，过一会又拿下来，然后再次放在嘴上，不断地重复着这个过程。

“需要多久？”

“你不是知道吗？风城和云城之间的车程你会不清楚？”

“知道，可是我还是忍不住想问问。”

“说不好啊……谁知道从风城那边爬上去需要多久呢？”

“直接攀爬真得有那么危险吗？”

“废话，如果雪山爬山不危险，为什么要装缆车呢？”

“风城那边有缆车直通山顶吗？”

“没有，别墅的所有权在云城这边，风城那边没有必要为不属于自己的财产花钱。”

“了解。赵娜……里面到底会发生什么状况？赵娜……能应付得了吗？”

“哈！也不知道之前是谁说的？嗯……我想想啊，怎么说的来着？哦，对了——放心吧，不用担心，里面还有一个侦探女孩呢……哎哟喂，那个自信啊……”

莲花山山顶别墅。

“褚天佑……褚大哥……喂，在房间里吗？在的话回复一声？”赵娜“啪啪啪”地敲打着褚天佑的房间，里面却没有任何声音。

赵娜自言自语：“这……这么叫都不开门，看样子是没在屋。那他起床去干什么了？作为接待人应该是组织我们出去滑雪啊。可也没见他找我们啊？”

“怎么了？”隔壁听到敲门声的韩七公出来问道，他的双眼通红，一看就是昨晚没有睡好。

赵娜：“哦，我的试卷做完了，想交给褚天佑换回我的电话，但是，他似乎是没有在房间。”

韩七公："哦，这样啊，我也不知道。"

赵娜仔细打量了一下韩七公："韩大哥，你昨晚没有睡好吗？"

韩七公："我？哦，我认床，换个地方就睡不着。"

赵娜："可能这么问有些多余，但是……你有没有听到什么奇怪的声响？"

韩七公："这个真没有。"

"那个……我听到过……"一个哆哆的声音在赵娜身后响起，回头看一下，这个声音来自蒋三妮。

"什么声响？"赵娜连忙问。

蒋三妮推一下眼镜说："是……是玻璃被打碎的声音。"

玻璃被打碎的声音？赵娜连忙转身向走廊尽头的窗户望过去。给走廊尽头窗户一个镜头，一片窗户被砸碎，碎片散落在走廊尽头窗户下面的地板上。

"这是有人在外面打碎的玻璃……"赵娜暗道。

"玻璃怎么会被打碎了呢？还是先找个纸板什么的堵上吧。要不然今天晚上该冷了。"听到谈话刚出来的杨八戒说道。

"老家伙……你知道这意味着什么吗？"猪九妹一边照着小镜子一边说道："玻璃碎片全在屋内走廊尽头窗户下面的地板上，这意味着是有人从外面打碎的玻璃。这就很明显了，要么是我们中间有人闲着没事干晚上翻窗户出去打碎了玻璃；要么就是外面有我们之外的人存在，他打碎了玻璃。"

"不要胡说。"魏二贝潇洒倚着门框说道："那是不可能的，晚上莲花山的山顶正常的温度得有零下十二摄氏度。人……怎么可能在零下十二度的气温之中过一夜，你得套上两层羽绒服！更何况，昨天晚上是暴风雪的天气，天气要更恶劣一些。"

秦十明月脸上挂起了邪恶的微笑："那就是他混进来了……外面太冷，

为了不被冻死，他砸碎窗户，爬了进来，混进我们之中，说不定现在就在这个别墅的那个房间里躲避着呢。”

狐小妖也出来了：“你这个孩子，脑袋里都在想些什么东西啊？侦探小说看多了吧，暴风雪山庄？孤岛模式？一个变态杀手在外面，我们是被人宰割的羔羊？你接下来是不是想说这些？”

秦十明月微笑道：“呐，我今天早上起来时就注意到玻璃被打碎了，但是我没听到玻璃被打碎的声音。听到玻璃被打碎的声音的人，为什么不直接出来看看？”

魏二贝：“我们离得都很远，要么没听到，要么那时候都睡着了。唯一听到的是蒋三妮这个小妮子，她这个窝囊废太胆小，吓得她都不敢出来看的。”

赵娜质问：“换成你，你就敢出来看了吗？你很大胆吗？”

魏二贝不屑道：“我当然敢了，我不敢说自己的胆量多大，至少不胆小。我高中时代在风城读过书，那个时候我是在哪个高中上学来着……哎呀，忘了。不过，我上学时曾经自己一人前往去和当时势力最大的女子团体 BlackRose 谈判。她们当时有二十个人，我也照样没服软和她们动手了。”

说着，魏二贝撩起自己胳膊，给一个特写，上面有一个刀疤，缝了四针。

赵娜：“你适可而止吧，那种高中时代的恩怨居然还记得，你差不多也该长大点了吧。别再像个高中生那样把打架和惹是生非当成一种时尚了。”

狐小妖：“你们在说什么，我怎么听不懂啊？什么 BlackRose？”

赵娜：“没什么，这个女人一把年纪还中二晚期，BlackRose 是风城高中女生组织类似于不良团体的社团。一群无处安放青春的小鬼胡闹的产物，现在据说还有呢。和玻璃被打碎没有关系。”

"应该是没有关系吧。"赵娜的心声："玻璃被打算……这是什么信号吗？"

秦十明月："哦，我们能关注点正常的事情吗？一群人都在屋子里，玻璃在外面被人打碎，你们就没有点危机意识吗？我们很可能被变态杀人犯盯上了！"

"额……我看你怎么特别兴奋呢？"

秦十明月："当然要兴奋，你知道这件事我能跟我的同学吹牛到毕业！就算我补习还能和补习班的同学吹一年！我的天，这个世界有多少人能和变态杀人犯正面交锋啊？太酷了……"

这个男孩，和之前那个害羞的男孩判若两人。不过可以理解，这个年龄的男孩都希望有一场冒险，而自己就是冒险的主人公。但是，他没有经历过真正的犯罪，也没见过疯狂到区启之他哥哥那种地步的罪犯。如果见到，他这辈子都不会接近犯罪现场的。

秦十明月："哦，对了，关于有人混入别墅的事情我还要证据。如果有人在外面活动，雪地上一定会留下脚印，只要是人，不可能踏雪无痕！我透过窗户看了，猜猜怎么样，雪地上没有脚印，那么他是怎么打碎窗户进来的呢？"

赵娜："下雪之前呗……多简单啊？"

蒋三妮："对，我记得听到声响的时候是八点半左右，我很害怕，不敢出去看。"

秦十明月："你们真是太没意思了，就不能是个变态杀手飞过雪地不留脚印进来了吗？这样多酷啊？"

赵娜："先别说那些东西！欧阳肆正、小五、沈六合、褚天佑这几个人呢？怎么没看到他们？"

下一秒，小五冲出房间："啊，欧阳叔叔……欧阳叔叔……他……"

"怎么了？"

他……消失了……

第十一章 不知所踪的人

上午九点，山顶别墅。

赵娜很吃惊，同时有一种不好的预感：“消失了？什么时候的事情？”

小五可怜巴巴地望着赵娜说：“不……不知道……我去找他，他的房间门开着，但是人不在里面。他来的时候带着一口皮箱，皮箱打开，里面的东西全都不见了。我猜，他可能更早的时候就不见了。赵娜姐姐，欧阳叔叔是不是不喜欢我了？”

赵娜安慰道：“小五乖，欧阳叔叔只是清晨出去呼吸新鲜空气了，一会儿就回来了。”

秦十明月眼神中有一种狂热的神情：“为什么你就不肯承认我们陷入危机里了呢？现在不只是欧阳肆正，负责招待的褚天佑也不在房间里！还有沈六合也没露过面！他们全都不见了，甚至可能……”他忍不住笑起来，“可能已经死了！谢谢上帝！简直就像侦探小说里的暴风雪山庄模式……我们在进行一场冒险，燃起来了！”

狐小妖白了秦十明月一眼：“你中二全开了吗？如果真像你说的，可能已经死人了，这有什么好兴奋的？！”

韩七公走到沈六合的房间前，一边敲打着房门一边问：“沈大哥，沈大哥，你在房间里吗？外面出了一点状况，你还好吗？出来一下……”

沈六合的房间没有任何回音，就像褚天佑的房间一样的情况，肃静地让人竟然有了一点异样的感觉。

韩七公扮出一副焦急的神情，拼命地敲打着房间："沈大哥！沈大哥！"

赵娜站在原地：违和感……一种扑面而来的违和感！韩七公和沈六合的关系是什么样大家心知肚明，有目共睹。两个人势同水火，说他们想弄死对方都不为过。但是，现在韩七公居然一副很关心沈六合的样子，那么焦急地敲打着沈六合的房门，这是怎么回事？太反常了……

"行了，小韩，他可能只是出去了，你也别太着急。"杨八戒上前劝了几句，韩七公才悻悻地走到一边。

"钥匙在哪里？房门的钥匙？"赵娜冷静下来，表情严肃地说道："不管怎么样，我们先打开房间门看看里面的情况。"

魏二贝："钥匙都是褚天佑保管，全部被他随身携带，现在他又不见了，所以……怎么办呢？赵娜大姐大？"

赵娜："陈大厨呢？他在哪里？！该死，居然把他忘了……"

蒋三妮胆怯地举起手："我……我知道，昨天晚上他去找我，告诉我说是你们都不吃早饭了，不值当为我自己一个人起床做一次早餐，让我自己想办法吧。然后……今天早上我起床想到厨房找点什么吃的……看到他就在那里。我没敢进去，躲在厨房门口，透过门缝看到他神色慌张在整理着什么东西，但是具体是什么看不见。"

赵娜："有人能证明吗？"

小五跳起来说："我能证明！当时我正在大厅的壁炉那里。我看到眼镜姐姐了，她说得是真的。"

杨八戒："小妹妹，你在壁炉那里干什么？"

小五掐着腰板，可爱且自豪地说："给壁炉里添柴火啊，壁炉着了一晚，早晨就该灭了。我想，我虽然人小，但总能做点力所能及的事情，就不断往壁炉里添柴，让壁炉里的火烧得旺旺的，屋子变得暖暖的。”

“还是我们小五懂事。”魏二贝吐出嘴上的牙签，走到小五身边，用手抚摸着小五的头说道。然后，她环顾了一下在场的人：“再看看你们这群大人，连个小孩都不如，这么点小孩还知道早晨起来填一下炉子呢。”

朱九妹收起自己的小镜子，说道：“哦，对了，关于陈大厨的事，我想说昨晚他也和我说过类似今天早上不做饭的话。我没跟他计较，说我也不吃了。你们不会都听他说过这种话吧。”

所有人一片寂静，算是默认。

赵娜：陈大厨昨晚去游说所有人，早上不做饭了……

杨八戒：“那这个陈大厨有些奇怪啊，他为什么说谎，逃开早饭，让咱们都不吃呢？”

朱九妹：“谁知道呢？还有，今天早上，我看见……他从褚天佑的房间里出来！”

赵娜皱起眉头：“他进过褚天佑的房间？”

朱九妹：“还不仅如此呢，我还看见他用钥匙把褚天佑的房间上了锁，怀里还抱着什么东西。我上去和他打了一个招呼，他随口答应了一下，就神色慌张地走向客厅了。”

小五：“我又能作证了，我在客厅壁炉那里看到陈叔叔确实经过了，我向他问好，告诉他我在填壁炉，他还夸我懂事呢。然后，他就进厨房里把门关上没出来。”

朱九妹：“这么看这个陈大厨越来越奇怪，仔细回想一下，我看到他从褚天佑的房间出来锁门时，他手里有一大把钥匙。”

韩七公突然发声：“那就是褚天佑身上的钥匙，别等了！快去找他，找他把钥匙要过来！”

一行人冲向厨房。

赵娜：可千万别发生什么事啊，但是……总觉得有一种不好的预感。

上午十点，风城外。

王子轩松了一下油门，把车速放慢："这就要进风城了，城内限速，我不能开得太快。"

区启之点燃香烟："嗯，知道。"

王子轩冷静道："如果……我说这件事可能和你大哥区晟之有关系……你信吗？"

区启之嘴上的香烟掉下一点烟灰："你说什么？！"

王子轩："当时，那个面具男子杀死了一个警员，然后，伪装成警员接手了警车。然后，被他操控的钱库用一把手术刀捅伤了我。"

区启之："果然如此，我就奇怪，钱库杀人的理由太牵强了……"

王子轩："那个带着京剧面具的神秘男子抓了钱库的女儿要挟他，钱库不得不听他的摆布。你知道的，对一个父亲来讲，为了保护自己的孩子，什么事……干不出来？"

区启之："那个神秘的京剧面具男子抓了钱库的女儿，不要赎金，要求钱库赞助并帮助他完成123度谋杀案？"

王子轩："正是这样，同时，他在警车上扔了十三枚硬币……犯罪现场留下十三枚硬币当作自己签名的做法，不就是你大哥的习惯吗？"

上午九点，莲花山山顶别墅。

"陈大厨！在厨房里面吗？"杨八戒敲着厨房的门大喊。

陈大厨很惊慌地说："哦……在，你不是说今天早上不吃早饭了吗？"

"别废话！我们不吃早餐还不是你的鬼把戏，挨个问我们，你要不想做就直说！来这套干什么？！把门打开！"魏二贝没好气地大喊。

韩七公假装很着急地说："陈大厨，我们知道你手上有钥匙，现在沈大哥不知道在不在房间，还有和你一起的褚天佑大哥也不见了。我们想用你那钥匙打开房间看看里面到底怎么了？"

第十一章
不知所踪的人

厨房里传来打翻什么碗碟的声音，明显是陈大厨在匆忙地收拾什么东西，不小心把碗碟打翻了。至于他到底在收拾什么东西，由于隔着门看不见，就不得而知了。

“啊？我……我没有钥匙啊，钥匙全在褚天佑那里。”陈大厨连忙说道。

朱九妹：“别装了，我都看见了，你从褚天佑房间里出来的时候，手里拿着全部的钥匙呢。”

赵娜一句话不说，静静地思考着，虽然在厨房里的陈大厨很反常，但是，她刚刚路过大厅的壁炉时发现了更反常的现象。她发现这个壁炉底部有煤炭留下的灰烬。也就是说，昨天晚上壁炉烧的是煤炭。壁炉旁边也放着很多煤炭，同时还有不少数量的木柴。这些木柴全部是长方形的规则的木头，不像是引火用的木柴。而且，作为引火用的木柴，这些木头太多了。还有，木头上有明显的钉子钉过留下的痕迹。本来，这些现象无关紧要，但是……赵娜总觉得这些木头很奇怪……可能是直觉。

厨房的门打开，陈大厨走出来：“怎么了？你们怎么都在啊？”

“行了，我们都知道了。”

陈大厨先是一惊，然后后退几步，叹了一口气：“既然你们都知道了，我也没什么好说的了。你们想怎么样就怎么样吧。”

“钥匙。”

陈大厨很配合地交出了钥匙。

褚天佑的房间。

赵娜推开房门，一股寒风立刻扑面而来，让所有人不自觉地打了一个寒战。赵娜大致扫了一眼屋子，窗户开着，窗外的雪地上没有任何痕迹。没有任何意外，褚天佑根本不在房间。房间一尘不染，没有多余的东西。床上甚至还放着褚天佑的羽绒服，他是穿着那身简单的黑衣服出去的？在屋子里穿什么没问题，外面那么冷……

陈大厨："我发誓，褚天佑老弟我来找他的时候他就不在了。门没有上锁，钥匙就放在他床上，窗户也没关。"

沈六合的房间。

陈大厨："先说好了，我是去过褚天佑的房间，但是绝对没来过沈六合的房间。"

"哦……厉害啊，沈六合的羽绒服也留在屋子里，他也穿着普通外套就出去了。"秦十明月一副饶有兴致的样子："这是密室失踪吧。褚天佑房间的门没有反锁，是陈大厨之后锁上的。也就是说他之前随时可以离开，这是说得通的，我们就不做考虑了。但是，沈六合的房门是反锁的，陈大厨没有来过，那他是怎么在一个密室的房间内凭空消失的？"

赵娜："窗户还开着呢，算什么密室？"

秦十明月走到窗户前，指着窗户下洁白的雪地，指着没有一个脚印的雪地："雪地上没有脚印，也就是说没人曾经翻窗而出，你估计也注意到了，褚天佑房间里的窗户也是打开的，窗户下面也没有脚印。但是，他房间的门没有反锁，不是密室，我就不问了。但是，这个房间怎么解释？"

秦十这个青年彻底变了一个人，赵娜最初见到他的时候，第一印象是一个害羞腼腆的大男孩。现在，遇到了同行人员突然不见的情况，他就变得特别兴奋。真不知道该怎么样形容他，竟然……感觉他有一点区启之的影子。对，区启之，他现在在哪里？应该还在妖精的遗书事务所里吧，可能刚刚起床……

"不！现在好几个人不知行踪，我要把所有心思都放在这上面，怎么会还有闲心去想区启之在干什么？"赵娜在心里这样对自己说道："如果区启之在的话，情况或许会变得好一点，他虽然有点神经质，但关键时刻还是能靠得住的。"

魏二贝："你到底想说什么啊？小子！"

秦十："我想说的很简单，窗户虽然打开了，但窗外的雪地没有脚印，证明没人翻窗出去。所以，窗户打开与否，不影响这是一间密室的结论。况且，我有一个想法，什么东西可以踩过雪地还不留脚印呢？你们有没有听说过雪山斩首者的故事，就是那个酷爱的军阀……这个别墅就是他建造的。现在，我们突然闯入他的别墅，他能乐意吗？”

蒋三妮抓住了杨八戒的胳膊说：“不要说了……怪瘆人的。”

秦十：“不，我没说谎，我记得我看过资料，这个别墅是 1915 年的民国时期建造的，今年是 2015 年，正好一个世纪了。在一个世纪这样特别的日子，飘荡在莲花山里的军阀的灵魂，当然要回来住了。”

“而且，我之前已经检查了！不光是两个房间的窗户下面没有脚印，整个别墅周围的雪地上，全部没有脚印。这些人要么在别墅里，但是，别墅就这么大，我找过了，没有。要么……就是被什么东西带走了，这个东西还能踏雪无痕……”

第十二章 枯树上的秋千

莲花山山顶别墅。

如果不发生意外案件的话，莲花山山顶的别墅其实是一个不错的冬季度假的地方。想想吧，白天在山上滑雪，用雪橇掠过洁白的雪地，把身后的景色连同烦恼一齐甩掉。夜幕降临，和三五知己坐在别墅上，把壁炉烧得旺旺的，这个存在了一个世纪的别墅一点也不寒冷。即使没有知己也不要紧，相逢便是有缘，即使不认识，也可以聊天、做游戏，如果想的话，陌生人之间也可以讲一下这个别墅的建造者，雪山斩首者的故事。当故事讲到有些可怕的地方，女孩们紧紧抓住身边男生的胳膊，像邻家的妹妹一样。男孩们也用温柔的语气绅士地告诉女孩，不要怕，那只是传言，如果不喜欢就不讲了。或许，一段恋情就此开始也说不定。

如果不喜欢这些，也不要紧。这个世界上存在着喜欢独自一个人享受清净的孤独者。如果你是一个孤独者，可以整天待在自己的房间，不去滑雪，也不去和其他人交谈。带上一本自己喜欢的书，靠在窗户边，借着冬季特有的温柔的阳光，一页一页翻看书本里的故事。偶尔停下来幻想一下，当我们处在故事之中的情节。读累了，就望望窗外的景色。看吧，从山顶望过去，蓝天、白雪、远处村落袅袅升起的炊烟……这是平日里繁重工作所没有的难得的平静。

哦……差点忘了，最主要的——山顶有一棵高达六米的大树，不知道是什么树种。苹果树？桦树？杨树？无所谓，是什么树都无所谓。因为是在冬天，树叶全都落光，只剩下枯树杈，分不清它到底是不是一根枯树，也不了解它在来年春天到底还能不能发芽。在不经意地抬眼间，寒风吹来，枯树杈随风摇曳，像是一个风烛残年的老人颤颤巍巍地站在那里……这未尝不是一种病态美。

然而，这只是幻想，事实是……现在莲花山山顶的别墅，注定是一个上演犯罪的舞台……

赵娜惊恐地说："你真的检查过了？确定别墅周围的雪地上没有任何脚印吗？"

秦十："千真万确，这回你们相信了吧？莲花山那个军阀，雪山斩首者的……真的存在。"

赵娜："我们知道不知所踪的三个人，他们不在别墅内，那就是在别墅外，不管他们是自主出去还是被迫出去的。雪地上没有脚印，说明……"

赵娜："说明是下雪前他们就离开了别墅，这样雪地上自然不会有他们的脚印。蒋三妮，你听到玻璃被打碎的声音是什么时候？记不清具体时间也无所谓，我就问一下，那时候下雪了吗？"

蒋三妮斩钉截铁："绝对没有下雪。"

秦十："那也不能排除是鬼魂所为。"

赵娜无视他，继续检查房间是否还有其他的异样。

秦十满脸失望地说："好吧，我承认，居然不是雪山斩首者的鬼魂，太让人失望了。不过，按你们的分析，那就是我之前说过的另一个可能，那就是有我们之外的人潜入了。这样也是很有意思的事情。"

魏二贝："我之前也跟你说过，外面零下十二度的气温呢！照你说的，有人潜入带他们出去了，谁能在外面躲一夜。"

秦十欠揍地笑道："哈哈哈……中计了吧。那不就更有意思了吗？人……怎么可能在零下十二度的气温下待一夜。"

魏二贝："你去死吧，我不和你废话了。"

赵娜："不，秦十明月说得对，这件事确实很有意思。人是不可能在零下十二度的气温在外面待一夜的。已经确定不见的欧阳肆正、沈六合、褚天佑三个人不在别墅之内，也不能在外面待一夜，唯一的可能就是他们在昨晚乘坐缆车下山去了。但是，他们为什么要这么做？不可能是因为不想在山上过夜这么简单的理由吧。"

魏二贝得意扬扬："你管他什么理由呢，只要证明他们是可以离开的不就得了吗？看到了吗？小子？多想想，不要把所有事都往鬼魂身上推。"

赵娜："不，不……你们忘了，缆车是受山下控制的。早上七点到晚上七点，缆车可以由我们控制自由地来回。但是……一旦过了晚上七点，山下缆车的控制室就会关闭缆车的总开关……我们昨晚在客厅的时候，山下就关闭了缆车的总开关。之后，他们离开了别墅……也就是说……他们无法乘坐缆车离开，不得不在外面零下十二度的寒夜里过一夜！他们的羽绒服全在房间里，他们是怎么在外面过夜的？！"

魏二贝："会不会是他们中途回来……当我没说，别墅里没他们的踪影。我说秦十小鬼，你到底仔细检查了没有？别墅里真没有他们的踪迹吗？"

秦十："千真万确，我发誓，绝对没有。谢谢你，赵娜姐姐，你证明了他们已经死了！"

蒋三妮："好过分啊，他们好歹和你一起来的，沈六合和你还是同事，你怎么能这么说他们呢？"

秦十："这是明摆着的事情，御寒的衣服在房间里，几个人身上穿的衣服，在外面零下十二度的雪夜里……哈哈……对，也许能活下来也说不定呢。我祝福他们，能扛过去，活下来，哦，我的上帝啊，我又说谎了。"

赵娜："不！还有一个可能，虽然很小，但是如果冒险的话，还是可以的！那就是他们等着下雪，雪下大了之后，他们用滑雪的方式在可见度极低的黑夜滑雪下山。但是……可恶！还是那句话，他们有什么理由非得这么做不可？怎么想都是……"

心道："遭遇不测了，而且，真的是外人入侵吗？"

转身心道："也许，可能，大概，恐怕是，在场的人里，翻窗出屋然后破窗而入，制造了这种假象。"

杨八戒："我也觉得黑夜滑雪下山的方式太冒险了，他们也确实没必要这么做。但是……我们还是看看他们的滑雪板还在不在吧。如果不在，证明他们确实是那么做了，我们也只能在心里保佑他们没事，顺利地滑雪下山了。"

客厅。

"怎么会这样！"赵娜望着滑雪板，大喊着。

给一个镜头，原本放置滑雪板的地方，空无一物，滑雪板不见了。嗯……不是说欧阳肆正、沈六合、褚天佑三个人的滑雪板不见了，而是说……所有人的滑雪板都不见了！

朱九妹捂着嘴巴说："天哪！我们的滑雪板呢？谁把它们拿走了？我们还怎么滑雪啊！"

赵娜转身瞪了一眼朱九妹："你是脑残吗？！我说了，冒险用滑雪板下山是逃离大雪封山的莲花山的最后手段！如果滑雪板被拿走了，就意味着下山的最后手段也没有了。"

杨八戒："别这么说嘛，我们还能坐缆车下山啊。"

赵娜大吼道："我谢谢你提醒，你真是个天才！为什么破坏下山的最后手段？！因为别的下山手段都破坏完了！"

说着，赵娜打开别墅大门冲了出去……

莲花山脚下。

郑警官焦急地望着吊桥和缆车的修复："可恶，到底能不能修好？这两样东西到底什么时候被破坏的？"

警员："莲花山距离村子还有一段距离，我们没有目击证人，只能说昨天傍晚还好好的，应该是昨天晚上被破坏的。"

郑警官微笑道："哈哈哈……真是完美的推理啊，对啊，傍晚没坏，昨天晚上破坏的，可是……"郑警官变脸了，"这有什么用？！"

警员无奈道："我们也查到一点有用的线索，缆车的管理员不见了，本来应该是管理员在夜晚值班的。"

郑警官："值班？"

警员："对，管理员就住在缆车的控制室里，但是……今天早上我们发现没有管理员，而且，控制室任何取暖设备都没有使用，就摆在那里。"

郑警官："管理员昨天晚上就不见了？"

警员："我在想……会不会是管理员破坏了缆车，然后离开了。可是，他离开去哪里了？控制室周围没有脚印，证明管理员是下雪之前离开的。"

郑警官拍了一下警员的肩膀，露出欣慰的笑容："嗯，这点很有用。"

然后，郑警官立刻拨通了区启之的电话号码："区启之顾问，我们发现一个也许用得上的线索，关于缆车的破坏……"

莲花山山顶别墅。

赵娜冲出别墅，踏过没有任何脚印的雪地，一路狂奔。其他人紧紧地跟在后面。她径直跑到缆车旁边。因为客人只有他们，所以缆车昨天开到山顶之后就再也没有下山。七点之后山下的控制室就关闭了，所以，缆车一定会停留在山顶。赵娜冲进缆车里，十秒钟后……

众人也来到了缆车前，赵娜身体的力量像是被抽干一样，机械地从缆车上走下来。

"哈哈哈……"赵娜苦笑了几下："果然是这样……我就知道……"

韩七公严肃地说："怎……怎么了？"

赵娜猛然转身，狠狠踢了一脚缆车，然后深吸了一口冰冷的空气："缆车，不能使用了。"

"啊？！"魏二贝不相信这一切，立刻上了缆车，结果自然是和赵娜一样的神情，绝望地走了下来。

接下来，便是所有人慌乱的对话，甚至分不清话语来自哪个人。人类这种生物，面对绝境的第一反应，一定是恐惧。不要说你多冷静，一点都不会恐惧，那是不可能的。再冷静的人，遇到绝境的反应也是恐惧、慌乱且不知所措。恐惧是人的与生俱来本性，冷静是人类后天锻炼出来的品质。无论什么时候，就算到了 25 世纪，后天的品质都比不过先天的本性。所以，遇到绝境，人一定是先恐惧，恐惧过后才能冷静下来思考对策。谁要说他遇到绝境第一反应就是思考怎么应对，让他滚一边去！

"怎么会这样？"

"那怎么办？"

"等待救援，冷静，冷静。"

"那三个人呢？他们不是……"

"他们三个下不去山是昨天晚上缆车停用，我们下不去山是缆车坏了！弄明白了吗？！脑残！"

"你怎么知道不是昨天晚上弄坏的！"

"还有闲心管他们呢！我们被困在这里了不明白吗？"

"闭嘴！"赵娜大吼着，众人被这突如其来的一声吓到了，瞬间安静下来。脸上爬上了极度惊愕的表情，同时，还有一丝恐惧："欧阳肆正、沈六合、褚天佑并没有下山，因为他们下不去。而且，我似乎发现了其中的一个人，那个人……是褚天佑吗？"

赵娜把手高高地举起来，指着高处，众人的目光也同时聚集到赵娜所指的方向。她的手指指向了别墅前的那棵大树，这棵大树很高，在大树最粗壮的一根树杈上，系着一条绳子。绳子不长，沿着绳子往下看，绳子的另一端，牢牢地系在一个男子的脖子上。绳子温柔地揽住男子的颈部，害怕男子离开它掉落在地。

再往下看，男子的面部很平静，没有了痛苦，轻轻地合着双眼，永远睡着的身体穿着淡薄的黑色西服，在寒风中悠然地荡着秋千。这是死亡，我们很陌生，它带来的另类的美丽，牢牢地烙印在每一个在场人的视网膜上。

秦十狂热道："雪山斩首者，那个战败的军阀，那个横死的土匪，他把褚天佑挂在树上了。"

"那是褚天佑……是吗？"

"恐怕是的。"

"他死了吗？"

"恐怕是的。"

"树下没有脚印是吗？"

"恐怕是的。"

"那他是被怎么挂上去的？"

"谁知道呢……"

第十三章
雪山斩首者

莲花山山顶别墅。

面对一个悬挂在树木上的死尸，所有人都陷入了恐惧，之后，人的理性回归，取而代之的是惋惜。毕竟，褚天佑正在为了梦想和人生奋斗的年纪，就这样无缘无故地死去……这份独属于死亡带来的凄美，让人不得不惋惜。

杨八戒叹气道："怎么会这样？"

"怎么了？赵娜姐姐？你为什么要捂住我的眼睛，发生了什么事了？"

镜头给到小五，这个看上去撑死十一岁的女孩老老实实地站在那里，她抬头四十五度角，但是……她没仰望天空。她本来要仰望的是那句悬挂在大树上荡秋千的死尸。就在赵娜手指指向褚天佑的死尸让大家看的时候，小五也抬起了头。但是，赵娜几乎是同时捂住了小五的眼睛。也许会有一点时间差，这个时间差大概是十三分之一秒。赵娜想起了在多瑞宾馆时，区启之也曾为了不让自己看死尸捂住她眼睛的情形。

赵娜学着区启之的口吻，对小五说道："小五，不要看，听我说，你现在低下头，回到别墅里去，直到进屋前都不要回头，更不要抬头。"

小五听话地照着赵娜说的，缓慢地向别墅走去："好吧，我知道了。"

蒋三妮仅仅是看了一眼，就低下头，把头转到一边："太残忍了，好过分！"

朱九妹捂住嘴巴："天哪。"

秦十虽然刚刚看到死尸时有一种恐惧和兴奋并存的感觉，但是，现在这样的气氛，他识趣地闭上了嘴。

"我们把他放下来吧，他都死了，不要让他再这样挂在树上了。"连魏二贝都稍微温柔起来。

韩七公表情严肃道："树太高了，我不知道你们，我是爬不上去，除非有一个梯子。有梯子吗？你们别上去了，我去把他放下来吧。"

大家都说没有梯子。

陈大厨忽然站出来说："我刚来时确实发现有一个梯子，木头的，我知道在哪。虽然有些旧但是还能用。我这就去拿，你爬的时候小心一点。"

韩七公："真有梯子吗？我都没注意到。"

"不必了，只能先让褚天佑暂时先这样挂着了，我们回到别墅里，聚在一起，等待救援吧。"赵娜深吸了一口气，他是这群人里最快恢复冷静的人。毕竟，她不是第一次经历命案了。

"喂，你这个人怎么这样啊？他都死了，怎么样也该把他放下来，给他盖个白单子什么的吧。我们是不熟，没什么太多的交情。但是认识一回，就算是出于人道，也该这么做吧。"韩七公看着赵娜说道。

赵娜："梯子已经没有了。"

陈大厨："有梯子，就放在走廊尽头的一个闲置的房间里。"

赵娜："已经被人劈碎了，还放在了壁炉旁边，伪装成柴木。我经过壁炉时发现那里的柴木有些特别，正常的柴木应该是不规则的，但那些柴木却都是长方形的木块，而且，有的木块居然还钉着钉子。现在想想，那不就是梯子被劈碎之后的零碎木块吗？目的就是等人去填壁炉时把他烧掉。所以，凶手很凶残，根本就不打算让我们把褚天佑的尸体放下来，从一开始就打算让他死了也要被掉在寒风中。"

"还有，他穿着单薄的黑西服，全身上下没什么突起的地方。西服的口袋都是扁平的，没装东西的样子。"

秦十："什么意思？"

赵娜："我们在他的房间里却没有发现他昨天收走我们的手机，十多部呢，手机去哪里了？很简单，有人不想让我们从他身上找回手机，联系外界，在他死后拿走了藏起的全部手机。"

韩七公："你说他是他杀？"

赵娜："废话。"

莲花山山脚下。

郑警官："尤思源呢？他怎么还没来？发生这么大的事，他的客人被困在山里，打电话有信号没人接，他打算不闻不问吗？"

尤思源，是漫画组以前的一个成员，笔名是尤四源，他就是那个"四"。本来，他是最有前途的男漫画作者，但是，中途不知道发生了什么离开了漫画组。改名尤四源做起了生意。莲花山滑雪场，就是他的东家。

警员："郑警官，我们联系他了，联系不上。"

郑警官："那你们怎么找到困在山里的那些客人的手机号的？"

警员："是这样的，我们联系尤四源公司的员工，他们给我们的。员工说，事实上他们好些天没见到尤四源本人了，都是通过电话分派工作的。我们去问过他的家人，说是……已经消失好几天了。"

郑警官："呵呵，还挺离奇的啊。"

警员："不仅如此，我们查到了更离奇的，尤四源把他的资产转往国外一个挂名公司。护照也办好了，机票也预订了。不知道他到底想干什么？"

“干得漂亮！你们真是越来越上道了。”郑警官拍着手下的肩膀：“呐，尤四源的古怪行为已经了解了，但是……还有一个疑点。尤四源曾经是一个画漫画的作者，而且很有前途。据谣传是因为一点事情不干了，不是他有更大的野心。现在，去给我查出他当初到底是因为什么事情离开的。”

警员敬礼道：“是，郑警官！”

不存在一无是处的人，每个人都会有自己的长处。比如区启之，平时就是一个脾气古怪的怪胎，但是他有犯罪天赋。比如赵娜，明明是一个女孩，但她的冷静程度却比不少男人都强。比如云城的冯监狱长，他有一种智慧，把区启之这样的人用在正途上，心思缜密。再有，就是我们的这位郑警官了，没什么天赋，也不是多冷静，更没有他师傅的缜密。但是，他有一种用人的天赋，他知道管理他的手下在什么时候需要责备，什么时候需要表扬，让他的手下达到最高的工作效率。所以，他年纪轻轻就当上警督这件事，虽然有他师傅的人脉，但是他本身的能力也是足够胜任这个职位的。

“喂，区启之顾问，对对对，还是我，刚挂电话就又打来了。我们又查到一点可能有用的信息。这个莲花山滑雪场的东家是一个叫尤思源的人，这个人吧……”

莲花山山顶别墅大厅。

秦十：“太好了，这次你们该相信了吧。莲花山里飘荡着雪山斩首者的鬼魂，它把褚天佑吊起来的。想想吧，只有它才能做到，外面雪地上有脚印，但那是我们刚才出去留下的。在那之前，大树之前没有任何脚印。什么东西能把一具死尸吊死在树上，还不会在雪地上留下痕迹？答案很明显了。”

魏二贝：“你算是认准了一定闹鬼了，真闹鬼对你有什么好处？”

赵娜：“答案确实很明显了，褚天佑是下雪之前被吊在树上的。那时没有下雪，所以雪地上没有脚印。”

秦十：“你这个反推真是百用百灵啊。你们就是不愿意相信是鬼魂干的吗？”

赵娜不理秦十：“小五，你早上起来填壁炉的时候，柴木就在那里吗？”

小五：“是啊，木柴就在那里。”

魏二贝：“事实上，昨天晚上十点多的时候我也起来填过一次炉子，那个时候，木柴就在那里了。但是，我没填木柴，我以为那是引火用的，所以填的是煤炭。”

赵娜：“那个壁炉本来就是填煤炭的，木柴确实是用来引火的。但是，那个木柴是梯子劈开的，凶手想把梯子毁掉，让我们无法把褚天佑的尸体从大树上放下来。”

“凶手，你认为是他杀？还是有自杀的可能吧。”陈大厨。

赵娜：“也许可以，假设他是自杀上吊。但是，他的自杀方式有点太诡异了。你们估计也注意到了，吊死褚天佑的绳子是一条黑色的宽带绳，绳子在他的脖子上缠绕了四五圈，就像是围了围脖一样。如果是自杀，他爬上树，缠一圈直接掉下来不就可以自杀了吗？缠绕那么多圈干什么？我们假设他是他杀，那么案发时间是在下雪之前。过程就是凶手先杀死死者，然后把死者扛上树吊起来。扛着一个人，爬上六米高的大树，你能爬上去吗？谁能爬上去？梯子，是必需的。”

陈大厨：“我这个体格，够呛。”

魏二贝：“我有恐高症，有梯子我不行……”

蒋三妮：“我也一样。”

两个人都恐高？

赵娜：“你们都恐高？”

秦十：“哈哈哈……实话实说吧，漫画社的人都多多少少有点恐高症，男的差一点，还能控制，这两个女孩就不行了。你们看见昨天滑雪她们都没去吗？他们就是来这个将近一个世纪的别墅度假的。”

赵娜：“你也有恐高症吗？”

秦十：“我？我没有，漫画社除了我这个新人外，离开的四哥，死去的五姐，剩下都有。其实都和以前发生的那件事有关系。”

“闭嘴！别说没有用的。”杨八戒瞪了秦十一眼：“就你什么都知道，你来的时候，四哥和五姐早不在了。你不也是听别人瞎说的？还是听韩七公说的吧。”

漫画社的人多多少少有些恐高症。再问，秦十就什么都不说了。他们说的以前发生的事，到底是什么事？杨八戒一直是和事佬的形象，但是唯独这件事会变得很决绝。

小五：“我不知道我可以不可以，但是我想试试。”

魏二贝：“小祖宗唉，你可别试了，再摔着你。”

赵娜：“魏二贝、蒋三妮首先被排除了，她们的恐高症很严重，所以不能爬上树，有梯子也不行。剩下的就是包括我在内的有梯子可以爬上去的人。”

韩七公：“我听明白了，你在怀疑我们这些人中有人杀死了褚天佑。”

赵娜：“不排除这个可能。”

韩七公：“这过分了吧？你说是他杀我们能接受，但是我们和他没仇没怨，干吗要杀他？”

赵娜：“我只是说有可能，又没说别的。况且，不一定是在场的人。还有两个不见的人，记得吗？欧阳肆正和沈六合，假设他们没有死……他们也是有犯罪的机会的。还是先找到他们吧。等一下！”

“怎么了？”

“狐小妖呢？！怎么刚才就没看见她？”

赵娜这才想起来，之前狐小妖和大家一起到厨房前去找陈大厨，在那之后，赵娜把注意力全都放在了检查失踪人员的房间上了。再之后，她注意到了雪橇被拿走，联想到他们可能已经被困在雪山别墅里。最后，她发现了褚天佑已经死了。在这期间，她的注意力全都在事件上，忽略了狐小妖已经掉队很久了。

“对啊，之前还看见她，现在她去哪里了？”

秦十：“她也被雪山斩首者绑架走了！”

“闭嘴吧，你就不会说点别的了吗？”

秦十：“你们怎么就不相信雪山斩首者的存在呢？”

“雪山斩首者生前酷爱斩首，他抓了人应该是斩首，这才和传说相符。而不只是把褚天佑吊起来。”

“神啊，我相信了……”韩七公忽然捂住了嘴巴，站在别墅门口，透过窗户，恐惧地望着外面。

这个时候，一定要给一个镜头，让我们看看韩七公刚才看到了什么。他站在别墅门口，透过窗户仰望着外面的大树上面悬挂着荡秋千的褚天佑的尸体。然后，他错了一下眼珠，再回头看的时候，褚天佑的尸体……不见了。

“快！我们出去！”

韩七公打开房门，冲出去五步便停了下来，他胆怯了，不敢再靠前。因为，雪地上停留着一具尸体，那就是褚天佑的尸体。给树上的黑色宽布绳一个镜头，它还在空中飘荡，完整的一整根。也就是说，不是绳子断掉，让褚天佑掉下来的。再看看褚天佑的尸体，在树上时，是完整地被吊起来的尸体。但是，现在雪地上的尸体，头颅和身体分开了……就像是在空中被什么人……什么东西斩首了一样……

最后，给雪地一个镜头，除了大家之前留下的脚印之外，在没有多余的脚印。也就是说，没有人靠近过大树。连在没有梯子的情况下徒手爬上树斩首褚天佑，这样的可能都不存在了。但是，褚天佑就是在空中被斩首了！

秦十："喂，这个……是人类可以做到的吗？"

第十四章
新混入的女人

莲花山山顶。

“都不要过去。”赵娜最先恢复冷静，然后，她一步一步缓缓走向了尸首分离的褚天佑的尸体。她经过 123 度谋杀案的洗礼，面对这种事件，变得比其他人更能承受一点。

镜头给到褚天佑的尸体，尽量避免去拍脖子被斩断的地方。来看一下褚天佑的身体的打扮，一身黑色的西服，非常单薄。如果在别墅里，取暖设施很好，穿着单薄的西服没有问题，但是在外面就有点奇怪了。而且，褚天佑房间的床上就放着他外出穿的羽绒服。

“这么单薄的衣服，他不感觉到冷吗？”赵娜皱起眉头，在心中自言自语：“只要是人就一定会冷，除非是死人。”

再看看褚天佑的脚，穿着一双黑色的球鞋。

“西服配着球鞋，这是什么搭配？”赵娜身为女性对穿着的敏感，让她瞬间注意到这一点。她想起了昨天见到褚天佑时的场景，那时，褚天佑脚上穿着一双皮鞋，只有外出时才会换一双普通的棉皮鞋。赵娜蹲在地上，仔细打量这双鞋，忽然，她脸色一变：“这是……增高鞋！褚天佑的尸体穿着一双增高鞋！为什么？想不通。”

把目光转向头颅，赵娜努力回想着自己从侦探小说里看到的验尸的知识。根据尸体僵硬程度，可以判断尸体死亡的时间，但是，褚天佑的尸体是昨晚下雪前就被挂起来了。一整晚零下十二度的气温，尸体早就被冻僵，没有丰富的验尸经验不好断定死亡时间。死因方面，赵娜倒是可以确定，绝不是上吊窒息死亡。都不符合窒息的症状，比如舌头眼睑什么的。侦探小说里常用的法医常识。其实还有一点，就是手机的问题，所有人的手机都不见了，之前赵娜他们搜过褚天佑的房间，没有，现在他身上也没有，这些手机去哪里了？

“那就是说，果然是被人杀死，然后凶手把他的死尸挂起来了。不好办啊，这些早就知道，但是，雪地上没有脚印，韩七公一直在看外面，没有注意这里的时间不到十秒钟。徒手爬上十米高的大树，然后砍断尸体的脖子，这样的可能都不能实现了。因为，第一，那么做一定会留下脚印。第二，十秒钟之内完不成爬上树斩首、爬下树消失得无影无踪。简直就像是秦十说的，被雪山斩首者的恶灵斩首一样。”

赵娜看了一眼脖子的断口处，断口很整齐，几乎是一刀就斩断了褚天佑的脖子，凶手的力气非常大。上面还流出了一点血，殷红殷红的鲜血，是那种妖艳的红色。

“这是……”

赵娜深吸了一口气，垫着手帕刮下来一点血，捻了一下，发现血液里有异物。不知道是什么东西，但是，捻了几下，异样的东西就不见了。

“哦，想起来了，是冰碴，尸体在零下十二度的环境里挂了整整一夜。”她站起来环顾四周，不远处就是别墅，周围再没有其他高一点的建筑。不存在拉起什么绳索，顺着绳索爬过来斩首的可能。

“我们把他的尸首收起来吧，不要再让他在外面了。”蒋三妮紧紧抓着韩七公的胳膊，躲在他的身后说道。

“嗯，收起来吧。”赵娜掏出一支烟，叼在嘴上。

心道：“区启之，如果是你，怎么复制这场犯罪？”

莲花山山脚下。

一个警员急急忙忙跑到郑警官的身边："郑警官……郑警官……"他弯着腰，大口地喘着粗气，不知道发现了什么重要的线索。

郑警官递给他一支烟："别着急，喘口气再说，我教过你什么，作为一个合格的警察，无论遇到什么棘手的情况，都要泰山崩于前而面不改色。"

警员："郑警官……不好了，区启之顾问和嫌犯王子轩不见了。"

郑警官大吃一惊："你们干什么吃的？！"

他当然知道区启之和王子轩两个人不见了，但是，他吃惊的表情非常真实自然，完全看不出一丝一毫的表演的痕迹。倒不是说他的演技多高。而是，他之前本来打算假装被区启之和王子轩打晕，两个人逃跑了。但是，他在屋子里装了好一阵，居然没有一个警员发现。他只能把窗户打开，把门关上，然后出来，假装两个人被关在屋子里事后逃跑了。这样，万一区启之没找出真凶，追究下来，他就把所有罪名全推给王子轩和区启之。王子轩是真凶，区启之是从犯，当时是区启之这个犯罪顾问看守着王子轩，但是他和王子轩是旧相识，帮真凶王子轩一起逃走了。区启之虽然是犯罪顾问，帮助警方办案的人物，但是，说到底还是有前科的罪犯，这一来，他说的话是不会被法院采用的。他只要背一个过失，罚点钱，降一下职就可以。

心道："区启之顾问，我希望你能查出真相，但是我冒险放你们走，已经是拿自己的前途在赌了。万一你们查不出来，我还是得给自己留条后路。"

郑警官："你们怎么到现在才发现啊？"

警员："啊？现在……才发现？"

郑警官："啊……我的意思是，你们怎么不看住点，现在嫌犯逃跑，怎么能犯下这么低级的错误，你们干了多长时间了？我当警察这些年还是第一次看到有人把嫌犯放走的呢！上面追查下来，我看你们怎么办。”

警员：“那……怎么办？”

郑警官：“去找啊，看看附近有没有，没有的话，就去签发通缉令，和风城警方联系一下。”

警员转身说：“是。”

郑警官望着远山，很帅气地摆了造型：“等一下！会来，实在不行就往我身上推，我替你们扛一下，大家一起死，不如我自己扛下来。我是警督，以前也有一些功绩，会轻一点。”

警员感动道：“郑警官，您放心，挖地三尺我也要把他们找回来！”

郑警官心道：“先做最坏的打算，万一我被降职，先打好和他们的关系，让他们以为我是为了他们降职的，以后用不了多久，我还是能爬回来。但是……区启之，你最好给我查出真相！”

风城的大街上，车内。

车子停下，区启之和王子轩一起开门下车。

区启之挂上电话：“转道，直接去莲花山山脚下。”

王子轩：“又是那个郑警官的电话吧，办事效率还行，这么一会儿工夫找到两条线索了。这回又怎么了？不是说好了先去风城警局，万一凶手就在山上，他在暗我们在明，我们两个人贸然上去不是找死吗？这是你在多瑞宾馆里的时候教给我的啊。”

区启之收起电话：“他已经尽力帮我们拖延了，现在没办法，其他人已经发现我们逃走了。他又帮我们争取了十几分钟，让警员们在周围寻找，但是，又不聊多久，他们就会和风城警方联系了。这样的话，你这个警察就会是罪犯了。哈哈哈……想想真是够讽刺的啊。”

王子轩转动方向盘，把车子开上了另一条道路：“我早就料到会这样了。不光是我，如果我们到了莲花山上没找出真凶，你也会重新回到监狱里，罪名是我的从犯。”

区启之:“我是犯罪顾问，是站在云城警局那边的，我和你一起来只是在帮着云城警方看着你。”

王子轩:“哈哈哈……你真以为云城警局和你同气连枝吗？区启之啊，你的聪明只是在犯罪上，但是相信我，同行职业场上的钩心斗角可比罪犯策划犯罪更阴险。那帮王八蛋一点脸都不要，看见有比他们工作能力强点的，想方设法地陷害你。你帮云城警方破了不少棘手的案件吧。”

区启之:“还可以吧，怎么了？”

王子轩:“那不就结了？他们是正经破案的，你是犯罪顾问，你破起案件来比他们更顺手，他们能乐意看你吗？还不得打压你？造你的谣言？这次郑警官把我们放走，他有一大堆后手呢，你放心，他担不了多大的风险，风险全在咱俩头上呢。不，全在你头上呢，我如果逼急眼了，我就说是你挟持了我。案件从头到尾都是你策划的，我只是受害者，我那也有你发给我的包裹，虽然我知道不真是你发的，只是发包裹的人想把我引过去引用了你的名字。但是，你有前科，又是区晟之的弟弟，警方不会听你的辩解。”

区启之:“哦？”

王子轩:“看到了吗？这个世界上不把自己的事业干好，成天想着糟践别人，损了人还不利己的人多得是。你让他们真干点正事，他们不会！你让他们油嘴滑舌陷害个人，编个瞎话，不用自己真名网上骂人，他们能耐大了。我都二十八了，过了元旦就是二十九了。眼见三十的人，社会上为人处世的经验比你丰富。区启之，某方面来说，你是个人才，但是，你始终混不进我们这群正常人里。”

区启之:“你什么意思？”

王子轩:“这个世界是公平的，老天赐给了你别人没有的天赋，同时，也夺走了你和别人交际的能力。你能推演制订出复杂不可能的犯罪，却猜不透一个最简单的虚情假意。我不知道你到底是算聪明，还是愚蠢……我听说你自己和赵娜一起开了一个事务所，叫妖精的遗书，是吗？”

区启之：“是啊。”

王子轩：“好好干吧，两条建议给你。一、以后别和别人混在一起了，你不会钩心斗角，你斗不过那帮杂碎。”转身又说“二……千万别步区晟之的后尘。”

区启之低着头说：“你之前说他的事，还没说完。”

王子轩：“他差点就杀了我……这次的事，直觉告诉我，也和他有关。”

莲花山山顶别墅。

赵娜环顾四周：“好了，所有的事情都摆着眼前，欧阳肆正、褚天佑、沈六合三个人意外消失，现在褚天佑找到了，但是已经死了。手机找不到无法呼救，缆车不能用，滑雪板不见冒险滑雪下山都不行。直接空手下山，这么大的雪基本上算自杀。只能等待救援……”

秦十：“嗯，情况很危急，而且，还有雪山斩首者的鬼魂在作祟……”

魏二贝：“我真不想说你了，没有鬼魂作祟！”

秦十：“那怎么解释雪地上没有脚印，韩七公转个头的工夫，褚天佑被吊起来的尸体就被斩断头颅了呢？”

魏二贝：“这……”

赵娜：“先不去考虑那件事，我想问两个其他的问题，和我一起来的狐小妖主编哪里去了？！从刚才开始，我就没见过她！”

众人：“被这一大堆事情弄得失去方寸了，对啊，怎么少了一个人我们都没发现啊？”

小五跳起来说：“我知道！狐姐姐说她饿了，在我们拉着陈大厨一起去查看房间时，她就留在厨房热东西吃了。我当时也饿了，她还给我热了一个荷包蛋呢。”

陈大厨跑出厨房说：“不好了！不好了！”

赵娜：“怎么了？”

陈大厨:“有人混进了我们之中!”

“哈?”

陈大厨:“我刚才进厨房,发现厨房的窗户是开着的,那个窗户正对着别墅的后面,我看到那里有女士皮靴的脚印。从远处一直延伸到窗户底下……”

魏二贝:“那边不是风城的方向吗?对啊,还可以从风城那边离开啊。”

秦十:“你真是天才,从风城那边下去和从云城这边下去不一样吗?雪还是那么大,如果你带齐了登雪山的装备,可以从山下爬上来。我们什么都没有,下不去!上山容易下山难,老祖宗留下来的话不是没道理。但是,事情变得更有意思了,有个女人,不在我们之中的女人,顺风城那边带齐了全套登山装备,爬上来了。”

韩七公从厨房出来道:“我刚去看了,那些脚印旁边确实有登山专用的手杖留下的印记。”

蒋三妮:“怎么这样啊,有神秘人从风城那边爬上山混进了我们队伍。”

她们处在封闭的环境里,而处在上帝视角的我们知道,十五张门票,山下有三张,而褚天佑检查的结果是缺了两张。也就是说,从一开始他们之中就多出了一个人……

第十五章 欧阳肆正的尸体

莲花山山顶别墅。

涉案人物：陈大厨、褚天佑（死亡）、魏二贝、蒋三妮、欧阳肆正（失踪）、小五、沈六合（失踪）、韩七公、杨八戒、朱九妹、秦十明月（简称秦十）。赵娜现阶段客串侦探，必须不是真凶和死者。

赵娜心道：“这里有一个矛盾，莲花山山顶别墅是那个被那个称为雪山斩首者的军阀建造的，他当初建造别墅的时候，那个时候没有缆车，他是怎么下山的？之前听褚天佑说过，是有什么山路，但是像雪下这么大，有山路也没有用。他们是怎么下山的？！”

“这……”魏二贝皱起眉头：“福无双至祸不单行，本来就够乱的了，现在又混进一个来。”

赵娜：“你们在厨房看见狐小妖了吗？”

韩七公、陈大厨：“没有。”

杨八戒：“真是太好了，不光多了一个神秘人，又失踪一个人！”

赵娜：“先别着急下定论，秦十，你在检查这个别墅时，每个屋子都检查了吗？”

秦十：“别墅就这么大，没地方藏人，大厅厨房都一目了然。那些房间除了咱们住的之外，全都没有锁门。有什么意外，也是我们之中的人的房间出了问题。”

杨八戒：“不要胡说，我们的房间没有问题。”

秦十忽然想起来了：“对了，有个房间！我没打开，是上了锁的。”

陈大厨：“对，我知道，那个房间被当成杂物间使用，我之前就是在那个房间里找到的木质的梯子。好家伙，得有一个三米高的木质梯子。”

赵娜：“你怎么会去那个杂物间的？”

陈大厨：“我？我是前天和褚天佑一起来检查这里时去的，为了迎接客人，我们两个工作人员不得先来收拾收拾检查检查吗？”

赵娜：“嗯，钥匙给我们，我们去看看那个现在唯一没被秦十检查过的杂物间吧。”

陈大厨拿出钥匙，一个一个翻着，但是一会儿之后，他奇怪地说道：“唉？怎么会这样啊？”

“怎么了？”

陈大厨：“没有那个储物间的钥匙，前天和褚天佑来检查别墅时，那时我明明看见这里面还有那个钥匙的。因为钥匙上都标着房间的号码呢。”

赵娜轻轻挑起眉毛：“有一个房间没有钥匙，钥匙丢了？你今天早上到褚天佑房间拿走钥匙的时候，还有没有？啧……多余问，那个时候估计就没有。”

杨八戒：“什么意思？”

赵娜：“假设，昨晚有人敲碎了房间的窗户玻璃，然后，他敲门进入消失的三个人的房间里，用乙醚什么的把三个人毒晕，然后打开窗户分别把三个人带出去，那时应该是没有下暴雪，她布置好一切之后匆忙下山，然后今天再从风城那边回到这里。至于为什么，因为缆车已经坏掉了，也许云城这边进入莲花山的那个吊桥都被破坏了。或者，消失的三个人里有一个翻窗出屋，之后假装有人入侵，毒晕把其他两个人带出去。再或者，是我们之中有人翻窗出屋，重复以上步骤。那个时候，他就完全有可能，拿走那个杂物间的钥匙和我们交给褚天佑的电话。”

魏二贝：“我们之中有人那么做是不可能的。”

赵娜：“也许吧，你说的也对，早上三个人消失之后，秦十检查了别墅周围的雪地，没有脚印。脚印是我们在大厅或者出去的时候出现的，也就是说，那个从风城那边带了全套装备的那个女人，是在不久之前爬上的山。我们之中的人早上都在，所以这个新进入的神秘人不在我们之中。但是！不排除我们之中存在共犯的可能。”

杨八戒：“你们先在这商量一下，下一步怎么办，我得把朱九妹送到房间里去了，这个孩子从刚才开始就在打哆嗦，吓得够呛。”

赵娜这才注意到朱九妹这个人，确实，他整个人都哆嗦成一个了，有点意料之外。不过也在情理之中，他本身就是一个有点娘的男人。从刚才开始，三个人失踪，现在算上狐小妖已经是四个人了……从最开始的三个人失踪的时候，他就已经是强弩之末，已经在勉强撑着自己了。在看到褚天佑的尸体悬挂在树上荡秋千的时候，他已经到了崩溃的边缘。直到褚天佑雪地上无足迹被斩首，再联想到秦十说得雪山斩首者作祟的话，他彻底崩溃了。

“嗯，去吧。”

“不！”朱九妹突然喊起来：“别，我跟着你们，我什么都没看见……不要让我自己一个人。”

赵娜抓住朱九妹：“你看到了什么吗？告诉我们，很重要的事情吗？说出来，或许对我们解开谜团有帮助也说不定。”

朱九妹抽风了一样摇着头：“不，不要问我，我什么都没看见……”

赵娜很急切地说：“振作一点，我求你了，现在任何线索都可能是解开谜团的关键，你看到了什么，说啊！”

“不！”朱九妹抽泣起来：“不要问我，我求你了，我不想再回忆起那一幕了。求你了！”

赵娜生气了："你这个人！我……"

杨八戒："算了吧，这个孩子本来就不是多坚强，你也别逼他了。"

蒋三妮："我也觉得，还是不要逼他了，怪可怜的。"

魏二贝："说的就是，我也看不下去了，他不愿意说你不能逼着他说。"

赵娜："行！我是坏人了……好吧，我去看看那个杂物间到底怎么回事，为什么凶手要拿着钥匙，我们活着出不去，算我们活该。"

陈大厨站了出来："我个人很赞同赵娜的观点。她这么做也是想查出真相，避免我们身遭不测。你们怎么就不能理解呢？"

魏二贝欠揍地说："哎哟喂，你还真好意思说啊，你的嫌疑是最大的，好不好？你今天早上为什么会平白无故出现在褚天佑的房间里？还拿着全部钥匙，再加上你反常的举动，猜猜发生了什么？褚天佑死了，你敢说这件事和你没关系？"

陈大厨："当然没关系！你要这么说，同样失踪的沈六合还和韩七公水火不容呢！他也很反常！"

韩七公："别说我，九妹！九妹都吓完了，为什么不是杀人心虚的表现？"

赵娜微笑一下心道："终于撕破脸了……"

莲花山山脚下。

警员跑过来，对着郑警官敬礼："报告！郑警官。"

郑警官："说。"

警员："我们把尤思源的关系网翻了一个遍，同学、亲人、好友、同事，终于让我们知道当初发生了什么，尤思源才离开漫画社。"

郑警官："漂亮！哈哈哈……没有白培养你们。说，这小子都干了什么见不得人的事？"

警员："谢谢郑警官赏识，但是，我得纠正一下……"

郑警官："纠正什么？"

警员：“这个尤思源有点神龙见首不见尾的意思，做事一般都是通过电话联系手下，自己不怎么露面。所以其公司里见过其本尊的人也不多。只有几个心腹见过本尊。”

郑警官：“别学侦探卖关子。”

警员：“她，是她，女字旁的她。尤思源是一个女的，不是什么男的。但是因为她做事的风格雷厉风行、大刀阔斧，所以在漫画部的时候，那些人一直称她为四哥，这只是一个外号，不是性别。”

郑警官：“没什么意义嘛。那她……到底因为什么离开的漫画部。”

警员：“那还是一年前，那个时候，尤思源其实就已经在外面做自己的生意了，而且生意也蒸蒸日上，还是不错。但是，她似乎没有打算离开漫画社的意思，依旧坚持着每周都更新她的漫画。直到发生那件事情……”

郑警官：“我不是说了吗？别学侦探卖关子。”

警员：“是，一年前，他们去别的城市集体旅游，发生了意外。据传闻说，当时他们是在一个吊桥上，吊桥虽然说是可以允许九个人同时通过。但是因为年久失修，他们一帮九个人走到中间的时候，吊桥就开始撑不住了。他们一行人开始争先恐后地过桥，你想啊，桥面本身就很窄，在恐慌之中，人类求生的本性又占据了上风。谁都不想死，拼命地跑在前面，在拥挤之中，一个男的和尤思源被推倒了。剩余的人没有顾忌，踩着他们的身体继续往吊桥的对面跑！”

郑警官皱起眉道：“没有必要苛责他们，谁都不想死，真遇到那种生死关头，扪心自问，我们真的能做到舍己为人吗？”

警员：“谁知道，但是，不管怎么样，其他人安全地过了河，只剩下尤思源和那个男人在吊桥上。这个时候，吊桥从中间断开了。求生的意志让他们用自己最快的速度，抓住了吊桥的绳子，那个男人和尤思源都没有掉下去摔死。但是，他们抓住的是同一根绳子。之后，吊桥那一端的绳子开始断裂了。吊桥一开始是好些绳子才撑住了吊桥本身，现在只有一根，承受不住两个人的重量。那个男人，看了一眼尤思源，放手了……”

郑警官：“很感人嘛。”

警员：“我做了一点美化，不过事实却是那样。”

郑警官：“那个男的，为什么放手，不会是喜欢尤思源吧。”

警员：“恐怕就是如此，据尤思源的朋友说，那个男人是喜欢她，但是表白了很多次，一直被拒绝。”

郑警官：“终极版的吊桥反应，之后，尤思源也喜欢上了那个男人，对不对？”

警员：“那就不得而知了，不过，有一个人肯为你付出生命，爱上他也不是什么值得惊讶的事情吧。”

郑警官望着远处被破坏的吊桥，那个唯一能进入莲花山的吊桥：“哦，这就有意思了，我就奇怪，为什么多此一举。明明大雪封山，破坏了缆车他们就无法下山，只能被困在山顶的别墅里。为什么还多此一举破坏吊桥。这也许只是一个象征意义，一年前，一个吊桥断了，一个男人死了；一年后，另一个吊桥断了，会发生什么？”

郑警官拿起了电话，把信息发给了正在风城的区启之。

风城，车上，王子轩把自己在 123 度谋杀案后的事情全部告诉了区启之。就不再废话重复了。

区启之点燃一支烟，深深吸了一口：“这么说的话，你怀疑这次的事情和区晟之有关系也不是完全没有道理。只不过，他还活着吗？他可是从七楼跳下去的啊。”

王子轩：“谁知道呢？他策划一场假死，也不是不可能。至于手法，你去会会你自己的大哥吧，我相信你。”

区启之：“哼，所以我讨厌你这样的人，这次事情结束之后，离我远远的，我再也不想看到你了。”

郑警官信息发过来。

王子轩：“又是郑警官的信息吧。”

区启之：“对，他现在不方便和我们通话，所以改成短信了。他没你说的那么坏，虽然他可能会想一些明哲保身的办法，但是，从他一直告诉我们他查到的线索来看，他还是真心想让我解开案子的。”

王子轩：“你啊……那天被人卖了都不知道。我就弄不明白，你能想出那么天马行空的犯罪计划，怎么就看不明白这么简单的人际关系呢？哎呀呀……”

莲花山别墅，杂物间门前。

蒋三妮最先通过钥匙孔往里看了一眼，三秒钟后。

“啊——”

一声尖锐的叫声响起。

“怎么了？”

蒋三妮一屁股坐在了地上，一边哭一边后退着往回爬，然后转身哆嗦着指着杂物间的门，但是已经说不出一句完整的话：“里……里面……”

赵娜立刻蹲在杂物间门前，透过钥匙孔往里看，尽管她已经不是第一次看到死尸，但杂物间内的情景，里面一种真实的杀戮感还是让她不禁倒吸了一口凉气。

里面的地面上放着一具没有头颅的尸身，从衣着上看，可以看出是欧阳肆正的尸身。换个角度，在往床上看，已经确定了就是欧阳肆正的尸体，在褚天佑之后，他也被斩首了。

简单地描述一下，但是不能描述得太细致。简单地说，就是紧贴着床尾摆着一个祭奠用的小供桌，供桌上摆放着欧阳肆正的头颅。然后，床上躺着失踪的狐小妖，而且狐小妖脚放在床头，头枕着放在供桌上的欧阳肆正的头颅上，正在安稳地睡着觉……

第十六章
区晟之的粉丝

涉案人物现况更新：陈大厨、褚天佑（死亡）、魏二贝、蒋三妮、欧阳肆正（死亡）、小五、沈六合（失踪）、韩七公、杨八戒、朱九妹、秦十、狐小妖（案发现场被发现）、尤思源（转移资产之后不知所踪）、缆车管理员（不知所踪）。

莲花山山顶别墅。

“怎么了?！里面有什么吗?”

“咚！咚！咚！”

赵娜开始疯狂地撞起门：“给我把门撞开，狐小妖和欧阳肆正的尸体都在里面。”

“什么？欧阳肆正也在里面?！”

“一二三……”

“一二三……”

“轰……”

房门被撞开，一股寒风扑面而来，房间里空无一人，躺在床上的狐小妖不见了，供桌不见了，欧阳肆正的人头也不见了，尸身也不见了。

“是狐小妖把欧阳肆正的人头和尸身带走，翻窗逃走了……”

赵娜：“还真是麻利啊，从钥匙孔看的时候，她还在睡觉，我们撞开门的工夫她就爬起来收拾了尸身和脑袋，翻窗逃跑了。”

赵娜看着窗外雪地上的痕迹，非常古怪。雪地上又被什么很宽的东西推过的痕迹。然后被推过的雪地上，紧跟着就是一串女士皮靴留下的脚印，脚印沿着墙壁一直延伸，延伸了大概三四个窗口，正好停在沈六合的房间的窗户下。从杂物间就能看到，里面正在冒出浓烟，像是在焚烧什么东西的样子。

“哦，是这样啊，那个供桌，狐小妖把供桌翻过来扔出窗外，然后把脑袋和身体一股脑扔到供桌上，然后直接推着它离开了。”凑上来的杨八戒说道。

赵娜：“走！我们去沈六合的房间堵住她！她在烧欧阳肆正的尸体。”

小五突然跑进来，一只小手扶着门口，一只小手捂着肚子，大口大口地喘着粗气：“等一下……等一下……”

“怎么了？”

小五深吸了一口气：“沈大哥的房间……我经过的时候，闻到了一股恶臭的味道……不知道发生了什么。”

赵娜：“那是狐小妖在焚烧你欧阳叔叔的尸体，快让开！小五！”

小五震惊的表情，眼泪汪汪道：“啊？欧阳大哥……他……死了吗？”

赵娜一把推开小五，小五直接被推得倒退出五步远，然后一个踉跄，摔在了地上。

“别碍事！小屁孩！”

赵娜彻底发怒了，再晚一会儿，狐小妖就跑掉了。

风城莲花山山脚下。

莲花山位于风城和云城的交界处，同时位于两座城市的边缘地带。只不过，云城那边的莲花山现在建立了滑雪场，好歹算是有些人。而风城这边的滑雪场，就一点人都没有了。

区启之走下车，甩上车门，看着雪地上的车印，又抬头看看王子轩：

“喂，看到了吗？”

王子轩：“看到了，风城这边的莲花山人迹罕至，现在这里除了我们以外居然还有人开车来过这里。”

区启之：“不仅如此，这辆车来到这里，放下乘客就走了。而那个乘客……”

给雪地上一个特写镜头，雪地上有两个很显眼的女士皮靴的脚印。然后就是一串往莲花山里进发的登山靴的脚印，脚印旁边还有登山手杖留下的痕迹。

王子轩：“再明显不过了，有一个女人打车来到了这里，然后下车换了登山靴以及全套登山装备，已经往山里进发了。绝对不是昨晚进去的，就算有全套的登山装备，晚上爬雪山也属于自杀范围里的。她应该是今天早上或者根本就是和我们脚前脚后。”

区启之：“我们也上去吧，我已经有一些眉目了。”

莲花山山顶别墅。

赵娜冲出房间，转身，把镜头给到隔着三个房间的沈六合的房间。房门打开，狐小妖摇着脑袋，呻吟着：“啊……头好痛，怎么回事啊。”

下一秒，所有人一拥而上，把她抓住，按在了墙上：“别动，居然全都是你干的！”

狐小妖：“什么是我干的？我干了什么啊？”

“你自己清楚。”

这时，狐小妖才注意到自己的打扮，戴着一个白口罩，戴着一副黑色的墨镜，转过身，就在窗台下面，还扔着一套焊接装备，两把焊接火枪。再往旁边看看，有一个已经烧了一小半的供桌。再往旁边看，是一个尸体，尸体的一部分已经炭化了。尤其是头颅，还在冒着烟，根本无法再识别他原本的面貌。

狐小妖没有大喊大叫，很是冷静：“这样啊，看来你们怀疑是我干的了。”

“我的天，你居然打算说不是你干的吗？”

“已经人赃并获了！”

狐小妖轻笑一下：“可以，怀疑我也正常，换作任何人都会怀疑我的。但是，我还是想问一下，这个被烧掉的可怜鬼的尸体，到底是谁？”

“呵呵。”魏二贝冷笑起来：“你拿我们当傻子耍吗？这是……”

赵娜打断魏二贝的话，用手帕捂着鼻子走到尸体前，大致打量了一下。

先说窗户下的焊接装备，是气焊，喷出高温火焰，达到熔化钢铁焊接的目的。而这种气焊，使用的是乙炔作为燃料。乙炔，大家都知道，燃烧起来大概是3200摄氏度！这个温度有些恐怖了吧。相信有人可能这样玩过，点燃一支蜡烛，用手指划过蜡烛的内焰，并不会感觉到多热。但是，蜡烛火焰的温度不是很高，如果把手指划过乙炔燃烧的火焰，3200摄氏度，就当是把手指划过了内焰，会有什么样的后果？所以，这简直就是毁尸灭迹的一个神器，如果时间充足，把尸体全部炭化，那也是轻而易举。

再看看尸体的状况，尸身下半身的膝盖以下被斩断，小腿切了下来。然后，小腿的切开和膝盖的切开处，都被乙炔的火焰燃烧过，现在已经炭化了。不知道为什么只燃烧这一部分。尸体上半身的脖子处，也被乙炔燃烧，脖子处的切口也碳化了。

脑袋放在翻过来的小供桌的正中央，头发全部烧焦……不行，不能写了，反正就是分辨不出长得到底什么模样了。根本看不出这到底是谁。同时，也能看出乙炔的燃烧温度的可怕了，供桌也被烧了一个大窟窿。

再来说说尸身的衣服吧，上半身穿着一个简单的羊毛衫，下半身是一条牛仔裤。赵娜努力回想了一下，沈六合就是穿得这副打扮。但是，再看看旁边还有一堆灰烬，灰烬里一些碎片可以看出，那是欧阳肆正的衣服。应该也是用乙炔的焊接装备瞬间销毁的。

赵娜面无表情：“由于面部已经无法辨认，只能从着装上来看，这是……”轻蔑一笑，“这是沈六合的尸体。这样的话，最开始失踪的三个就全部出现并确认死亡了。如果不出现这个尸体的话，我还弄不明白是怎么回事，现在，我终于明白这三个失踪的人，到底是怎么回事了。”

秦十：“还能是怎么回事？明显就是狐小妖干的好事啊！她杀了三个人了！”

赵娜：“不，不是她，真是她的话，她不可能犯下让我们捉到的这种错误，她只是被人陷害的替罪羊。”

狐小妖已经很从容了：“好，既然你都这么自信地说了，那我就不会蒙冤了，我相信你赵娜，毕竟你和那个人混在一起，你也是有一定能力的。”

赵娜明显身形一顿，然后不可思议地看着狐小妖心道：“果然，她就是知道了我和区启之的事情了，没有错，绝对是那天晚上我回家她跟踪了我。”

蒋三妮：“可是所有证据都指向她啊。”

赵娜：“我用人格担保，她不是凶手，还记得有一个进入莲花山的神秘人吗？那串脚印，明显是有人从风城那边带齐了登山装备爬上来了。那个人，才是一切的元凶。”

魏二贝：“你的人格？我表示很怀疑。之前，你居然还把小五推倒了！你是人不是人啊？！那么可爱的小姑娘你都忍心下手。”

赵娜：“我深表抱歉，当时因为太着急案件了。”

韩七公：“案件，呵呵，你以为你是谁啊？侦探吗？警察吗？还案件……”

狐小妖叼起一支烟：“放心吧，她确实就是一个侦探，在云城的妖精的遗书事务所。”她知道，赵娜已经发现了自己，再隐瞒下去也是毫无意义。

“没听说过。”杨八戒摇着头，“从来没听说过有这样一个事务所。”

狐小妖：“开了半年了，没什么像样的成绩，但是提起事务所的主力，你们也许听说过。方便说吗？我能冒昧提一下你的小男友吗？赵娜……”

赵娜很镇定：“他不是，我们只是同伴。”

狐小妖点燃香烟，深深吸了一口，说道：“无所谓，就是区启之。”

秦十本来站在最后面，听到区启之这个名字后，激动地拨开众人冲到最前面，脸上充满兴奋："谁?！你是说那个区启之?！"

赵娜看着秦十，区启之并不是很出名，他在云城当犯罪顾问的时候，虽然对解决案子有不少功劳，但是都用在减刑上面了。而且，新闻也不会对一个犯罪顾问大肆褒奖。这个秦十，怎么会听说过区启之呢？看他狂热的表情，像是很崇拜区启之的样子。

秦十不管不顾，也不在乎现在是死了三个人的犯罪舞台，上前就和赵娜握手，激动得语无伦次："上帝啊……我居然……我居然有幸认识你，能引荐我解释一下区启之吗？我一直在默默关注着他。从他的'学园毕业女鬼杀人事件'开始，我就一直在关注他。那个案子，设计得太天才了，那个犯罪手法，称为异想天开都不为过！我到现在都不知道他是怎么想出的那个手法，那个……杀人者到底是怎么凭空消失在废弃大楼走廊尽头的。但是，功劳都归警方了，新闻上一点都没报道。太气人了！我是经过调查，才知道他这个站在幕后的天才！"

关于学园毕业女鬼杀人事件，是区启之做犯罪顾问接手的第一个案子。123度谋杀案时，王子轩拖云城警局的朋友调查区启之时，曾经提起过。

"他很厉害吗?"韩七公问道："为什么我们听说过?"

秦十脑残粉的状态："当然厉害，你们没听说过是因为他一直是犯罪顾问，功劳不可能归他。"

"等一下，犯罪顾问？那不是罪犯减刑设立的行业吗？你这么说，不就是……这个区启之其实是罪犯吗?"蒋三妮说道。

秦十极度狂热："当然！而且是最出色的罪犯之一！他在云城宾馆犯下的案子，警方至今没有解开，他虽然自首，但是，却给了警方一个错误的犯罪手法！明白什么意思吗？虽然他入狱了，但还是云城警方输了！那个案子干得太漂亮了。你怎么会想到，他为了完成犯罪，居然倾斜了一整座大楼！"

赵娜诧异的神情，心道："这个男孩，解开了区启之的手法？！"

秦十认真地说："不，他是云城最出色的罪犯，没有之一。如果他认第二的话，就只有风城首席犯罪师才能认第一了，我一度怀疑，他们其实是兄弟。因为风城的报道里，一直称他是区姓男子。"

赵娜：这个男孩到底是什么人？！怎么会知道这么多？！

莲花山半山腰。

区启之脚下一滑，整个人向背后倾倒，眼看就要摔下去了。这个时候王子轩伸手一把拉住了区启之。

"你欠我一条命。"

"谢谢。"

"真是危险啊，我们带足了登山装备爬山还这么不好爬，他们在山上，什么都没有，下来真就是等于自杀啊。"

"说的是啊，我们还要多久才能到？"

"还要一会儿。"

别墅里。

赵娜："你到底是什么人？怎么知道这么多？"

秦十低着头说："看你的样子，说明我的猜测很可能全部是正确的。他们果然是兄弟！你认识区启之，那你见过他大哥本尊吗？！我才不相信他真的死了呢！"

"哦，忘了自我介绍了，我只是一个风城首席犯罪师的一个最忠实的粉丝……"

OK，区晟之大哥是个把犯罪当成艺术的疯子，他的犯罪艺术，居然真有同样疯狂的粉丝喜欢……

接下来，事件该何去何从……人都死全了吗？

第十七章 接近真相了 1

莲花山山顶别墅。

赵娜心道："哈哈哈……区晟之的狂热粉丝吗？原来如此，他不是真希望这个世界存在幽灵，不是真希望褚天佑的死亡是雪山斩首者的幽灵作祟，而是希望发生在莲花山里的事件全部是一场精心策划的犯罪的艺术品，就像区晟之那样不可能的犯罪。为了追寻区晟之的脚步，他一定是全身心地在查有关他的一切，甚至查到了区启之这个同父异母的弟弟身上。"

"真是个疯子，一个罪犯有什么值得崇拜的？你有病吧。"韩七公说道。

关于罪犯有粉丝这种事，意料之外，是不是在情理之中不好说。但是，存在即是合理。举一个例子吧。

市桥达也，不知道有没有人知道这个人，是日本的一个杀人犯。

2007 年，这个市桥达也奸杀了一个在日本就职的英国女教师。案件轰动一时，如果死者就是一个日本女教师，估计媒体也不会报道，日本警方也不会太重视。但是，英国友人就另当别论了，这不是普通的谋杀案，涉及国家的问题都不是小事。理所应当的，警方能用的方法全都用上，全国追捕市桥达也。悬赏金甚至一度飙到 1000 万日元。由于不是专门干金融的，2007 年的日元兑人民币的汇率具体是多少不清楚，但根据现在的汇率，2007 年的日元怎么着也得有个五六十万元人民币吧。国内 A 级别的通缉犯有个十万块赏金就不得了，从日本警方悬赏一千万日元，就看出多重视这个案子了。

事实证明，这个市桥达也不容易了，顶着一千万日元的日本最高悬赏金，在全日本的警察的追捕下，整容、假身份……使上浑身解数硬是在警察的眼皮底下逃走，并且逃了两年才被抓住。从文学上来说，日本的本格推理基本上代表柯南道尔和阿加莎之后的推理小说最高水准。但是，现实之中，追捕市桥达也的警察队伍里，没有明智小五郎，没有御手洗洁，没有金田一耕助。现实中的查案者没有神化的小说侦探的头脑。

当然，这不是最主要的，如果死者不是外国人，市桥达也不可能被悬赏一千万日元，这个案子不会被疯狂报道。不过，这个案子确实有让人最震惊的地方。不是手法多残忍，不是死者身份多特殊，而是……一部分日本群众对待这个杀人犯的态度。

说出来你可能不信，日本有一大堆女孩成为市桥达也的粉丝，疯狂地崇拜迷恋着市桥达也这个杀人犯。市桥达也案发之后，做了整容，换了一张脸，把自己整容成了一个帅哥。这件事告诉我们一个道理，是人不是人，整容就有粉丝！明星全是整容医院造出来的。

市桥达也被捕的那天，天下着一点小雨，无伤大雅地落在他的身上。他顶着一张韩国整容脸，偶然抬头，偶然被狗仔拍到，脸上有一丝落寞忧伤的神情。之后，照片被传到了网上，日本女孩们就受不了了。太忧郁了，太帅了，心都被融化了。日本女孩称他为老公。这不是开玩笑，真有不少日本女孩写了情书邮寄给在监狱里的市桥达也。这群日本女孩的具体状态是什么样子，请参考那些中国男明星下面的狂热女粉丝的状态。什么叫脑残粉？把杀人犯当成自己的偶像去崇拜。

世界之大，无奇不有。杀人犯成为偶像，确实是在意料之外。至于是不是在情理之中……杀人犯成为偶像，有一大票粉丝这种事实在想不清楚为什么会发生。但是，还是那句话，存在就是合理的，都发生了为什么还质疑他合理不合理。

现在，秦十就是另一个疯狂崇拜杀人犯的脑残粉，区晟之就是那个杀人犯偶像。

莲花山半山腰。

“等一下！”区启之忽然大口喘着粗气，神色慌张地说道。

王子轩立刻停下了继续攀爬的脚步，从123度谋杀案之后，王子轩就一直坚信，区启之一旦喊出“等一下”这种话不是想到了什么办法就是发现了什么异样的地方或者什么重要线索。

“怎么了？”

“停下来歇一会儿，我实在爬不动了……”区启之不管不顾，直接一屁股坐在雪地上，好在他穿着厚厚的登场装，不觉得凉。

王子轩无语地说：“你这个体力还真是够差的啊。”

区启之拉开拉锁，从登场服的内口袋里掏出了烟盒。他是一个大烟鬼，拿出登山服第一件事不是先穿，而是赶紧把烟盒从自己的风衣口袋里掏出来放进登山服的口袋里。他迫不及待地撕开烟盒的包装，直接叼起，立刻掏出防风打火机，火速点燃香烟，几乎在同时就深深吸了一口香烟。这一连串动作描述出来可能需要二三十个字，但是，区启之昨晚这一连串吸烟动作的时间连两秒都用不了。

“啊——”区启之吐出香烟，双手做喇叭状，对着莲花山山下大声地呼喊：“重生了！”

王子轩：“至于吗？不就是抽了一支烟吗？有什么大不了的？不抽能怎么样？”

区启之看着手里的烟说：“就指着他活着呢，对于男人来说，只要有烟，多危险的境界，都能厚着脸皮活下去。等我抽完这支，我们就上去吧，赵娜应该等不及了。再晚，她就把案子解决了……”

第十七章
接近真相了 1

莲花山山顶别墅大厅。

狐小妖被关在房间里，她的嫌疑很大，和尸体出现在一起。其余人，都在大厅。

魏二贝瞪了一眼秦十，把头转到一边："你们别理这个小子啊，他就是一个神经病！"

蒋三妮也露出了鄙夷的目光。

杨八戒："小秦，我得说说你，你怎么能崇拜一个罪犯呢？这是不对的。我承认你虽然只是美术班的高中生，年纪不大却很有天赋，画功比起我们这些漫画作者也差不到哪里。这也是我顶着上面的压力留下你的原因。但是，我希望你来这里不仅仅是磨炼你的画功，同时，也要树立一个正确的人生观。"

秦十轻蔑地笑道："你们的人生观很正确吗？据我所知，可不是这样啊。就拿我听到的事情来说吧，一年之前，你们集体外出游玩，你敢说不是你们害死了许五更？！"

赵娜轻挑眉毛，心道："许五更？！这个人……就是他们口中那个'五'的笔名的社员了。据韩七公所言，他是因为意外死亡，可从口气来看，主要原因还是在这群漫画社员身上。"

秦十注意到了赵娜的表情中二全开："赵娜小姐，我没有隐瞒，虽然他们说我很有绘画天赋，我也很擅长绘画，但是，我的内心告诉我，我其实一点都不喜欢画画！我喜欢的是区晟之大哥那样的人生，把所有警察侦探玩弄在股掌之中。十步杀一人，千里不留行，事了拂衣去，深藏身与名。早晚，我也要像他那样，像区启之二哥那样，成为一个了不起的犯罪策划师，到那个时候，我和你这个美女侦探就是敌人了。我现在卖给你一个人情，如果我不幸落到你手里，你也好放我一马。"

所有人，包括赵娜，都是鄙夷的神情，这个秦十已经中二晚期了。

秦十微笑道："我已经暗中调查过了，一年前你们一起去旅游，那时你们是在一个半开放的旅游景区迷了路。无意中进入了旅游景区不允许进入的地方，你们路过了一个年久失修的吊桥。吊桥距离水面有很高的距离。走到一半……”

所有人都收起了鄙夷的表情，赵娜是因为秦十的话很有用，说不定是破案的重要线索。韩七公是因为他没跟秦十说过具体情况，他不知道秦十是怎么知道的。其他人是打死都不能让秦十继续说下去了。

杨八戒惊恐道：“你给我闭嘴。”

其他人已经冲过来，准备按住秦十，阻止他继续说下去。

秦十语速突然变快：“OK！失事的吊桥、丑陋的人性、被推倒的一男一女、一根绳子两个蚂蚱、暗恋、吊桥反应、自我牺牲、活下一个人。”

“咚！”

魏二贝把秦十推倒在地……

“闭嘴！”

原本很软弱的蒋三妮上来堵住了秦十的嘴巴……

“也许这样也不错，早晚也该被人知道……”

韩七公抬起头，望着天花板，目光有些痛苦和忧伤。

“放开他吧。”赵娜叼起一支烟：“他给的信息也足够猜个大概了。你们因为过失害死了那个笔名带‘五’的漫画作者。虽然是他自己为了救笔名带‘四’的那个女的。但和你们多少也有些关系，毕竟是你们为了活命争先过桥把他们推倒了。如果冷静一点，不会出这种事。当然，那种情况下，人类的本性就是想活命，老实说，你们虽然不是好人，但也算不上坏人……你们没想过杀死他，但是，事实确实与你们有关系，这种滋味，我很清楚。”

杨八戒低着头，很严肃：“我们也不想！你以为我们不受煎熬吗？我们害死了一条人命，我们心里会好受？”

蒋三妮哭了起来：“许五哥是一个很好的人……漫画社的人每个人都

很敬重他，就连沈六合也是。沈六合就是因为许五哥的鼓励和帮助，才能有今天的成绩。”

韩七公很悲伤，声音有些哽咽：“没错，许五哥……我的武侠漫画因为题材偏冷，不被喜欢，是他的鼓励和帮助，每天到了半夜还帮我修改，和我一起商讨剧情我才坚持了下来……沈六合……虽然嘴上不当回事，但我看到过，他经常到许五哥家里照顾五哥的父母……”

之前还处在恐惧之中朱九妹也哭了起来：“我和他从小就是同学，我被人欺负，一直是他为我出头。”

赵娜点燃香烟：“那么，我来问一个最重要的问题吧，你们之前说的‘四哥’实际上是一个女人吗？！”

魏二贝阴沉着脸：“不要提那个女人，这很重要吗？”

杨八戒：“对，因为她做事果断，所以我们开玩笑叫她小四哥。”

赵娜认真道：“这个问题当然重要。第二个问题，那件事之后，你们口中的四哥爱上了许，是吗？如实地回答我。是不是。”

魏二贝望着窗外，眼睛里有一丝极力隐藏的悲伤：“有个男人肯为你付出生命，爱上他，很难理解吗？许五这个老好人，死心塌地喜欢着尤四源，平时那么宽宏大量的人，一旦爱上一个人，心里就再也装不下其他人。但是……呵呵，她却不喜欢他，等她失去了……”

杨八戒：“二贝，果然你也喜欢他。”

魏二贝：“是又怎么样？”

赵娜抬起头道：“不好意思，各位，打扰一下。我之前一直处在迷雾之中，我不知道凶手为什么要犯下这一连串谋杀罪，也不知道凶手到底是谁。但是，秦十告诉了我以前的事，让我串联起一切。这场犯罪，仅是为了给许五更报仇！”

“啪！啪！啪！……”一阵鼓掌声。

赵娜：“呵呵，不必为我鼓掌。”

秦十很帅地靠在一边:“虽然我很想，但是，不是我鼓掌。”

魏二贝摊开双手。

蒋三妮:“我也没有。”

韩七公:“我也没有。”

陈大厨从厨房出来:“案件很离奇，但也要吃饭，马上就好了。”

杨八戒:“不是陈大厨，也不是我。”

朱九妹一直是谁在他身边就拽着谁的胳膊……

赵娜:“小五呢！我拜托你们！能不能别动不动就有人失踪！狐小妖关在房间里，谁鼓的掌？”

“啪！啪！啪！”

走廊的拐角处，一个女人缓缓走到了拐角，站在那里，离众人还有一段距离。这是一个从未出现过的女人。所有人都倒吸了一口凉气。设身处地想一下，一行人在深山据传说闹鬼的别墅里，一个之前根本不是一起来的女人突然出现在拐角处，就是不是鬼也够瞧的。

赵娜对着拐角处的女人微笑道:“想必你就是那位尤思源了吧，你就是那个后爬上山的女人，过来吧，要听一下到底是谁为许五更报仇的吗？”

所有人都满脸的惊恐。

“赵娜……”

“这个女人不是尤思源。”

“我们根本……”

“就不认识这个女人！”

细思极恐……

第十八章 小五的姐姐

连环山上。

区启之的呼吸越来越沉重，他的体能真的很差，如果不是靠着毅力坚持一定要爬到山顶……他根本爬不到这里。

“喂……王子轩……还剩下多远……”

王子轩的呼吸也有些紊乱，他的体力很好，但是，雪山本来就不好爬。

“快了……再坚持一下吧。”

区启之：“讲个故事吧……让我坚持下去……我真快撑不住了。”

王子轩：“真有病。莲花山别墅的建造者……是一个战败的军阀。”

区启之：“闭……闭嘴，我……听过。”

“歇一歇吧。”王子轩站住脚步，看着区启之，喘匀气：“你绝对没听过，那个军阀有一个丑陋的妻子。你应该听过他酷爱斩首吧。每一个被他绑票的人，他都会斩掉头颅。但是，直到从风城这面绑架了一个双目失明的女人，他破例了，没有斩首，而且娶了双目失明这个女人。”

区启之也停下来说：“为……什么？”

王子轩：“传闻，他姐姐也是双目失明，他大概是看到了自己姐姐的影子吧。当年，进攻他的别墅的时候，也是雪天，不过雪不大，只有薄薄的一层，完全不影响进军。打他的军队是风城和云城的保安团的联军，分别从风城和云城一起包围他的宅邸。”

区启之：“你给我等一等，前后夹击，他居然还能跑了？而且，你说的这个版本和我听到的完全不一样啊。”

王子轩：“他是怎么逃走的，不知道。不一样的问题就对了。因为当年是风城和云城的保安团一起进攻的，两个保安团的目的不一样。云城那边是为了彻底剿灭莲花山的土匪，而风城这边是为了夺回团长的妹妹。”

区启之：“哦。我明白了，那个双目失明的女人，就是风城保安团团长的妹妹。”

王子轩：“正是这样。所以，两个团的目的不一样，关注点不一样。云城那边攻破宅邸之后，全力寻找陈军阀或者陈土匪。风城这边，全力寻找团长的妹妹。所以，云城那边谣传的是陈土匪的故事，风城这边谣传的是那个双目失明的女人的故事。风城很多人都知道这个谣传。但是你知道的，传说这种东西，不能全信，因为传的过程中，细节会被神话，但是主体部分还是会被保存下来。”

区启之：“那你就说说吧。”

王子轩：“正要说。风城这边的保安团攻进别墅，逼问了所有的小土匪，问他们头目和压寨夫人的下落。但是，小土匪们说，他们的头目在保安团攻进大门之前，就看不到他的下落了。保安团确实搜遍了别墅，也没见到陈土匪的踪影。至于那个双目失明的姑娘，只有一个小土匪见过，说是她被陈土匪用绳子勒住脖子拖进了一个房间。可能，陈土匪不想让她活着回去，所以把她勒死。那是最后见到的陈土匪的情形，之后，就再也没见到了。”

区启之若有所思：“然后呢？”

王子轩：“后面就很奇怪了。风城保安团搜遍了整个别墅，居然没有见到那个姑娘的尸体。再后来，保安团看天色不对，像是暴风雪的节奏，就赶紧撤离了，后面，就是云城那边的传说了。”

区启之：“这……”

王子轩：“也有人猜测……说是莲花山别墅有一个秘密地窖，陈土匪没有勒死她，只是假装做样子，实际是拖着她把她扔进了地窖里。然后，等着他逃走并回来再接她。但是没想到，他自己死了。那个姑娘没有死，而是还活在莲花山山顶别墅的地窖里。不知道是不是真的，但是现在，一定是死了，毕竟已经过了一个世纪了。不过，说不定鬼魂还能飘荡在别墅里……”

区启之忽然想到了什么：“快点上去！可能来不及了！”

莲花山山顶别墅。

空气在凝固，呼吸在颤抖，每一秒钟在每个人的感觉里都被无限延长。大厅里安静得扔一根针都能听到。

赵娜第一次见到站在走廊拐角处的女人的时候，思维的惯性让她认为这个女人是尤思源。但是，当听到所有人都没见过这个女人的时候，她联想到了一个传说。赵娜来自风城，她听说过风城流传的关于莲花山的传说……现在，她想到了这个传说，并联系到了眼前这个女人的身上。

“咚咚咚……”心脏剧烈地跳动起来。

第一秒。

一切来得太突然了，这个别墅到底是怎么回事？！为什么会有一个从未露过面的女人出现在这里？！她到底是谁？她来干什么？

第二秒。

女人的面孔让赵娜感觉到双腿发软，不敢向前迈出一步。给她的脸一个特写镜头。这女人长得有些丑，是一个非常丑陋的……人？她或者它，真的是人吗？她的脸色非常苍白，简直就像是没有血色。牙齿咬得紧紧的，龇着牙，眼睛瞪得很大，两个眼角流出血泪。看一下她的眼睛，没有一丝一毫的活力。女人站在那里，她的眼睛一动不动，只是瞪得大大的，只是留着血泪，只是愣愣地望着前方，不往赵娜这边看。就像是……这双眼睛看不到任何东西，仅仅是一个睁开的眼睛模样的摆设……

第三秒，赵娜注意到了女人的着装，她的衣服很奇怪，不是现在的服饰。是民国时期很流行的棉旗袍，这种旗袍的塑身效果很好……谁在乎这个！现在一个穿着民国棉旗袍的女人，双眼无神，流着血泪，站在拐角处。设身处地地想一下……

第四秒，女人转身，摸索着墙壁，缓缓向走廊那边走过去。她的眼睛……真的看不见吗……

第五秒。

"给我站住！"赵娜终于稳定了下来，拿出了勇气，冲了上去。

听到赵娜的呼喊，其他人也壮了几分胆气，跟了上去。

"咚！咚！咚！"

走廊上传来了急促的脚步声，那个女人正在逃跑……

赵娜冲上走廊，心放了下来，这是人！她在胆怯！但是，那个女人的踪影已经看不到了。

"姐姐?！你怎么在这里?！你穿着这身棉旗袍好漂亮啊。"走廊最里面的那间杂物间传来了小五的声音。

"滚！"一个粗暴的声音响起。

"啪！"一个响亮的耳光。

这一串声音传入赵娜的耳朵："跟我一起来！"

别墅外面。

山顶边缘地带，一只手放了上来，接着另一只手也放了上来，然后，区启之和王子轩同时翻上了山顶。站在寒风之中，区启之掏出了烟盒，脱下了登山服扔在地上，露出了里面血红色的风衣，风衣在风中随风飘舞，他则帅气地站在山顶，远远地望着山顶别墅。

已经过了一半了，区启之终于出现在了案发现场了！

“终于上来了。”区启之叼起香烟：“我们走……”

走廊尽头的杂物间。

赵娜看到小五正坐在杂物间的门前，嘤嘤地哭着。

“怎么了！小五？”魏二贝跑过去，扶起小五，关切地问道。

捂着脸，眼泪扑簌扑簌地往下落。

“赵娜姐姐……我姐姐她打我……”

赵娜：“那个人居然是你的姐姐？！”

小五擦着眼泪说：“对，她怎么这样，不就是她忘掉门票回去拿，我先和欧阳肆正大哥先来莲花山滑雪场了吗？她既然已经来了，为什么打我？还把我从储物间踢了出来……我都给她留下字条了啊。”

赵娜一句话不说，径直冲进了杂物间，杂物间内空无一人，没有。环顾四周，看到了床边扔着一件棉旗袍，窗户开着，走过去，窗外多了一道脚印。不过不是人翻出窗户逃离的脚印。而是有人走到窗户下，翻窗进屋留下脚印。

“为什么？为什么？！这是怎么回事儿？她不应该是翻窗逃走的吗？怎么会只有来到窗户下翻窗进屋的脚印？！等一下……”赵娜联想起一切，转身急匆匆地来到小五身边：“那个人真是你姐姐吗？”

小五：“是。”

赵娜：“她什么时候进来的？”

小五噘着嘴说：“你之前把我推倒，好过分的，我才不理你呢。”

魏二贝蹲下身，拉着小五小手，哄着道：“小五乖，赵娜姐姐问你呢，你就告诉她吧，大不了姐姐帮你打她。”说着，假装在赵娜腿上打了几下。

小五：“哼！那我也不告诉她！”

魏二贝：“那你告诉魏姐姐，好不好啊？”

小五：“行，赵娜这个坏女人把我推倒，我很生气，我决定再也不理她了，就在这个杂物间待着，自己生闷气。然后，姐姐就翻窗进来了。我当然很开心和她打招呼，她也和我说了几句话。我想拉她和你们认识，但是她说没有必要。她说她是为了别人才来的，这次是从风城那边爬上山来的。”

赵娜：“是这样吗？”

小五假装没听见赵娜的话：“我对她说，姐姐，你都不滑雪吗？姐姐却说，不滑，等她办完事，以后就能天天带着我滑雪了，而且，马上就有一大笔钱了。想要什么就给我买什么。不过，要马上离开云城，并且走得远远的。我也听不懂是什么意思。我猜她是中了彩票了……哈哈。我能想要什么就能买什么了。”

赵娜：“就只有这些吗？”

小五不看赵娜，生气地说：“哼，我让姐姐带咱们所有人去吃肯德基，就是不带那个坏女人！就不带！”

赵娜陷入了凌乱，和小五没关系，而是小五的姐姐……她是翻窗进来，故意让所有人看到的。为了什么？对小五说的办完事，办什么事？说想买什么买什么，马上就有一大笔钱，哪里来的？或者说，谁给的？窗外只有小五姐姐进来的脚步，但是没有她离开的脚印。这么看，她只能在屋子里，但是……屋子里根本没有……等一下……我之前想到的那个奇怪的地方。陈土匪在这里建造的别墅，如果大雪封山，没有缆车，他是怎么离开的？真像褚天佑说的那样吗？修一条山道，石块铺路，因为石头的比热容和旁边不一样，所以石块铺的路上的雪会化得快一些。但是……雪下得太大，连着好几天怎么办？难道……

外面。

王子轩：“你之前说的是怎么回事？什么来不及了？”

区启之点燃香烟：“我没有证据，我也是瞎猜的。陈土匪前后夹击，不好突围往出跑，而且他的手下也说，他勒住那个女人并拖走之后，就不见了。几天之后，根据云城这面的传说，他出现在雪山之中被冻死。消失在别墅里，然后出现在雪山之中……”

王子轩：“难道说，别墅里面有……”

杂物间。

赵娜：“别墅里有暗道的话……又该怎么说？”

转身，赵娜环顾杂物间，如果真有暗道，而且，暗道在这个杂物间的话。就可以解释小五的姐姐瞬间消失的谜题了。想到这里，赵娜俯身看了一下床底……

“果然！暗道在这里！你们拿一些能照亮的东西跟我来。”说完，赵娜钻进床底，推开暗格，翻身下去。

画面切换，火把照亮暗道，赵娜一行人站在那里，看着脚下的尸体。这具尸体是小五姐姐的尸体。尸体躺在一个铡刀上，铡刀落下，小五姐姐的头颅被斩断，已经死去了。再往旁边看，铡刀旁边还有一具尸骨，是一具腐烂的只剩下白骨的尸体。

“这是怎么回事？”

赵娜：“风城那边有一个莲花山的传说，说是有一个失踪的陈土匪的双目失明的压寨夫人。这具白骨，可能就是她了吧。”

“哦，原来如此，小五的姐姐刚才穿着旗袍，摸着墙壁离开。在杂物间突然失踪，如果我们没发现暗道，就会认为她是那个压寨夫人的鬼魂……”

“难道一切都是她干的？”

“可是，她被斩首了，自己怎么把自己斩首啊？”

“我知道。”魏二贝来到铡刀面前，铡刀上有一个很重的大石块，石块用绳子连接着铡刀：“我来推理一下，小五姐姐搬起石块躺在铡刀上，然后放下石块，石块的重量带动铡刀落下，把自己斩首。可她为什么这么做？”

赵娜:“她只不过是被雇用的,真凶不是她,她是为了赚一笔巨款留给小五。我们上去吧……”

别墅走廊。

镜头跟着赵娜,她边走边说:“小五姐姐的事先别告诉小五,我解开真相之后,我们就顺着暗道离开吧,应该是可以直通山下的。”

这时,她正好走到走廊尽头。

大厅那里,区启之、王子轩、狐小妖三个人站在那里。

区启之单手揣在风衣口袋里,不回头,另一只手弹掉烟头,转身,全身镜头,帅气地说道:“我能听听吗?”

第十九章 沈六合未死

莲花山山顶别墅。

涉案人员状况更新：

褚天佑（死亡）、陈大厨、魏二贝、蒋三妮、欧阳肆正（死亡）、小五、小五姐姐（死亡）、沈六合（死亡）、韩七公、杨八戒、朱九妹、秦十、尤思源。

所有尸体都被放在这里，区启之一句话不说，和王子轩仔细检查着尸体。

赵娜："好。就让我来解开这一切的谜团吧。提示一，不同阶段雪地足迹和没有足迹。提示二，后混入的女人。提示三，死去的三个人。提示四，过去的一切。提示五，丢失的储物间钥匙。提示六，褚天佑的尸体状况，血液之中的冰碴，脚上的增高鞋，以及其他尸体的状况。提示七，陈大厨一切的反常状态。"

秦十："哦，这就是需要的全部线索了吗？好吧，开始吧。"

赵娜："首先，陈大厨，你扰乱了我们的推理，一度让我们怀疑你。你的反应，太奇怪了。你是首先进入褚天佑的房间的人，但是，人不是你杀的，那时褚天佑早就死了并且被挂在树上。你进入他的房间，是为了那个有奖竞答。"

大家差不多快忘了吧。陈大厨确实是进入了褚天佑的房间，他是去找褚天佑商量答案的，但是，褚天佑不在，他就翻遍屋子，找到了答案，然后神色慌张地碰到了朱九妹，被发现。然后，他就到了厨房开始抄答案，大家去找他的时候，他为了不被发现自己作弊。然后开始匆忙藏答案，不小心打碎了一个碗。

狐小妖掏出一份答案说："我可以证明，我当时假装说要热饭留在厨房，就是为了翻这份答案。结果，在碗橱里找了这份答案。"

陈大厨不好意思地说："既然被你们发现了……"

赵娜："嗯，虽然被陈大厨的事情干扰了，但是，不妨碍我们查清真相。首先，我们来确定一下到底死了多少人！弄明白这个问题，凶手的面貌，我们自然就清楚了。"

魏二贝："凶手就是狐小妖，你还想怎么栽赃别人。我知道你们是一起的，你当然想方设法帮她的忙了。"

杨八戒："褚天佑、欧阳肆正、沈六合、小五姐姐。一共死了三个人啊，不是狐小妖，凶手另有其人的话，我倒是能理解。"

赵娜："不，事实上，这里只死了三个人！尸体，我们也见到三具，我以为你们早就发现了呢，怎么会认为是四具呢？"

蒋三妮："确实是四具啊。树上吊着的褚天佑，情况是雪地无足迹被斩首。杂物间里的欧阳肆正，斩首之后脑袋被放在小祭奠桌上，尸身被扔在一边。沈六合房间他的尸体被斩首，双腿也被截断，还被用乙炔喷火喷射，虽然脑袋已经分辨不出，但是尸体的着装可以看出确实是沈六合的。最后就是小五的姐姐，是暗道里用石块压下铡刀自杀了。就是这样。"

赵娜："嗯，死了四个人，但是，为什么这里只有三具尸体？"

给三具尸体一个镜头，一具褚天佑的，一具小五姐姐的，还有第三具，头部被乙炔烧得碳化，漆黑漆黑的一个大圆圈，不说这是人体都没人认识，就别说分辨到底是谁了？相同的地方是，三具尸体都被斩首，"致敬”雪山斩首者……

赵娜：“这是为什么？只能说明，实际上，只死了这三个人！有一个人，根本就没有死，而这个人就是真凶。”

区启之站起来：“我同意，确实有人借尸还魂了，褚天佑的脑袋在这里，还有一个女人的头颅，不知道是谁……”

“小五的姐姐。”韩七公说道。

赵娜：“小五呢？”

魏二贝：“她说要出去看看雪景，我就让她出去，多玩一会儿。她姐姐死了的事我没跟她说，能瞒一会儿就瞒她一会儿吧。我实在不知道怎么跟她说。”

赵娜：“嗯，就这么办吧，挺好的。三具尸体，就有两个人头能确定确实是死者的身份。还有欧阳肆正，在储物间我们看到了他的脑袋放在供桌上，尸体被扔在一边。唯一没看到脑袋的，就是这具烧过的尸体，也就是被我们认为是沈六合的尸体。回想一下，我们没看到他的尸体，所有的人都被斩首，我们没看到沈六合的脑袋，他真的死了吗？”

“这……”

赵娜：“我来简单地说明一下在储物间的状况吧，房门被上锁，我们从锁孔里看到里面的场景。然后，我们一起撞门，门的质量很好，我们装了大概四十秒，这段时间之内。屋子里是什么情况，我们都在撞门，没人看到。不过，可以根据进屋之后的情况和隔了两个房间的沈六合的房间情况，反推一下。进屋之前，屋子里是欧阳肆正身首分离的尸体，还有枕着欧阳肆正脑袋的狐小妖。之后，我们撞开储物间的房门，进入屋子，狐小妖、尸体、供桌都不见了。窗户开着，屋外是翻过来的供桌，桌面朝下，被人推过雪地的痕迹，以及一个人在后面推供桌留下的脚印的痕迹。凶手是把祭奠桌扔出窗外，储物间的落地窗很大，足够扔出去。然后，把欧阳肆正的尸体和狐小妖的尸体扔上供桌，跳出窗外在后面推着供桌，一直推着供桌到沈六合的窗外。狐小妖在被我们发现之后，她的状态很奇怪，应该是被乙醚之类的物品弄晕了。也就是说，她是在不知情的情况下被人陷害了。而凶手就是沈六合。”

秦十："不可能的，一个人不可能在四十秒内完成这一切？就算时间足够，凶手自己一个人怎么推动两个人外带一张桌子？”

狐小妖叙述自己的经历，同时配合放一下她回忆的画面："我找到答案之后，就在厨房里热东西吃，我背对着窗户，也没太在意。你们又在外面，有人破窗而入，我听到声音转身的时候，她就飞快地翻过窗户冲了过来，用一个手帕捂住了我，然后，我就失去了意识。等我醒来时，就是被你们抓住当作凶手了。再之后，我就被挨个房间找人的区启之发现了。”

给一个特写，狐小妖和区启之对视一眼，两个人的眼神很复杂，但是都努力做出互为过路人的样子。

区启之："看到凶手的样子了吗？”

狐小妖："没有，她戴着一个京剧脸谱面具的女人。”

赵娜："这就对了，那个女人就是从风城那边后来上来的。”

区启之和王子轩对视一眼，合情合理，之前他们到风城那边的莲花山山脚下的时候，现场的足迹确实有女人皮靴的足迹。京剧面具脸谱的女人……区启之陷入了沉思，他听王子轩说过，在面具男子截杀钱库时，他还有一丝意识，面具男子打电话说过："美女，我就喜欢和你合作。”难道……

区启之："凶手是两个人。”

赵娜："没错，凶手是两个人。一个就是假死的沈六合。这样吧，我从昨晚开始说吧，这样说得明白一点。沈六合首先回到房间，等着所有人都各自回到房间之后，翻窗出屋，来到别墅走廊这边的窗外，破窗而入，造成有外人入侵的假象，干扰我们。之后，敲门进入褚天佑的房间，可能是假装道歉，不过无所谓。他用乙醚之类的突然出手弄晕褚天佑，然后杀死他，斩首，带到屋外。欧阳肆正，也是遭到了他的毒手。接着，自己重新回来，进入杂物间，假装失踪。他不可能在外面，零下十二度他穿着外套在外面就是找死。杂物间是十分安全的，钥匙在他手里，就算我们想撞门进去搜杂物间，他只要一直躲在床下，逃走的时间是足够的。”

“你说他还活着，并且一切是他干的，那穿着沈六合衣服的死尸是谁？”

赵娜：“欧阳肆正，就是他的尸体，他死了两次。首先，昨晚沈六合也杀了他，斩首，运到了杂物间。他杀死了褚天佑的同时拿走了全部手机防止我们和外界联系救援，也从褚天佑的钥匙上卸下了杂物间的钥匙。为了把杂物间造成只有他能进入的房间。第二天，等着我们寻找失踪的人必然回去检查杂物间。让我们看到欧阳肆正身首分离的尸体，知道欧阳肆正一定死了。然后，重复我之前说的步骤，把欧阳肆正的尸体运送到他自己的房间，换上他的衣服，用乙炔焊机把欧阳肆正的头颅烤得面目全非。让我们认为那具尸体就是他的尸体。至于运送尸体的过程，一具尸体，背黑锅的狐小妖，一个桌子，他自己是无法完成的。不过没关系，他还要帮凶。我直说吧，就是尤思源这个女人。她在山下弄坏缆车，让我们被困在山里。然后，第二天，她就从风城那边上来。从厨房翻窗进屋的时候，意外地撞见狐小妖，无奈之下，才想出把他放进杂物间，把罪名嫁祸给她。之后，她在沈六合的房间出去，在那里接应沈六合，她在后面推，沈六合在前面拉。沈六合的脚印会被供桌擦掉，只留下一个女人的脚印。这样，让我们认为是一个女人干的，之后她们从暗道逃走，就能用小五的姐姐来背黑锅了。”

说着，赵娜来到小五姐姐的尸体前，开始搜索小五姐姐的尸体，从她的身上搜出了一张五百万元的支票。

“这就是原因，小五的姐姐是花了大价钱雇来的。她们交易的内容应该是小五姐姐装扮成女鬼，隐藏真凶，然后她拿着钱带着小五远走高飞。

但是，她没想到，尤思源想得更好，直接杀了她，斩首，伪装成她自杀，把所有罪责推给她，自己从暗道逃走。”

魏二贝：“对啊，我说小五姐姐怎么在来之前就不见了，说是离开回去拿门票，其实是提前进入，躲在暗道里等着粉墨登场。”

赵娜：“我注意到沈六合没死是尸体的状态。褚天佑、欧阳肆正、沈六合。三个人的身高问题，褚天佑比欧阳肆正高两厘米，欧阳肆正比沈六合高两厘米。胖瘦方面，沈六合略比褚天佑胖，但不明显，所以，用褚天佑的尸身拼凑沈六合的假尸体最合适，不能用欧阳肆正的尸身，那就太明显了。褚天佑比欧阳肆正略胖，也不明显。但是沈六合比欧阳肆正就胖了很多。这样的情况下，尸体拼凑就变得很难，所以，他想出了一个办法，用欧阳肆正的尸身去替换出褚天佑的尸身，穿上一双增高鞋，隐藏身高，体形上也不是那么明显。这样，就完成了褚天佑的尸体。接下来，把褚天佑尸身的大腿处切断，切掉两厘米，让身高和欧阳肆正的身高相似，和欧阳肆正的头颅组成欧阳肆正的全部尸身，这是在杂物间的尸体。两个人的体形上差别不大，行得通。最后，在沈六合的房间里，在切掉尸身脖子上的两厘米，烧掉欧阳肆正的头颅，换上沈六合的衣服，组成沈六合的尸体。总结起来，就是身高差和胖瘦差的尸体拼接。中间体形的褚天佑和无论是和自己略瘦的欧阳肆正替换，还是冒充比自己略胖的沈六合的尸身，都不明显。身高上，则切短两次，让他的尸身发挥作用两次。脖子和小腿各一次，现在想想那具尸体被烧过的切口就是为了隐藏被切短这个事实！”

秦十：“那个……假设你说得是对的。但是，还有一个最大的问题，按你说的，吊坠树上的尸体是欧阳肆正的尸身和褚天佑的脑袋再加上一双增高鞋。倒是可以……但是！我们看到的是褚天佑整个尸体吊起来的。这不对啊，他的尸体是拼凑出来，怎么可能完整地吊在树上？而且，之后雪地上没有脚印，沈六合又怎么在雪地上不留脚印就斩首他的头颅呢？”

区启之微笑了一下，忽然说道：“正是因为他的尸体是拼凑的，才能实现不在雪地上留下脚印完成对他的斩首。斩首，一定要走过雪地才能实现吗？”

秦十：“不然怎么样？”

区启之：“先斩首，再吊起来不就好了吗？”

秦十：“不愧是区晟之的弟弟，区二哥，尸首分离的尸体，怎么可能完整地吊在树上啊？”

赵娜：“当然可能……”

第二十章
接近真相了 2

莲花山山顶别墅。

涉案人员更新：褚天佑（死亡）、陈大厨、魏二贝、蒋三妮、欧阳肆正（死亡）、小五、小五姐姐（死亡）、沈六合（假死）、韩七公、杨八戒、朱九妹、秦十、尤思源。

已经到了中午，雪已经化了一部分，照这样下去，即使不走暗道，用不了多久也能自己下山了。

赵娜："关于褚天佑的斩首问题，确实是先斩首，后掉下来的。提示一：脖子的血液里有冰碴，我检查过的。提示二：黑色的宽绳子。提示三：褚天佑的脖子处宽布绳子缠绕了很多圈。提示四：被破坏的梯子。提示五：雪地上没有脚印。提示六：尸体一整夜没什么问题，第二天九点之后被斩首。提示七：朱九妹吓得直哆嗦，他看到了什么？有这些，就足够完成了。"

秦十："怎么完成的？"

赵娜："首先，雪地上没有脚印，证明尸体是昨天夜晚没有下雪之前放上去的。"

秦十："你之前说过了，别废话。第二天我们发现的时候，褚天佑的尸体是完整的，九点之后他的脖子就被斩断了。那时候雪地上可没有脚印，他是怎么被斩首的？”

赵娜：“别墅前有一棵大树，很高，我们之中，小五一个小女孩不可能扛着褚天佑的尸体爬上树。陈大厨很胖，体形的问题，更不可能。欧阳肆正，也许可以，但是他死了，而且扛着死尸不用梯子不可能。接下来，剩下的人多多少少有恐高症，尤其是魏二贝和蒋三妮两个女孩。为什么会有恐高症？觉得很奇怪吗？整个漫画部的人都有恐高症，原因我想我不说你们也知道了，就是那次吊桥断掉的事件。那次，死了一个人，而且，他们也和死神擦肩而过，心理留下阴影很正常。即使恐高症不严重的人，也需要梯子才能爬上大树。”

秦十：“你说这些想干什么？”

赵娜：“我想说，梯子的必要性。提示四，凶手是用梯子运送尸体上树的，之后，他又把梯子破坏，然后放在壁炉旁边假装成柴木，让人烧掉。这是为什么？很简单，因为凶手不想让我们第二天发现的时候把褚天佑的尸体放下来。为什么他不想让我们把尸体放下来？原因更简单，他在尸体上做了手脚。昨天晚上，凶手背着褚天佑的尸体通过梯子爬上大树，然后，用宽布绳子在他的脖子缠绕几圈，然后吊起来。这一点很奇怪，为什么缠绕那么多圈？如果想吊起来，一圈就够吧。提示三，脖子处被缠绕了很多圈的绳子。”

秦十：“这不还是那个问题吗？照你说的，褚天佑的尸体是拼凑出来的，被斩首的头颅和尸身。如果你想说，缠绕的那几圈把头和尸身在脖子处绑起来，我告诉你那是不可能的。碗口大的缺口，几圈就能固定起来了？尸身一百多斤呢！这个重量，那几圈绝对固定不住！”

赵娜：“我当然知道绑不住。缠绕的那几圈有别的用处。朱九妹，你到底看到了什么？”

朱九妹深吸了一口气：“听你说的，凶手是人，我就放心一点了。其实，我当时看到了很恐怖的一幕。韩七公只是转过头之后，就发现褚天佑的尸体被斩首了。而我，一直盯着褚天佑的尸体，我亲眼看到他的尸体悬在半空之中，忽然之间……他的身体就自己掉下来了。我看到了他尸体掉下来的一幕，我的眼球捕捉到了他前一秒还是完整尸体后一秒就尸首分离从树上掉下来的一幕……所以，我被吓到了，简直就像是有什么看不见的东西，从半空之中砍断了他的脖子。"

区启之一边微笑，一边说："果然。"

赵娜："很好！我就知道你是看到了那一幕被吓的，这证明我的推理是正确的。提示一：褚天佑尸体脖子处的血液里有冰碴，那不是一夜才有的，而是凶手对尸体做手脚留下的。首先，昨晚，凶手杀死了褚天佑。其次，把他斩首。最后，用上那个办法，把尸体吊起来，破坏梯子让我们不能把褚天佑的尸体放下来。这样，只要等着，褚天佑的脖子早晚会自己断掉。提示六：尸体一整夜没什么问题，第二天九点之后被斩首。夜晚到第二天九点之后，这期间有东西什么变化了？变化带来了什么影响？这个影响就是空中斩首，雪地无足迹的根本原因。"

区启之："别卖关子，顺便说一句，我昨晚看了一下天气预报，今天白天有十多度。冬天不容易啊……"

赵娜："只许你卖关子，就不许我卖关子？就是我抢了你的活你不高兴吧。等一下，温度？果然，你也想到了这个办法……好吧，直说吧，手法核心是结冰！凶手在昨晚斩首褚天佑之后，就在外面把尸体和头颅拼接起来，往脖子的断口之处浇水。当时外面的温度是零下十二度甚至更低，水很快就把脖子结结实实冻住，连接起来。当然，不能冻成一个大冰块，只要一次结一个薄的就可以了。回想一下，冰箱里冻在一起的肉块，你得费多大劲才能掰开？这样，让他看起来像是一个完整的尸体。提示三：褚天佑的脖子处宽布绳子缠绕了很多圈。那不是为了绑住他的脖子，而是脖子早就被冰冻住，凶手用宽布带多缠绕几圈，遮住伤口，让尸体看起来像是完整的尸体。想想看，伤口被宽布带缠绕起来了，我们看不到，又没办法把他放下来检查。当然认为那是被吊起来的完整尸体。提示一：脖子处血液里的冰块。提示二：黑色宽布的绳子。提示六：尸体一整夜没什么问题，第二天九点之后被斩首。这样，所有的工作就全部完成了，第二天，冰的温度是零度，只有薄薄的一层，今天的温度是十几度，黑色吸收更多的热量。所以，冰层融化只是时间的问题。融化之后，褚天佑的尸体就会尸首分离，看起来像在空中被看不见的东西斩首。而且，雪地上完全不用出现脚印。”

杨八戒：“原来如此……一切都解开了……”

魏二贝：“知道有什么用？照你说的，凶手是尤思源和沈六合，现在杀死小五的姐姐就从暗道逃走了。现在估计已经跑出云城了……”

王子轩：“早就通知我们在山下的郑警官了，如果是他们，他们跑不掉。”

“山下有警察？这是怎么回事？等一下……你们怎么会上来？”

王子轩：“山下有一个女人被杀死了，也是斩首，而且，他身上有一张莲花山滑雪场入场的门票。”

赵娜：“那你为什么会在这里？”

王子轩：“因为身上有两张门票，有人邀请我来的。”

赵娜：“等一下！一共十五张门票，褚天佑那里验票只缺两张，山下怎么会有三张门票？这意味着……”

区启之很为难地说：“褚天佑的雪地无足迹斩首的事情你推理对了。由于你不知道山下的情况，所以……尸体拼凑的事情，是错误的。而且，按着你说的尸体拼凑其实也许可以。把尸体从杂物间那里运送到沈六合的房间，两个人足够在四十秒内完成。但是……在沈六合的房间里给尸体换衣服，切掉两厘米的肉，然后再用乙炔焚烧……然后再翻窗逃走，时间不够的……”

赵娜：“那你是什么意思？陈六合房间的尸体是怎么回事？难道就是

沈六合死了？就是他的尸体吗？如果是这样，那欧阳肆正的尸体哪里去了？被凶手带走了吗？那更不可能。欧阳肆正的尸首分家，他不可能自己站起来跟着凶手跑吧。”

区启之：“谁说……被斩首的尸体就不能跑了？”

秦十鄙夷地说：“区二哥，你打算上手推理了吗？”

区启之：“是的，我来的时候根据山下那个无头女尸模拟了很多犯罪计划。现在根据赵娜提供的线索，和我想的差不多，唯一出现在犯罪计划之外的是凶手的特征……现在，完全掌握了。我得说，沈六合，确实是死了。”

秦十惋惜地说：“区二哥啊，我对你很失望啊。你解开没解开案子我不关心。我一直以为，你在监狱里当犯罪顾问，只是为了减刑让自己尽早出狱。你不是那种运用自己难得的犯罪天赋去做无聊的侦探事业的人。可是，我真是太失望了，看看现在的你，跟警察混在一起，还领着一个女侦探。你看看区晟之大哥！他一直在用他的犯罪天赋实行着一个接着一个犯罪艺术，他在实行着他的正义！他是一个英雄！他在反抗这个王八蛋的世界！”

王子轩：“哈哈哈……绑架一个女孩，要挟他的父亲替自己杀人也是正义吗？”

秦十诡异地笑道：“你们说的是123度谋杀案吧，你们真是不了解区晟之大哥的思想啊。你们以为他是为了杀人而杀人吗？根据我的调查，123度谋杀案里两个死者案件之中的两个人，孙毅和周燕。他们虽然没犯法，但是却犯罪了！他们是罪人！”

他们虽然没犯法，但是却犯罪了！他们是罪人！

这个世界为什么会有犯罪？个别自以为很成熟的人会说，啊，犯罪的人都是因为钱……这个回答太浅显。秦十所说的是罪不是犯罪，而是七宗罪。七宗罪不是法律里的罪行，但确是一起罪行的起点。七宗罪包括：傲慢、贪婪、愤怒、淫荡、懒惰、暴食、嫉妒。劫匪：归根结底是因为贪婪，想要很多很多的钱才去犯罪；小偷：归根结底是因为懒惰，想要钱还不想工作，才去偷盗；妓女：归根结底是因为淫荡；杀人：归根结底是愤怒而丧失理智；诽谤：归根结底是因为嫉妒才散播谣言……都是如此。

所有的犯罪，都是来自犯罪者自身的七罪。

“周燕是一个生活作风很不检点的女孩，她最起码和五个男生保持着不正当的男女关系，罪犯淫荡！记者孙毅调查真相，是个好人吗？未必！他的报道全部是富商的负面消息。他不是什么追寻真相的记者，他没钱，他也看不惯富人，想方设法地挖他们的黑历史，只是一个仇富的废物。罪犯嫉妒！”又疯狂道，“区晟之大哥按《圣经》里‘七宗罪’在杀人！他杀死犯下七宗罪的人……用血来提醒世人，不要犯下七罪。这就是他犯罪的中心思想，他的犯罪是一种包含着崇高思想的犯罪艺术！”

区启之低着头，静静地吸烟，深沉地说：“我没资格批判你，因为我年轻时，我也曾经这样想过……听着，你还很年轻，别走上一条错路！我走过了错路，我需要用我一生去弥补，在你没犯错之前，回头还来得及。”

秦十轻蔑地说：“闭嘴！你要是有过这样的想法！你就该和区晟之大哥合作！据我所知，他曾经往云城监狱里给你发过暗号，那是为了什么？不就是为了把你引向风城，让你重新回到战场吗？可是你……真是不给区晟之大哥长脸，居然和警察侦探混在一起，犯罪顾问很高尚吗？相比之下，我更喜欢曾经那个不可一世，玩弄云城警察于股掌之中的区启之。”

赵娜突然大吼：“滚！区启之是你了解的吗？！比起以前的区启之，我更喜欢现在这个浪子回头的区启之！”

“都闭嘴！”王子轩大喊起来，望着别墅大门那里：“区启之，你推理错了……你刚才说沈六合死了……但是……你看！”

别墅大门的玻璃窗户上，沈六合站在那里，正用手敲打着玻璃。他的脸很恐怖，和小五姐姐的打扮一模一样……在所有人注意到他之后，他转身，逃跑……

第二十一章
奔跑的尸体

涉案人员现状更新：褚天佑（死亡）、陈大厨、魏二贝、蒋三妮、欧阳肆正（死亡）、小五、小五姐姐（死亡）、沈六合（假死）、韩七公、杨八戒、朱九妹、秦十、尤思源（不知所踪）、缆车管理人员（不知所踪）。

莲花山山顶别墅。

刚才的那一幕太快，沈六合只在门口露了一面，他的脸很难看，很恐怖，穿着一身上个世纪破旧的军大衣，盖住了整个身体。一个消失了的人突然出现……让人有些猝不及防。

王子轩和赵娜最先反应过来："追！别让沈六合跑了。"

区启之低着头拦住二位："没有必要，他已经死了……"

"死了？他跑了！"

区启之叼起香烟，低沉地说："那只是一具尸体，会奔跑的尸体，仅此而已……一个死人，失去了生命，还去追他干什么？没有什么太大的意义。反正最后他也会当着你们的面自杀或者被杀。"

狐小妖低沉地说："你怎么能确定？"

区启之不包含什么感情地说："相信我，这是犯人计划的最后一步，让我们确定沈六合死亡，我是前任罪犯，我了解罪犯现在在想什么。我们需要做的，只是等凶手完成他的目的，并露出马脚就可以。只要凶手顺利地完成让沈六合当着你们面死亡的画面，这场交锋，就是凶手输了。”

蒋三妮：“好过分，让沈六合死掉，来换取凶手的马脚吗？我不知道你为什么这么有把握确认沈六合一定会死去，但是，你作为一个侦探，怎么能用别人的生命换取你和凶手交锋的胜利呢？就算沈六合是犯人，你也不能这么做啊！你明知道他会死，居然狠心让他去死？！”

区启之点燃香烟，深深吸了一口：“我不是什么侦探，我只是一个前任罪犯，我只是用我的方式来了解这场犯罪，仅此而已……”

“这里面包括出卖别人的生命？”

区启之弹一下烟灰：“为什么你们就不明白呢？他在你们眼里，也许是你们曾经的同事，或者是一个杀人犯，再或者勉强算是一条性命。但在我眼里，那只是一具行尸走肉，只有半条命的可怜鬼！”

“闭嘴！”魏二贝走到区启之身边：“我们走，抓住他，而且，要抓活的。不管他是不是犯人，不能让他死去，就算他是，也要把他交给法庭审判。”

所有人一起冲出别墅，去追沈六合，只有区启之独自一人站在房间里，看着所有人离去，没有一丝一毫出去追捕的意思。他有着一份独特的镇定，理智得有些过分，冷静得有些不近人情。他站在原地一动不动。一组慢镜头，画面变成黑白两色：王子轩，这个曾经一度想把他送回监狱而现在帮助他查案的人，从他身边走过，走到门口时回一下头，然后推开房门。狐小妖，这个女人和他有着千丝万缕联系，共同拥有着两个人都不愿提起的过往，现在，两个人擦肩而过，谁也不想，或者是不敢，再或者是不能……无论如何，谁也没有看对方一眼。秦十，这个偏激的少年，走到区启之身边时驻足深看了一眼，他仿佛找回了一点对区启之的自信，就像是在说，很好，让别人去死来完成自己胜利，这才是区晟之的弟弟！然后，大踏步跟上其他人。接下来，其他人陆续从区启之身边经过，他不知道他们到底叫什么名字。隐约能感觉到，有一个眼镜妹，有一个假小子，有一个老好人，有一个伪娘，以及一个没什么特点的男青年。

好了，最后，镜头恢复，画面恢复成彩色。房间里只站着区启之和赵娜两个人。

“区启之……”

区启之扔掉还有大半根的香烟，说道：“你也去吧……”

两个人对视一眼，赵娜毅然决然地跑了出去……

莲花山山脚下。

“报告！郑警官！”

“说！”郑警官蹲在那具女尸前，再次检查着女尸的状况。给女尸的手部一个镜头，这个女人的手很纤细，保养得很好，两双手居然带着总共三枚金戒指！第一次检查时被郑警官其实已经注意到这一点，但是，他并没有把这个线索当一回事儿。但是现在她忽然想到，这个女人……是怎么回事儿？她难道……

“区启之顾问……我发现山下女尸的手有一些奇怪的地方。”郑警官连忙给区启之发短信。

“我在山下的时候就想到了，少了一个缆车的管理人员。我现在在山上，山上多出一张门票。”区启之简单地回复。

警员：“吊桥还需要一段时间，但是缆车已经修好了。”

郑警官站起身：“好，我们走！来几个人和我一起上山。”

莲花山山顶别墅。

区启之收起手机，深吸一口气：“都走了，我自己来整理一下赵娜忽略的线索吧。这个丫头，一到自己就粗心大意。”

再看区启之，他掀开褚天佑的尸体，脖子上的伤口不是很平整，有……被切过的痕迹！脖子处是猩红的鲜血，颜色很深……

“两个疑点，被赵娜忽略了。疑点一：褚天佑的尸身脖子被切过……

褚天佑的尸体是三个死亡的男人里最高的……增高鞋，还有脖子被切过，如果是像赵娜推理的那样，欧阳肆正的尸身，褚天佑的头颅，增高鞋……拼凑褚天佑的尸体。他是最高的，如果拼凑他尸体，应该是用其他人的部分尸体尽可能复原他的身高。但是，脖子处被切掉了一部分……不切掉不是更好吗？疑点二：如果是用浇水结冰的方式连接褚天佑的尸体，脖子的鲜血的颜色多少会淡一点，因为冰和血挂掉之后混在一起……不是结冰的方式制造了无足迹杀人吗？哦？对了，还可以这样！”

区启之仔细打量着被烧得面目全非的尸体。

“赵娜忽略的疑点三，那这具尸体……为什么非把头烧焦不可？还有，为什么只烧膝盖和脖子的切口？真的是为了隐藏切口其实是为了切短尸身才那么做的吗？”

第三具尸体，小五的姐姐，尸体很硬，很冷。仔细看一下她穿着的衣服的塑料扣子上，居然有一层雾气。

“这具尸体……这个人……之前一直处在很寒冷的状态下？根据他们的叙述，小五的姐姐一直是躲在暗道里，准备粉墨登场揽下所有罪名的，她爬出暗道还和小五在杂物间里说了一会儿话，按理说，扣子已经和室温相近，怎么还会有雾气？等一下……原来如此！等一下，不对啊……那出现在走廊里和大家打招呼的‘小五姐姐’是谁?！”

区启之陷入了混乱，他缓缓站起身子：“十五张门票，山下有三张未检票，山上却只有两张未检票。也就是多出了一张门票，从一开始是十六张，而不是十五张……这就对了，凶手绕了这么一大圈，就是为了这个目的啊。”

区启之走到杂物间，把窗户关好，然后一直潜在杂物间里，心道：“既然是这样，那沈六合杀了人居然不逃跑，反倒返回来跟我们打招呼，这种不可思议事情，也就说得通了。而能做到这一切的人，只有那个人了。我之前只是猜想，所以冒险阻碍他们放走沈六合，现在，这个决策真是正确啊。现在我最好奇的事情不是这场谋杀案的始末了，好奇的是，凶手为什么会杀人？！”

最后，他返回大厅，静静地堵在门口，同时注意着走廊的动静。他故意放走沈六合，是他的赌博，用不了多久，输赢就会显现出来了……

“咚！”

摔门的声音，是追赶沈六合的人群回来了。

“怎么样了？追上了吗？”区启之很从容地问道。

“你还有脸问，你当时不阻挡我们，我们还有机会追上他！等我们追出去，他早就没有影了。”

区启之：“我不拦着你们你们也追不上的。我来猜一下发生了什么吧。当时，沈六合在外面，我们只看到了他穿着破旧的军大衣，面容恐怖地站在那里。但是，那只是透过玻璃看到的，我们看不到他的脚下……他的脚下是滑雪板！”

赵娜：“没错，我们出去的时候，他就是用滑雪板滑雪下山了，我们怎么可能追得上他。这就更证明沈六合是凶手之一了。我们的滑雪板，之前被凶手偷走了。现在他脚踩滑雪板……”

区启之打断赵娜：“不可能的……”

“什么不可能？”

区启之：“我的意思是沈六合不是凶手！”

“你说人不是被他杀的？”

区启之露出招牌式的微笑：“不光不是他杀的，他还是被杀的那个。”

“你的意思是沈六合会被同伙的尤思源杀死？”

区启之：“更正一下吧，第一，凶手确实是两个，一男一女，但不是沈六合和尤思源。仔细想想，他们为什么杀人？为了许五报仇？那只能算意外有什么值得报仇的？退一万步讲，就算他们是出于报仇，那也应该杀漫画社的人，可是，你们看看，死掉的人……”

赵娜：“对啊，褚天佑，莲花山滑雪板的员工，欧阳肆正，八竿子打不着的人，小五姐姐……山下的无头女尸，没有一个是漫画社的人！这是……怎么回事？”

区启之：“凶手是有别的目的才杀人的。至于为什么，等我复原犯罪过程之后，就让凶手自己说吧。”

赵娜：“你……”

区启之：“是的，犯罪过程，复原完毕。哦，对了，刚才只说了第一，现在说第二，我之前的意思不是沈六合之后会被杀死，而且，你们看到的那个沈六合……”

根本就是一个死人！一具奔跑的尸体……

第二十二章
解决之章1

莲花山山顶别墅。

涉案人员最新更新：褚天佑（死亡）、陈大厨、魏二贝、蒋三妮、欧阳肆正（死亡）、小五、小五的姐姐（死亡）、沈六合（死亡）、韩七公、杨八戒、朱九妹、秦十、尤思源（失踪）、缆车管理员（失踪）。

门没有关，寒风涌入屋子……本来杨八戒最后进屋是要关门的，但是，他听到了区启之的话，整个人都僵在那里。设身处地地想一下，在一个一口气死了三四个人的舞台里，在一个据传说是雪山斩首者鬼混的住所里，在一个谣传有女鬼飘荡的建筑里。一个世界被民间鬼故事笼罩的莲花山山顶别墅之中，区启之一本正经，斩钉截铁，不容置疑地告诉大家，哦，你们看到的那个沈六合啊，对那个还能滑雪逃跑的沈六合，其实他死了！你们看到的是一个能活蹦乱跳的死人！换谁，谁多多少少都会有点害怕的吧。我们处在上帝视角，当然觉得其实没那么可怕，但是这群处在当场的人，血都快凉了。寒风涌入屋子，配合着区启之的话，屋子的温度瞬间让人觉得脊背发凉，温度降到冰点以下……各种意义上。

“好过分，不要说这种话……”蒋三妮紧紧抓着韩七公的胳膊，躲在他的身后，脸上是无法隐藏的恐惧的神情。

与蒋三妮呈现出截然相反神情的是秦十，脸上是一副非常狂热的表情。同时，赵娜也露出了饶有兴致的微笑。

赵娜、秦十："开始吧……"

区启之："提示一：褚天佑的脖子上有斩首后再次做工的切割的痕迹。提示二：沈六合房间的尸体小腿和脖子被烧焦。头颅更是被烧的只剩一个黑球看不出是什么人。提示三：风城那边山脚以及山上女人的脚印。提示四：沈六合房间，供桌被烧穿的窟窿。提示五：供桌放在床头，钥匙孔里视线被挡住，看不到供桌下面。"

王子轩："啊咧咧……只要跟区式兄弟打上交道，早晚会变得不正常……"

区启之："首先，我要说的是，赵娜的推理虽然没有正中靶心，但是，也不算完全错误，他只是被凶手误导了。而且，关于褚天佑的死亡，她的推理是正确的。"

秦十："哦，对了，你不说我差点忘了。我后来忽然想起来，浇水结冰连接尸体的方式，倒是行得通，但是……那样的话，冰和血水融化之后，两者混在一起，血的颜色会不变淡吗？你仔细看一下，血的颜色丝毫没有变淡。"

区启之："当然不会！因为，凶手想到了这一点，他根本就没用水，不用水，当然就不会出现血的颜色变淡的情况。"

王子轩："喂喂喂，你之前还说用水的呢，现在怎么不用了？"

区启之："凶手为了避免事后血液的颜色变淡，放弃了用水这种液体，而是直接用了另一种液体……那就是……直接用血液！他当时杀了两个人，收集一点血液不是什么大问题。之后，只要重复赵娜说过的步骤，用血液浇在脖子的切口处，让寒冷的温度把脖子冻起来，就可以了。我就不再次重复了。血液时间长了会凝固，但是不要紧，那个时间完全来得及。"

秦十："嗯，确实可以，但是，你说的沈六合死亡是怎么回事？这么说吧，他是什么时候死的？"

区启之:“恐怕昨天晚上就已经死了。”

“那我们看到的沈六合，是怎么回事?”

区启之:“我慢慢来说，沈六合是凶手的话，他杀人之后没有逃走，反而特意回来让我们看一下，然后直接滑雪逃得无影无踪。他为什么这么做?因为真正的凶手要给我造成一个假象，沈六合，其实还活着。只要他活着，就能更好地隐藏起凶手想要隐瞒的事情，让凶手误导赵娜发现的真相，变成真正的真相。”

“这样吧，先来说说误导的事情吧。首先，凶手在昨晚下雪之前，翻窗出去，从外面砸碎玻璃，我就不废话了，和赵娜说的一样，凶手杀死了褚天佑和沈六合。然后，他便开始在两具尸体上做手脚。提示一：褚天佑的脖子上有斩首后再次做工的切割的痕迹。仔细回想一下，褚天佑是身高最高的人，为了拼凑他的尸体，应该是尽可能用长度长一点的尸身吧。可为什么褚天佑尸身的脖子处还有切割的痕迹?原因很简单，因为拼凑出褚天佑尸体的尸身就是他自己的尸身!脖子处切割掉一部分，然后再给尸体穿上增高鞋，组成一个‘疑似’是别人尸身组成的尸体。因为增高鞋换得太明显，赵娜的注意力全部被吸引到增高鞋上，同时，褚天佑本来就是被斩首，脖子的切割痕迹也不是太明显，就完美地误导了赵娜，让她认为尸体其实是被拼凑出来的。提示二：沈六合房间的尸体小腿和脖子被烧焦。头颅更是被烧得只剩一个黑球，看不出是什么人。因为尸体的切口被烧焦，我们就无法辨认切口是不是被切下过一部分。所以，我们就顺理成章地认为那正是凶手想要隐藏切口才特意为之的。烧焦脑袋，是为了隐藏凶手的身份。但是，这样正好中了凶手的下怀。这是一个逆向思维，烧焦切口不是为了隐藏尸体被切短的事实，而是为了让我们误以为他想那么做。事实是，他其实只是切断了脖子和小腿，并没有截断尸体。换句话说，那具烧焦的尸体，不是欧阳肆正的头颅，配合二次截断的褚天佑的尸体，其实，就是沈六合的尸身!非要说的话，就是凶手有意误导我们认为那是欧阳肆正的尸体和褚天佑的尸体交换拼凑，为了让沈六合借尸还魂的策略。不久前，凶手让沈六合的尸体活蹦乱跳地出现，和我们打招呼，也是为了让我们更加确定沈六合还活着。”

赵娜：“等一下，沈六合房间的尸体，难道是沈六合的尸身和别人的头颅组成的？”

区启之：“当然，山下有一个无头女尸，她的头颅一直找不到，我想那个被烧得连她妈都认不出的脑袋，就是无头女尸的脑袋了。这个凶手真是丧心病狂啊，太凶残了，三千多度的乙炔，好家伙……别说分出是男是女，长什么模样，你要不告诉那是颗人头我都认不出来！不过，这也正是凶手想要的，一颗无法分辨的人头，能更好地误导我们，让我们认为烧焦人头，其实是为了沈六合借尸还魂做的准备。其实则不然，烧焦人头，是为了另一个人假死借尸还魂，而这个人就是那个男凶手。同时，凶手收起沈六合的人头，暂时保管，为了今天上演一出尸体敲门的好戏。”

赵娜：“我先不管凶手怎么用一个头颅制造出活蹦乱跳的尸体，我想说的是，你知道你在说什么吗？沈六合如果昨天晚上死了，那借尸还魂的就是欧阳肆正了！我们亲眼看着他在杂物间被斩首的！”

区启之：“没错，欧阳肆正就是还活着！这样吧，如果从欧阳肆正在杂物间里的事情开始讲，虽然会很悬疑，也很符合我推理的顺序，但是，很容易讲乱。我直接按时间顺序讲吧。这件案子是两个凶手合作作案，一个男的，一个女的。一个在山上，一个在山下，配合犯罪。男的，就是被斩首还没有死的欧阳肆正……”

王子轩：“哦，我明白了，山上的是欧阳肆正，山下的是尤思源。”

区启之：“不，你猜错了，山下的是欧阳肆正。”

王子轩：“可是，我们到风城那边的莲花山山脚时，看到了有女人的脚印。”

区启之看了一眼王子轩和自己脚上的登山靴："这不就是最奇怪的地方吗？提示三：奇怪的女人的脚印。我们上山之后，到了屋子里，都没有特意地换掉登山靴子。而凶手，为什么在外面雪地上特意换掉登山靴，换成明显是女士的靴子？还有在山下的时候……我们都是在车里换好登山装备，然后在下车。所以，我们留下脚印是四串登山靴的脚印。而那个从前下后上山的……女人的脚印呢？是两个女士靴子的脚印，然后才是登山靴的脚印。也就是说，她是放弃了舒舒服服地在车里换靴子，而是站在雪地里换的。目的是，让我们明白，就是一个女人，潜入了莲花山。我们只看到了女人的脚印，可并没有真看到有女人上山啊。"

王子轩："你的意思是，凶手在误导我们，其实他是一个男的，至少后潜入山里的凶手是男的。这么做……"

区启之："是为了误导我们，让我认为有一个女同犯在山下，而这个女人，很容易就联想到从未出面的尤思源。再加上之前尸体的误导，男凶手欧阳肆正把嫌疑推到沈六合的身上，女凶手靠着伪造的女人脚印，把嫌疑推出去，无论我们认为这个女人的脚印是小五姐姐的，还是尤思源的都无所谓。这是两个凶手高明的地方，他们的误导做得很出色，男女互换，因为欧阳肆正穿着女士靴子留下脚印，生死互换，假死并误导赵娜认为沈六合假死。"

赵娜惊愕道："等一下，按着你的话，如果凶手是误导我们怀疑尤思源，她不是凶手之一。事后被我怀疑上山的女人，其实仅仅是欧阳肆正假死并穿着女士靴子在雪地上留下脚印的假象。那么，你说过凶手是一男一女，男的是欧阳肆正，女的……岂不是……"

区启之环顾一周说："没错，那个把嫌疑推出去的女凶手，就在莲花山别墅里！听我继续讲下去……这次，我从头开始讲，按着时间顺序讲，完整地复原他们是如何一步一步地完成这场犯罪的吧。昨晚没有下雪之前，欧阳肆正翻窗出屋，从走廊砸碎窗户重新进入别墅，营造一种有外人进入的假象，让大家陷入恐慌。他杀死了褚天佑和沈六合，把沈六合的尸体藏在暗道里，把褚天佑的尸体做过手脚之后吊起来，并把梯子破坏。藏起滑雪板，然后，下山！”

女生们都屏气凝神，不说话，因为她们被人指出，凶手在她们之中。这个时候，无论说什么，都不合适。无论她们是不是凶手。参与案件讨论，会被认为是故作镇定，不参与讨论，会被认为心虚。这是区启之故意这么做的，先在气势上压凶手一头。

杨八戒：“哦，对了，缆车被毁坏，滑雪板滑雪下山晚上不可能，欧阳肆正就是从暗道下山的。”

区启之：“哦……不是的。你们想一下，别墅是陈军阀建造的，暗道是他修的，他当年被保安团围困后逃走估计就是在暗道逃走的。如果暗道能直通山下，他还会被困在莲花山里冻饿而死吗？所以，这条暗道估计只是通到半山腰。”

王子轩恍然大悟：“哦，是那个失踪的缆车管理员！”

区启之：“对，很有长进嘛，王子轩警官。欧阳肆正早就买通了缆车管理员，让她晚上多运行一会儿缆车，放自己下山，下山以后他杀死缆车管理员灭口，斩首，接下来……”

王子轩：“接下来，他立刻赶到我入住的旅店，把无头尸体放在我的房间，并且制造出一个风向改变的一氧化碳中毒的现场。那个无头女尸，就是管理员的尸体。她身上的门票，就是欧阳肆正的门票，放在了她的身上。这样一来，欧阳肆正的门票用了两次，原本是十五张的门票，就变成了十六张。更好地把嫌疑推到尤思源身上，因为她是老板，只有她才能控制门票的数量。而且，如果我们没发现他们误导我们，认为沈六合是假死，根本无法考证到底有多少张门票。女尸的头颅被欧阳肆正带着，赶在我们之前上山……然后，我们从风城那边上山也被他算计在内。哼！这是他最大的败笔！太小看我们了。”

区启之：“说得很对，但是，你房间的女尸，不是管理员的，那个尸体，是另一个人的……”

第二十三章 解决之章 2

区启之："那个女尸的手上带着好几枚金戒指，价值不菲，一个女管理员怎么可能带着那么多金戒指？这可不是凶手犯下的错误，而是他打算出卖同伙故意留下的线索，让我发现尸体的身份。虽然我跟你们讲述是按着时间顺序讲的，但我复制犯罪过程却是从王子轩的女尸反向开始的。"

赵娜："那具女尸的主人很有钱，还被斩首隐藏身份，我大胆猜测一下，那是尤思源的尸体，是吗？"

区启之坏笑道："没错，这就是欧阳肆正可怕的地方。想一下，如果这个女尸他不放在王子轩的房间里，而是毁尸灭迹埋起来，山上又没有足够的验尸技术确定死者身份。真相就会变得难解开，但是他没有，他故意把尸体扔在王子轩的房间里，按着他们的计划，只要无头女尸的脑袋就可以，尸体藏起来，其实更完美。在山下，可以通过 DNA 验证身份。这还不是他想故意出卖山上的同伙吗？他的同伙，那个天真的女人，还在认为欧阳肆已经把那个无头女尸埋起来了呢。并且，在山上继续帮助欧阳肆完成他的犯罪计划。我都不知道该嘲笑那个女凶手还是该替她难过……"

狐小妖阴沉着脸道："好好讲你的案情。"

区启之声音有些低沉："对不起，我没有……别的意思，我不是说你妹妹。"

狐小妖冷声道："讲你的案子。"

赵娜一个特写，神色复杂。

区启之："我没有证据，只是猜测那个无头的尸体是尤思源的。但是，用不了多久，山下的郑警官就能把验尸结果告诉我了。我接着讲吧，欧阳肆正埋下出卖同伙的导火索之后，把管理员的女尸、头颅、尤思源的头颅一起放在缆车里运送回山上。山上的同伙接收尸体，运到杂物间的暗道里藏起来。然后，欧阳肆正破坏缆车，等待第二天他的工作。"

"第二天，欧阳肆正到风城那边的莲花山，先穿着女士靴子留下脚印让我们认为是有女人潜入莲花山。然后，换上登山装备上山。上山后换回女士靴子，戴上京剧脸谱面具从厨房进入别墅。结果无奈碰到了狐小妖，索性把她弄晕。那个时候你们都在外面，他就把狐小妖的尸体运送到了杂物间，并且开始准备他的斩首。首先，他把同伙的藏在暗道里的管理员的女尸取出来换上自己的衣服放在地板上。然后把沈六合的尸体切开，用乙炔烧烤切口，烤掉尤思源的头颅，放入沈六合的房间。接下来……"

赵娜："我明白了，原来是这样，欧阳肆正的同伙躲在床下，然后在我们破门而入之前，两个人迅速把女尸推下暗道，然后两个人带着祭桌和狐小妖迅速转移，同伙在前面拉，穿着女士靴的欧阳肆正在后面推，就像我之前说的。到了隔壁之后，就立刻重新燃烧一下尸体，因为他们之前就燃烧过尸体，只要让我们看到烟让我们以为狐小妖在焚尸灭迹就可以了。当然，焚烧设备也是在欧阳肆正回到山上之后做的。那之后，他逃跑，他的同伙……"她脸色震惊又道，"我的天啊……这怎么可能……"

区启之苦笑道："没什么不可能的。"

王子轩："那他们看到的欧阳肆正被斩首的场景……"

杨八戒："对啊，我刚才就在听你胡说八道，现在我真忍不住了，欧阳肆正是被斩首了的，我们亲眼所见，一个被斩首的人，怎么可能完成你说的一切？！"

区启之微笑道："很明显了吧。提示四，沈六合房间，供桌被烧穿的窟窿。提示五，供桌放在床头，钥匙孔里视线被挡住，看不到供桌下面。他给女尸穿上自己的衣服，冒充他的尸体，身高相差几厘米，不过不要紧，向下放，透过钥匙孔看，很难发现。他自己也躲进供桌里，供桌上原本就有一个窟窿，大小大概是人头能通过的样子。然后，供桌是放在床的床头，有床挡着，你们根本看不到他蹲在桌子下面的身体，只能看到一个桌子上的头颅，看起来就像是放在桌子上的头颅。再加上地上穿着他衣服的尸身，就产生了欧阳肆正被斩首，头颅放上供桌，尸身仍在地上，这样的错觉。非说不可的话，欧阳肆正在一个封闭的房间里，上演了一场斩首自己的魔术。在沈六合的房间里，欧阳肆正把尤思源的头颅扔在翻过来的供桌上，造成是烧头颅的同时烧了桌子的假象。其实，那个洞只是欧阳肆正为了完成自己斩首魔术早早弄好的。而且，那个洞不是锯出来的。那个洞，根本就是用火烧出来的！就是为了之后能够隐藏起这个洞的。"

秦十深吸了一口气，忽然喊道："嗦嘎，哇嘎哒！"

区启之低着头，不看秦十："你又知道什么了？"

秦十轻蔑地笑："我想到了凶手作案的价值和意义，这次犯罪艺术作品的主题，不过你是理解不了这种犯罪的艺术的，你还是继续玩你的侦探游戏吧。"

区启之古井无波："好了，欧阳肆正的假死已经说清楚了，以后就是躲在床底的同伙和欧阳肆正一起把狐小妖运送，误导我们，然后跑出来混进大家为欧阳肆正争取逃跑的时间。说到这里我都快哭了，真是的，欧阳肆正在山下背着她出卖她，可她居然不知情，把欧阳肆正当成自己的同伴，拼上自己的一切，帮助欧阳肆正离开。说到这里，凶手的面貌，大家也该清楚了吧。"

区启之深吸一口气，低着头，坐在椅子上，做出倒塔形的手势。给一个镜头到赵娜，她的脸色很难看，她摇着头，嘴里不住念着，不可能、不可能。

“赵娜……你知道谁是凶手了吗？”魏二贝紧张地问道。

蒋三妮咽了一口吐沫：“是啊……到底是谁啊？”

狐小妖一句话不说，努力做出很镇静的样子，静静点燃香烟。

这里是人最真实的心里的写照，我们总说不做亏心事，不怕鬼叫门。不是你干的，你就一定不心虚吗？呵呵，那只是旁观者的想法，真正卷入一场事件里，你一定会害怕，万一别人怀疑我怎么办？我自己知道不是我干的，别人知道吗？！不要否认，人一旦陷入危机，总是难免会往坏处想。

给一个赵娜回忆的镜头，重新放一次她在杂物间门前，小五气喘吁吁地从外面跑到门口，挡在门口，赵娜生气地推了一把小五的画面。

赵娜心道：“那时……她难道是阻挡我们，替欧阳肆正争取时间？仔细想一下，那时小五，似乎没有和我们在一起，因为她是小孩，我们没有在意……”

区启之站起身子，镜头拉远，给到走廊处，小五走出拐角处蹦蹦跳跳地跑过来。一副可爱表情，拉着区启之的衣角，天真的语气：“大哥哥，到底谁是真凶啊？”

区启之蹲下身子，摸着小五的头，哄小孩的口吻，灿烂的微笑：“小妹妹，凶手……不就是你吗？”

小五镇静与震惊地说：“大哥哥，你不能这样，小心我告你诽谤哦。”

周围也是炸了锅……

“你是人不是人？”

“小五是一个孩子，怎么可能是凶手呢？”

“你有病吧！”

“我给你三秒钟，向小五道歉。”

秦十皱了一下眉头：“虽然这个小孩怎么样和我没关系，但是……手无缚鸡之力的小孩，胆子又小，听个鬼故事都不敢自己睡觉，她真能杀人吗？”

区启之重新站起来道：“三个错误。”

秦十：“什么三个错误？”

区启之：“第一个错误，小五她没有直接杀人，她是帮凶。欧阳肆正为什么要先上山，再下山，然后再上山？因为他的帮凶，也就是小五，根本完不成扛着褚天佑的尸体爬上大树挂起来这种事。他必须自己上山，亲自完成这一切。”

魏二贝：“不要胡说，小五是凶手，她为什么还回来？你说的话我一点都不信，刚才说沈六合已经死了，我们看到的是一具尸体，这件事你一直没给出一个合理的解释。现在说小五是凶手，你太过分了！……你们说是不是？”

蒋三妮：“说的是，滚出去！”

赵娜：“区启之，说真的，你真要给我说明白了。”

狐小妖：“啊咧咧，区启之，我看你怎么收场。”

区启之很从容：“我先说说她的工作内容吧。首先，褚天佑死得很冤枉，他本来不在被杀目标之内，但是，他收了钱，替小五做一件事，欧阳肆正不得不灭了他的口。昨晚七点之前，你们没在大厅聚集的时候，小五悄悄找到褚天佑，把事先预备好的试题交给褚天佑，并给了他一点钱，买通他让他拉拢所有人做题，并借口不让大家查答案收取手机。让我们无法和外界联系。”

书说至此，您可记着，当时的情况是这样的，沈六合的脾气古怪，甚至推了小五一把。可是小五还是“请求”褚天佑给沈六合一个机会，让他做题。不是小五的心眼儿好，而是她想让沈六合做题，拿到沈六合的手机。之后，两个人的对话很奇怪，看上去是在说给沈六合机会的事情，实际是在说两个人的交易。再之后，欧阳肆正采取了简单粗暴的办法，沈六合的手机没能拿到，直接杀了了事。

“然后，她就趁你们都在屋子里为了丰厚奖项答题，她跑出去，拖着缆车运送上来的管理员的尸体和尤思源的头颅，送进杂物间的暗道。”

秦十：“哦，第二个错误，小五她并不是手无缚鸡之力，她锻炼过自己的肌肉，是不是……”

区启之眼神之中闪过一丝凌厉，一把抓过小五，撸起她的袖子，给一个特写，小五的胳膊居然肌肉很发达。

没错，这一年来，她为了犯罪计划，锻炼了自己的肌肉。虽然不足够背着褚天佑爬上大树，但是，拖动尸体还是不成问题的。本来她就是初中生的样子，所以，没人会怀疑她，最完美的掩护。

“今天在杂物间的时候，她必须进屋躲在床底，或者等在窗外，帮助欧阳肆正运送小供桌和狐小妖，所以我猜她就成了你们之中唯一不在场的人。是不是这样，杂物间，她不在现场，之后才出现的?！”

赵娜冷声道：“是的。”

魏二贝欠抽地道：“这有什么？小五不能去玩了吗？你就说小五为什么回来吧，你说沈六合死了，为什么他又出现了?！”

区启之：“提示一：沈六合、小五的姐姐出现的时候，小五都没同屏出现。提示二：沈六合的头颅。提示三：沈六合、小五姐姐都穿着能够挡住全身的棉袍。提示四：眼角的血液。提示五：两个人不是逃跑就是死亡。提示六：小五姐姐冰冷的尸体，塑料衣扣上的雾气。”

“首先，小五找机会离开众人，然后，用你大棉袍遮挡住全身，把自己完美地藏在棉袍里，当然，要留下一个小孔看到外面，而我们的注意力全部被流着血泪的沈六合吸引，不可能注意到。然后，把沈六合的头颅顶在自己的头上。知道商家搞活动的那种玩偶吧，她穿的就是，只不过，玩偶的头被换成了人头。固定方式多的是：冰块，钓鱼线绑住，木棍插起来……只要一个照面就可以，之后她就立刻滑雪离开了，你们冲出去根本看不到她。滑出去之后，就能脱下人头玩偶套装，然后滑雪来到半山腰，从暗道回来。小五的姐姐，也是这样的，她跑到杂物间，把衣服扔掉，人头扔进暗道。那个时候，暗道里的欧阳肆正早就重新换掉女尸的衣服，布置好小五姐姐的自杀。暗道里的尸体，就是之前欧阳肆正假死的时候扔进暗道的女尸，和小五扔进暗道的人头组成。对了，欧阳肆正忘了说了，他在小五的掩护下从沈六合的房间逃出，就找到藏起来的滑雪板滑雪到半山腰，从暗道回来，等着帮小五，完成他最后的工作。他躲在暗道里，小五扔下头颅，他把头颅放在铡刀上和已经摆放好的尸体组成自己斩首的假象。最后，他就立刻离开暗道，滑雪下山。我们发现了暗道的秘密，即使我们不发现，小五也会找机会暗示我们发现的。你们都看到了小五姐姐在走廊上了，从看到她到发现她‘自杀’在暗道里，这中间时间不长，几乎是脚前脚后，她的尸体绝对不会那么冰冷，衣扣上也不会有雾气。之所以她的尸体会是这样，完全就是因为在尸身从你们看到欧阳肆正被斩首开始，就扔在暗道里的缘故。”

赵娜：“等一下，你说昨晚只运送上来一个管理员的女尸和尤思源的头颅，尤思源的头颅被焚烧得无法辨别去组装沈六合的尸体。那么，小五的姐姐就是管理员了？！”

区启之：“对，也不对。对的是，那个女人确实是管理员。不对的是，小五的姐姐恐怕从一开始就不存在，只是虚构出来的，一个早就死掉的管理员的尸体。欧阳肆正把门票伪造出十六张，虚构出来一个小五的姐姐，目的是伪造一个谋杀案，让我们认为是尤思源花钱买通了小五的姐姐，让她顶罪并杀她灭口。其实，事实是，这只是一个因为一点小钱，而多运行了一会儿缆车的，死了两次的可怜人而已。”

秦十微笑道：“哦，这就是第三个错误，小五并不胆小，相反，很大！”

区启之："哦，如果算上胆子的问题，那就是四个错误了。"

秦十："四个？"

区启之："第四个错误，我也不是很确定，小五她……不是小孩！是一个成年人！"

第二十四章 结局

最后一次涉案人员更新：褚天佑（死亡）、欧阳肆正（凶手，假死）、沈六合（死亡）、小五姐姐即失踪管理员（死亡）、尤思源（死亡）。

“他们的犯罪计划，我就只能复制到这个地步了。大概完成了百分之八十，那百分之二十是，我不明白你们为什么会杀人，动机到底是什么？到底有什么理由非要接连杀掉四个人不可？”

小五忽然冷声说道：“没错，我是凶手之一，我可以告诉你我为什么杀人。”

区启之：“哎？我还没证据呢？”

小五：“算了吧，如你所说，在这里能帮助欧阳肆正完成从杂物间运送狐小妖到沈六合房间的，只有当时不在场的我。能完成顶着沈六合头颅冒充他还活着的，也只有不在场并且是初中生身高的我。还有，我从暗道回到别墅时，发现杂物间的窗户锁上了。你堵在别墅门口，又注意着走廊的动向，不就是为了排除我从大门和翻窗进去的可能吗？这样一来，我必然就是完成了你说的手法，然后从暗道回来的。我不得不回来，如果我突然消失，摆明着就是承认我就是沈六合与管理员的‘尸身’，为了避免，我决定冒险回来。”

区启之："我也只是在赌，赌你会犯下侥幸心理，每个罪犯，都是因为侥幸心理才犯罪的。真危险啊，赌赢了。你看到我在大厅解密，为什么不跑？"

小五："跑不掉的，你时刻都注意着走廊的动静，我要是跑，像我这样的小孩身体，被你捉住是必然的结果。"

"小五……真的是你吗？"

区启之："你应该叫她五姐，她的年龄比你都大。你多大，小五？"

小五："二十五岁！你是怎么知道的？还知道些什么？"

区启之："我已经说了，我只知道这么多了。关于你实际是成年人的事情，我只是猜测……你留在旅店里的字条上的字很好，那个楷书颇有司马炎的味道，没个十几年练不出来。一个初中生写出那么好的字。还有就是，那个旅店就是为了迎接莲花山滑雪场的顾客临时改的，没什么人住。我问过老板，那个房间昨天只有三个人住，狐小妖、赵娜和一个小女孩。我在那个房间里发现了烟头，有一种细秆的薄荷味的金陵十二钗，那是狐小妖最喜欢的。还有一种黑将军的烟头，那是赵娜的。最后，我居然在床底又发现了一种巧克力味的黑鬼的烟头……旅店的房间没什么人住，只有你们三个人，抽黑鬼的人是谁？就剩下一个小女孩了。我在你的身上嗅到了淡淡的巧克力的味道，那正是黑鬼的味道。（黑鬼是巧克力味的香烟）但是……现在初中生模样的小女孩抽烟不是什么稀奇古怪的事情。凭借写字的功力和吸烟不足以证明你是成年人。直到我发现了你最奇怪的地方……"

小五："什么？"

区启之："你有时候会管我们叫哥哥，有时候又叫叔叔。因为你自己知道你是二十五岁，所以你不注意的时候，就放松了。但是，谨慎起来，你想起，你是初中生的模样，你在伪装初中生，所以又会改口叫叔叔。综上所述，我猜测，你是一个成年人。"

小五叹气道："这居然也能被你猜出来。我因为身体从初中开始，身体就再也没发育过，即使发育，也缓慢到可以忽略……医生说是，脑垂体的缘故，我见过先例，有一个二十二岁的男人，看上去撑死是十岁的小男孩，还参加了选秀节目呢。"

区启之："但是，你为什么会杀人呢？"

小五讲了她自己的故事，是一个很感人很悲伤的故事……她是为了报仇。但是，没有必要讲述得太细致。虽然这么说可能有些过分，但是，杀人就是杀人，犯罪就是犯罪，不管罪犯经历了什么，多么痛苦。打着替天行道和报仇雪恨的旗号杀人这种事，永远不会是正确的。

还是简单地概括一下吧，小五是脑垂体出现了问题，让她二十五岁还初中生的样子。她的哥哥就是许五哥，对她来说是最重要的人。她哥哥很有才华，却一直画一些能赚钱但是自己不喜欢的作品，因为他要想方设法赚医药费。后来，她哥哥意外死亡，她把罪业全部归在了尤思源身上。不仅要杀掉尤思源，还要让她背负起全部罪名。

区启之："这就是你的动力？确实够疯狂的。就是这种理由让你杀了四个人？"

小五："我只是想杀尤思源一个人，但是我接近不了她。突然有一天，欧阳肆正找到了我……就在今年的六月份吧。他说，专门选在尤思源的滑雪场快开业的时候下手，即使没能成功地杀掉她，也要给她的生意做点阻碍。"

区启之："那尤思源的资产转移到国外……"

小五："啊，欧阳肆正的手笔……钱都转到了他国外的一个空头公司。你可能不知道，他是一个神秘的犯罪组织的老板。"

区启之："他真的叫欧阳肆正吗？我把欧拆出来，肆正拆出来，发现首写字母是OSZ……"

小五掏出十三枚硬币，扔在地板上说："不是他出卖我，是我们的交易，他什么都不要，只要我在现场留下十三枚硬币，仅此而已。知道这意味着什么吗？”

区启之、赵娜、王子轩、秦十：“区晟之……”

王子轩转身要走：“这次一定抓住他！”

区启之点燃香烟说：“你刚才有听我说吗？他早逃掉了，没用的，这次的犯罪区晟之优先考虑的是怎么把嫌疑推给别人。但比推嫌疑更优先要想的是如何跑路，这通用于所有犯罪。”

赵娜：“那他为什么要杀人?！那三个人为什么非杀不可？”

王子轩回身说：“管理员、褚天佑都需要灭口，沈六合没参加答题赛，为了拿到他的手机，顺手而为吧。”

“哈哈哈哈……”给一个镜头到秦十，他的眼神中充满了疯狂的神色：“别以为你能猜透区晟之大哥，他才不会为了那么无聊的理由杀人呢！”

王子轩：“那你说，他是为了什么杀人的？”

秦十：“区启之二哥，你能理解吗？你们可是兄弟啊……”

区启之：“我们虽然是兄弟，但是从来就没见过面，接受的教育、生存的环境、成长的历程，完全不同。若果按着你说的，他在按七宗罪杀人完成他的犯罪艺术品的话……123度谋杀案的时候，多瑞宾馆里的两个死者，孙毅是罪犯嫉妒，周燕是罪犯淫荡。那么这个案件里的四位死者——尤思源多次拒绝许五，罪犯傲慢；沈六合脾气不好，罪犯愤怒；管理员和褚天佑被花钱收买，罪犯贪婪。现在，七罪之中，他没杀的就只有懒惰和暴食了。”

小五意外的冷静：“没错，他跟我说过，那就是下个案子里，他准备杀的两个人了。不管怎么样，这个案子结束了，我跑不掉，会为自己的犯罪接受处罚。”

区启之和王子轩对视一眼：“不，还没结束！他……或许还没离开……”

王子轩："那个旅店老板也拿了区晟之的钱，她也犯下了贪婪之罪……"

区启之掏出手机，立刻给郑警官打电话。可是，手机铃声却在门外响起……

"别打了，我就在这呢！"郑警官推门进了别墅："看样子你已经解开案件了……缆车修好我就立刻上来了！那个女尸的验尸报告出来了，你说对了，就是尤思源的！"

区启之："跟我一起下山！我以为区晟之见好就收已经逃走了，可是他居然还没杀过瘾！快！"

看着区启之和两个警官冲出别墅的背影，赵娜几乎是本能地小跑追了出去。忽然，一只手从后面拉住了她，是狐小妖。

"你要干什么？劝你一句，别跟姓区的混在一起，无论是弟弟还是哥哥！我妹妹，就是被他们两个兄弟联手害死的。"

赵娜："什么？！"

狐小妖："你既然是来调查我的，就应该知道吴娜娜这个人……"

开始回收伏笔了，吴娜娜，是那个把区启之的犯罪计划透露给区晟之的人……算了吧，再伏一段时间吧。

寒风呼啸，压住了站在雪地之中赵娜和狐小妖的谈话。寒风过去，赵娜震惊的神色，倒退两大步，摇着头："怎么会是这样……太过分了……他们两兄弟怎么能这么做！"

别墅里。

小五被警员押送出来，秦十上去，很诚恳地问道："你有区大哥的联系方式吗？我也想和他合作……"

小五冷声道："没有！你也会被他害死的，我就是活生生的例子。"

秦十恍然大悟："原来如此啊，不愧是区晟之大哥啊……难怪区启之会确定区晟之大哥会再杀一个人！小五是为了报仇蒙蔽双眼，也是属于罪犯愤怒，四条人命就是从犯也够判个死刑了。那么好了，这样算下来，这次区晟之大哥的犯罪带来的死亡就是——一个傲慢者的死亡，两个愤怒者的死亡，三个贪婪者的死亡……哈哈哈，1，2，3！多么工整的犯罪啊……”

（以下内容来自秦十的日记）

2016 年，1 月 24 日，天气，雪。

从莲花山归来已经好长一段时间了，天气一直是时好时坏，我家车顶都积了厚厚的雪。每次看到，我都忍不住回想起雪山里的一切，区晟之大哥，我是第一次和他那样的接近。可是，我却不知道站在我面前的那个自称是历史教授的男人，就是风城的首席犯罪设计师！

那天，区启之那个空有犯罪天赋却不肯帮助区晟之大哥的犯罪艺术的混蛋，自然没有找到区晟之大哥。区晟之大哥成功地撤退了。很不可思议吧，就算区晟之大哥走出暗道在半山腰滑雪下山，也只能被困在山里出不来，因为吊桥被破坏了。这和一个世纪前的陈军阀是一样的。保安团进攻莲花山之前留了一个小队把守吊桥，这是进出山的唯一通道。守住这里，就算有从别墅里逃出来的，也会被堵在山里。所以，陈军阀会被困在山里冻饿而死，因为他不能从唯一通道的吊桥这里走，只能往山里跑。

区晟之大哥遇到的情况是一样的，吊桥被破坏，他是怎么下山的？不知道。但我相信，他一定是逃出来了。因为，不久前，那个收了区晟之大哥的钱的旅店老板。就是离莲花山不远的那个村民阿姨，她死掉了。很明显，这是区晟之大哥为了完成他 123 的犯罪作品。

那个阿姨还是很走运的，她只是拿钱冲奶茶，而且，谋杀王子轩的犯罪说到底是随机性的杀人，也没有什么决定性的证据，她没受什么惩罚，录个口供就回家了。但是，她也没有什么好下场，被雪山斩首者诅咒了。

从 1 月 1 日开始，每天清晨起来，他家的门上就会挂上一只野鸡的尸体，天天都是如此。不知道是什么人挂的。找警察，不管，说是天天给你家送野鸡吃还不乐意？这位阿姨一想也是，没放在心上，天天早上起来到门口拿野鸡的尸体。

好了，高潮来了，在1月13日那天，她像往常一样到门口拿野鸡，也确实像往常一样，门口挂着野鸡，只不过，这次的野鸡没有脑袋……脑袋被砍断了。

这位阿姨一愣，心里有些不舒服。快过年了，门口挂着一个没脑袋的野鸡的尸体，心里能舒服吗？

真正的高潮，对门出来一个刚起床的叔叔出来吐一口痰，转身回去。下一秒，对门的叔叔听到身后有人倒下的声音。这位叔叔转身，阿姨躺在地上，鲜血从脖子喷涌而出，染红了雪地，她的头颅，滚落在一边。雪地上，没有别人的脚印……

一辆汽车用最快的速度离去，我猜那就是区晟之大哥。问题是，区晟之大哥这次是怎么做到这一切的？提示，这次可没用123度谋杀案里的金属丝。

这个很简单，有兴趣的可以猜一下。

图书在版编目（CIP）数据

123 度谋杀案 / 姜木水著 . -- 北京 ： 中国广播影视出版社， 2021.10
ISBN 978-7-5043-8514-7

Ⅰ. ① 1… Ⅱ. ①姜… Ⅲ. ①侦探小说－中国－当代 Ⅳ. ① I247.5

中国版本图书馆 CIP 数据核字（2020）第 196058 号

123度谋杀案
姜木水　著

责任编辑　王丽丹
封面设计　盈丰飞雪
责任校对　龚　晨

出版发行　中国广播影视出版社
电　　话　010－86093580　010－86093583
社　　址　北京市西城区真武庙二条9号
邮　　编　100045
网　　址　www.crtp.com.cn
电子信箱　crtp8@sina.com

经　　销　全国各地新华书店
印　　刷　涿州市京南印刷厂

开　　本　880 毫米 × 1230 毫米　1/32
字　　数　220（千）字
印　　张　10.875
版　　次　2021年10月第1版　2021年10月第1次印刷

书　　号　ISBN 978－7－5043－8514－7
定　　价　52.00 元